五洲留痕

蒋彝 著
刘宗武
蒋 力 编

商务印书馆
2007年·北京

图书在版编目(CIP)数据

五洲留痕 / 蒋彝著. —北京:商务印书馆,2007
ISBN 978-7-100-05534-5

Ⅰ.五… Ⅱ.蒋… Ⅲ.①诗词—作品集—中国—当代 ②书信集—中国—当代 ③汉字—书法—作品集—中国—现代 ④中国画—作品集—中国—现代 Ⅳ.I217.2 J222.7

中国版本图书馆 CIP 数据核字(2007)第 095371 号

所有权利保留。
未经许可,不得以任何方式使用。

WǓ ZHŌU LIÚ HÉN
五　洲　留　痕
蒋　彝　著

刘宗武　蒋　力　编

商 务 印 书 馆 出 版
(北京王府井大街36号　邮政编码100710)
商 务 印 书 馆 发 行
北京市白帆印务有限公司印刷
ISBN 978-7-100-05534-5

2007年11月第1版	开本 787×960　1/32
2007年11月北京第1次印刷	印张 14¾
印数 4 000 册	

定价:28.00 元

蒋彝在澳大利亚(1976年)

作者自题:一九六七年三月,在新西兰东岛爬上雪山不觉老矣。

目　录

海外赤子蒋彝（代序）　　　　　　　叶君健

蒋彝其文　　　　　　　　　　　　　　　1

海南岛　　　　　　　　　　　　　　　　3

《九江指南》序　　　　　　　　　　　　6

中国画家

　——在哈佛大学优秀毕业生荣誉学会的讲词　8

拟议整理吾国论艺文物　　　　　　　　26

我怎样写日本画记　　　　　　　　　　33

中国书画之将来　　　　　　　　　　　55

国画的将来　　　　　　　　　　　　　65

洋人与狗　　　　　　　　　　　　　　76

忆悲鸿　　　　　　　　　　　　　　　83

哑行者访华归来话今昔

　——港刊刊载蒋彝教授访华观感　　　103

追念毛泽东主席　　　　　　　　　　114

将蒋其诗 127

过太平洋(Pacific Ocean)二首之一(1933年) 129

别湖区(1937年) 130

雾城杂咏(1938年) 131

夏日围炉(1938年) 133

登赛蒙座(1941年) 135

瓦甫河(1941年) 136

牛津雪夜(1944年) 139

孤思(1947年) 140

云雨中登狮子山(1948年) 141

桥上独步(1950年) 143

思乡二绝(1956年) 144

鹦鹉曲·刚到波城(1959年) 145

元旦(1964年) 146

我是唐人(1972年) 148

庐山寺(1972年) 149

香港竹枝词50首之一、二、二十六、
四十二(1972年) 151

游扬州瘦西湖有感(1975年) 155

乐新天(1975年) 156

江州牧——自责(1931年) 157

过太平洋(Pacific Ocean)二首之二
  (1933—1935年,下同) *158*
船中漫吟 *158*
印度洋(Indian Ocean)观鱼跃 *159*
过红海(Red Sea) *159*
地中海(Mediterranean Sea)看飞鱼 *159*
寄笈兄 *160*
小睡翰墨斯推得草丘(Hampstead Heath)上 *160*
忆小儿女 *160*
读笈兄寄诗 *161*
海外中秋有怀 *161*
伦敦国会 *162*
想食酱干不得 *162*
伦敦大雾报载七人步入河中,可笑之至 *162*
接家书 *163*
东望祖国怆然有感率成五绝句 *163*
感怀祖国 *164*
水 *164*
柬佩秋丹徒 *165*
步行泰晤士(Thames)河边 *165*
北威尔斯(North Wales)看燕子

瀑布(Swallow Falls) 165

斯罗多里亚山(Snowdonia Mountain) 166

登北威尔斯(North Wales)山归来柬匡社诸子 166

忆芜湖 167

示意 167

北英雪夜 167

游达柏灵(Dublin)凤凰公园威灵顿纪念塔 168

独坐德韵特湖畔(1936年) 168

韵湖前待月(1936年) 168

无题(1938年) 169

梦不到家乡(1939年) 169

雨中芍药(1942年) 169

云雨中登狮子山(1948年) 170

情诗绝句五首(1948年) 170

为健兰与乃崇结婚作熊猫图

 题诗其上(1957年) 171

春闺怨·芬微(Fenway)玫瑰园(1959年) 171

寄杨联陞辛丑除夕诗(1962年) 172

 附杨联陞和诗：收哑子辛丑除夕诗，谓余诗迂，

  而以酸答 172

海滨日落(1963年) 172

冒雨出游(1963年)	*173*
自动电梯(1970年)	*173*
沿湖行(1970年)	*174*
山景眺望(1970年)	*174*
京都十二桥(1970年)	*174*
玄武棱岩(1970年)	*175*
哑到扶桑(1970年)	*175*
与Burton Watson参观京都,庐山寺为《源氏物语》作者旧居(1970年)	*175*
参观神户古陶瓷展会(1970年)	*176*
香港竹枝词五十首之三、四、五、六、七、八、四十五、四十六、四十七、四十八(1972年)	*176*
题为李铁铮画熊猫(1974年)	*178*
登井冈山(1975年)	*178*
别家(1975年)	*178*
策纵闻余将自祖国归来以诗相迓即步原韵(1975年)	*179*
自嘲	*179*
自况	*180*

蒋彝其书

	181
《中国书法》序（〔英〕赫伯特·里德）	183
《中国书法》增订第三版序	187
《中国书法》第一章 绪论	190
周虎敦（金文）	207
李白春夜宴桃李园序（小篆）	208
宛（完）白山人诗评（隶书）	209
幼安先生永遇乐（真书）	210
旧作·东望祖国怆然有感率成五绝句之五（行书）	211
一九七六年九月九日后十日（行书）	212
声（草书）	213
《儿时琐忆》之封面题字（1940年）	214
《罗铁民》之封面题字（1942年）	214
《纽约画记》之封面题字（1950年）	215
《波士顿画记》之封面题字（1959年）	215
《三藩市画记》之封面题字（1964年）	216
《日本画记》之封面题字（1972年）	216
《波士顿画记》赠韩素音题字（1976年）	217
《重访祖国》封面题字（1977年）	218

蒋彝其画

219

十六罗汉像之第二应真迦诺伐蹉尊者

紫蝴蝶花

山居清旷

庐山三叠泉

长臂猿

一个东方人在联合广场(《三藩市画记》插图)

雪后街景(《牛津画记》插图)

埃菲尔(Eiffel)铁塔(《巴黎画记》插图)

布朗士(Bronx)动物园旁的瀑布(《纽约画记》插图)

宫岛(MIYAJIMA)的水上神社(《日本画记》插图)

考斯特枫动物园里的托普茜和她的孩子们(《爱丁堡画记》插图)

我的三个时期的肖像(《儿时琐忆》插图)

水墨达摩

无量寿佛

大千居士像

早餐之前

大熊猫——试饮(又题独戏)

大熊猫——独自下行

《湖区画记》封面

《罗铁民》插图

《伦敦战时小记》插图

《大鼻子》插图

《野宾》插图

《明的故事》插图

《金宝与花熊》插图

《金宝游万牲园记》插图

《儿时琐忆》插图

《重访祖国》插图

舞剧《鸟》舞台效果图

《王宝川》(熊式一撰)插图

《中国烹饪术》(M. P. Lee 编撰)插图

英译《唐诗三百首》(静霓韩登译)插图

蒋彝书信 255

致蒋健兰(二十八封)

致谭旦冏(一封)

致罗忼烈(六封)

  附:杨联陞致蒋彝(一封)

致刘乃和(一封)

致吴世昌(二封)

致於梨华(一封)

致侯桐(一封)

致叶君健(一封)

致殷志鹏(一封)

致李晶照(一封)

蒋彝其人 331

许德珩题辞	333
李政道题辞	334
哑行者告诉我的趣闻(殷志鹏)	335
蒋彝成名的经过(钱歌川)	340
蒋彝的诗、文、画(曾石虞)	348
忆青年时期的画友蒋彝先生(萧淑芳)	352
蒋彝其人其诗(吴世昌)	356
他是个很不寻常的人(於梨华)	366
行将热血写昆仑(蒋健兰)	373
自甘辛苦自成魔	
——介绍旅英名作家蒋彝(谭旦同)	401
中国文化的国际使者	
——记美籍华裔游记作家、画家、诗人蒋彝(郑达)	407
呼唤(孙秀芳)	436

附录:蒋彝年表 　　　　　　　　　442
编后记(刘宗武)　　　　　　　　448
跋(蒋力)　　　　　　　　　　　452

海外赤子蒋彝(代序)

叶君健

蒋彝(1903—1977),字仲雅,一字重哑,中国血统美籍学者,国际知名画家、诗人、作家和书法家。生于江西省九江县。1925年毕业于东南大学化学系,其后投身北伐战争,又怀着改善人民生活的迫切愿望,先后在芜湖、当涂和九江从事地方行政工作。由于当时政治腐败,被迫辞官出国。自1933年起,居留英、美四十余年,致力于对外介绍中国文化和艺术工作,写过一些这方面的专著。所作中国书画不少,仅熊猫画幅即近千件。出版的25部英文作品中,有12部是以"哑行者"为笔名写的许多国家和城市的游记,书中熔散文、诗、画和书法于一炉,别具一格,受到高度评价和推崇。他被选为英国皇家艺术学会会员、美国艺术科学院院士,任美国哥伦比亚大学终身教授,被美国、澳大利亚、中国香港等地许多著名大学授予文学和艺术博士学位。

他身在国外,心怀祖国,1975年回国探亲,深为祖国解放后的新面貌所感动,写成了《重访祖国》一书,热情歌颂祖国各方面的成就。1977年他再度回国,积极为写一部大型《中国艺术史》而遍访中国艺术宝库和古迹。但工未竣而罹不治之症,同年10月卒于北京首都医院,遗骨与先他数日而去的夫人合葬于故乡庐山脚下,以遂他平生"树高千丈,叶落归根"的愿望。但他那具有独特风格的作品将永存于世,成为人类文化的一份财富。

蒋彝其文

华君武画蒋彝博士漫像

海南岛

蒋瘦颠

吾国辐垣广大,沿海一带,岛屿繁多,蕴藏极富,而气候风俗物产,皆与内地不同;惟以国中频年兵祸,政治不良,谋救济之策且不暇,遑问其能向外发展乎?以致海外同胞,智识低微,生活简陋,大好富源,湮没无闻,卧榻之旁,渐容他人鼾睡,有如前之青岛、库页岛然,良可惜也。作者去夏应友人招,往海南岛,因得一窥其胜。然事有所羁,漫游仅及琼山;时只月余,闻见亦自有限;旁征据引,以补不逮,用草斯篇,以示读者。

作者识

一、历史 (略)

二、地势 (略)

三、气候 (略)

四、风俗 （略）（甲）汉俗 （略）（乙）黎俗（略）

五、交通 （略）

六、社会概略 （略）

七、教育状况 （略）

八、人物古迹 （略）

九、实业 （略）

十、结论

总观以上所述,足征海南之蕴藏富有,与夫人民之诚朴无知,当此太平洋商战时期,其他位已占经济上重要之位置。设使加以开发,如修筑道路,以利交通;化育黎汉,开其知识;则既可振兴固有之实业,复可挽回已失之利益,未始非富国强民之道也。虽然,国弱如此,内讧不已,奚足以语此哉！查一八九七年,清政府曾与法国缔结关于琼岛不割让与他国之约,一九一六年又曾与美国借款,预定于琼山、海口至乐会县之间,敷设铁道。近来外人之来往经商于其间者,正复络绎不绝,其注目于琼岛之富源与地位之重要,盖已非一日矣。夫吾人之土地,吾人不自经营而让他人为之越俎代谋,宁非奇耻！然亡羊补牢,为时未晚,尚望国内同胞急起而图之。

此篇除个人见闻外曾参考下列各书：

《舆地广记》

《广东省志》

《大清一统志》

《调查琼崖实业报告书》 彭程万、殷汝骊合著

一九二五，三，一五，东大。

《东方杂志》第二十二卷 第十号

注：此为目前所见蒋彝最早发表的文章。原文为作者送给柳存仁先生的复印件，上有作者的亲笔题记：

存仁兄正之 四十多年前第一印出之游记

弟彝

柳存仁，华裔澳大利亚学者，澳大利亚国立大学中文讲座教授、亚洲研究学院院长。

《九江指南》序

入境问禁,入乡问俗,由来尚矣。是以先民有刍荛之询,风诗可观省而得。都鄙县聚,志乘作焉。夫山水有常,而政教之隆替,地俗之醇浇,方物之益损,与时递嬗,固有异于山水者。倘不惟新是谋,[毫]厘察之,有不泥于古而失之今乎。九江位大江之浒,行李往来,迁替之速,更有殊于山陬僻壤,此秦君之《九江指南》所由作也。秦君号山僧,隐于医者也。问世之余,摭拾文献,旁及轶闻,与夫山水、名胜、政教、地俗、方物,按其端,核其条,简而约,富而不缛,可以执掌而谈,顾不似志乘之繁而费考,为采风者备刍荛,好古者供凭吊。其为山水增重如此,则文献之于世,其可少乎?余谈"民俗土宜真学问,水光山色好文章"之诗,心乎远矣!是为序。

民国廿一年五月下澣蒋彝

注：原文为手迹。此为目前所见蒋彝最早的手迹，时任九江县长。

《九江指南》，1932年发行。编著者为浙江人秦山僧。书前附有当时社会各界名流序文五篇，现藏九江图书馆。

九江甘棠湖上的凉亭

(《重访祖国》插图)

中国画家

——在哈佛大学优秀毕业生荣誉学会的讲词

在我的讲题中,所谓"中国的"一词乃指画家的出生地及其作品中所表现的特质而言。我愿意再说明一点,就是"中国的"一词在今天的意义已经与五十年、一百年前不尽相同了。当时,一位中国的画家就是一位道道地地的中国画家,在基本上与其他国家的画家是迥然不同的。不过,现在我们所说的今天的中国画家意思是指一位画家,在本质上是"中国的",但其创作的表现并不全然如此。他不是遗世而独立,其实他也不应该如此。因为在整个世界文化的演变进程中,他也是其中的一分子。

爱因斯坦发现时间为第四度空间以后,改变了宇宙以及人间世相的每一层面。其实,时间一直是影响人类生活的一大因素。经爱因斯坦一提,才引起我们普遍的注意罢了。自此以后,我们对事物的观照无不考虑到时间的因素。甚至我今天能站在各位面前也是与时间的因素有关。假如我出生在一百年前，相信不可能应邀来此演讲。即令这种不可能的事成为可能而发生的话，而在座的各位耐心地让我尽情地畅所欲言，恐怕一百年前的听众一定为之头晕脑涨，抱怨我胡扯一通，不知所云了。虽然在今天，人与人之间的先入为主与一些错误的观念依然存在，但彼此可以自由地交换意见，进而导致相互的了解。本来，相互了解一直是我们致力追求的目标。是故，我也希望我的这次演讲"中国的画家"也被认为是一种文化交流的工作表现——亦即是通向人们相互了解的一次努力。

从表面上来看，我的目标与当年爱默生著名的演讲词"美国学者"的目标恰好相反。爱默生希望美国的学者成为美国的"本体与灵魂"。从那时以后，这篇演讲词便被誉为"美国知识分子的独立宣言"。他呼吁美国的学者应当享有欧洲学者久已享有的那种令誉。其实，爱默生所呼吁的只不过是希望在所谓"西方文明"的领域中，承认美国是一个独立的文化而已。自爱默生时代以后，文化与文明历经汇流而融合。而今天我们所面临的问题不只是"独立"，而是如何去达到了解。

有人建议我以"中国学者"为题,因为就今天的场合来说,这个题目最为贴切。但经过慎重的考虑以后,我毅然选择了"中国画家"这个题目。

"士"这个字在中国的典籍中,尚没有一个确切的界说。其原义本来就相当含混,虽然久经袭用,但予人的观念依然是暧昧的。

中国文字与语言有着显著的差异性。自古以来,中国文字的结构始终就是读书人的一大难题,迄今依然如此。因此,中国的读书人在从前便占尽了便宜。他们十年寒窗,读的是四书五经;他们的写作亦以四书五经为其范畴。结果,这种人便被称为"儒士",这对"士"字简直是一种大不敬。因为孔子在当年为"士"所制订的标准极为崇高。他谆谆教诲,士应是一位君子,一位学识渊博而操持高洁的人。其一言一行,无不发乎仁,止乎礼。后来,读书人虽然都能精通四书五经,立志为君子之士,但两千多年来,能达到此一崇高标准的读书人又有几人呢!

我个人认为,在从前真正有资格被称誉为君子或"士"者,应当是那些诗人与画家。因为我们可以从他们的作品中找到儒家的精义。说实在的,诗歌与绘画才不愧为中国文化的奇葩。中国文化经由诗与画方才远播而广被,引发起世界其他国家的好奇,进而引起他们由衷的羡慕、敬佩和锲而不舍的钻研。

诚然,如欲了解中国诗,必须对中国语文先具备相当程度的知识。正因为中国文字具有音色与单一音节的特性,致使后来的诗人无法在诗艺上开创新境界。故对外国人士而言,更是一种无法克服的大障碍。

可是,绘画在这方面便显得幸运多了。绘画是一种超越国界的艺术。眼睛不像舌头有那么多的障碍。中国画的一些伟大作品曾经把中国的文化传扬到西方的国家。

正因为这个原因,我才选择"中国画家"来作为今日的话题。诚然,我的演讲若与当年爱默生的著名演说相比,不啻是小巫见大巫,而且微不足道。但是,我的一生却与爱默生的生平有若干巧合之处。爱默生诞生于1803年,而我出生在1903年。爱默生于1833年登临英国,而我是在1933年初到伦敦。此后,我们二人便分道扬镳,各奔前程。爱默生在英国没有待好久,他并不需要学习另一种新的语言,而他在英国所看到的全都是在美国所习见的事物,但他体会到美国的写作之所以不受英国学者的重视，乃因为他们使用相同的文字，而且缺少一种特殊的风格。于是在返国以后，他便呼吁美国学者追求其卓然不群的特质。可是，我在英国一待便是二十多年，其间仅偶尔访问过美国及其他国家而已。但我却怀有一颗求知若渴的心，曾经对英国语文下过一番工夫。我像是置身于一个完全新奇的国度，一切事物对我都是新鲜的。我愈学而愈奋，愈学而愈勤。我曾经不止一次彷徨在十字街头，而不知何去何从。渐渐地，我对事物有了较为清晰的观察，从而发现我自己开始变成为一个现代人（modern man）。但我始终认为，现代人应该是文化交流的一种产物。就本质而言，我始终还是中国的"本体与灵魂"。但经过二十多年的留住英国以及和其他国家的经常接触，使我对西方的文化获致相当的了解。我发现我个人到处受到欢迎，已不再是惹人注目的外邦人，而成为他们中间的有贡献的一位伙伴。这都是时间导致了这种转变。人们不再以奇特的眼光对待别人也不过是最近几年来的事。所以，我对后生爱默生一百年一事，深感幸运。我曾经对西方的文明与现代艺术下过一番工夫，虽然我所知道的依然极其有限。

我个人认为中国的绘画在世界文化演变的进程中，自有其重要的地位。而今天，我所讲述的主题就是旨在考量中国绘画艺术融合未来的世界艺术之可能性，以及"中国的"一词仅属于代表一位画家的出生地之可能性。

我刚才说过，从前的中国画家是一位真正的学者。从前的绘画大师们不仅精通四书五经，并能娴习其他的哲学思想，特别是道家的思想与佛家的禅理。我认为中国艺术的发展和西方的艺术史是一样的。从第3世纪时期的汉代坟墓浮雕与漆器来看，绘画曾是一种宣扬儒教的工具。然自4世纪的魏代以迄10世纪的唐代末年，雕塑与绘画显示出中国艺术用于对佛教的膜拜。其间，虽有不少的优异画家曾经摆脱对道德与宗教的责任，但是到了宋代，绘画方才成为一种独立的艺术形式，而以飞禽、花卉、虫鱼、山水以及其他自然界的景物为其绘画的题材。这种以自然为题材的绘画并非发轫于对自然界的科学研究，乃导源于中国自然派的诗与散文。自此以后，伟大不朽的中国绘画常是哲理、诗歌、书法以及运用画家个人工具的综合产物。从前的中国画家不止是画家而已，他必然是一位学者、思想家、诗人与书法家的综合化身。

作为一位思想家(亦即爱默生所说"学者"的必备条件),中国画家旨在寻求心灵与其所绘景物的融合。根据中国的哲学思想,特别是道家的思想,认为一个人有两个自我:"大我"(灵)与"小我"(体)。"小我"庸庸碌碌、不可终日,因而造成自私、偏见与误解。"大我"优游涵泳,不受逻辑、伦理或任何人为规范的约束,全然生活于物我相悦、纯一和谐的境界。一个人能臻此境界,才能成为一位心灵羽化的"真人"(true man)。从前的中国画家无不在致力追求"大我"的羽化,进而窥探自然界的"生命奥义"。于是,万物与我混同而合一。在中国画家的眼光中,自然界的一草一木,都有情思。然而西方艺术只在表现"人"(man),与中国绘画截然不同。中国绘画并不在表现"人"。宋代的绘画大师当以心灵观物,自由挥洒而淋漓尽致,总希望达到一种物我相融的空灵境界。是故,中国画家的艺术所表现的是涵容、无私、无我、无时间性而且历久常新。他们希望物我两相宜,对外国人亦复如此。所以说中国画之有宇宙性,其原因即在此。在中国画中绝少有表现人间的痛苦、悲愁或者一些抽象的观念。他们常以日常生活中习见的事物为其题材。

　　山水画在中国的绘画中最受重视。人物与人的活动也都包容在广大自然的画面之中,故精神的表现在其整体而非部分。而中国的山水画最能表现出中国画家的"天人合一"的哲学思想,其伟大处在能于超绝的宁静中体现出艺术家心灵的丰实活动。画家有了高超的心灵,才能使他的画不朽、超越种族的界限、放诸四海而皆准。宋代的许多绘画大师都是伟大的思想家。

　　从前的中国画家通常是一位诗人。画家常欲传达一种情趣、一种自然界蕴存的诗意。中国诗飘逸洒脱,对具体而肯定常有不[可]言传之妙。中国画亦复如此。中国诗与画乃在于对自然的感受或对自然界万物相悦生活的一种情感升华。其表现朴实而无华,绝少夸张。而诗人对自然亲切之情亦不过分强调。中国诗人写出这种情趣,而画家则绘出这种情趣。宋代以后,中国的画家从不曾专注于平面、颜料、立体、光线的效果或颜色对形式的影响,以及其他有关的问题,而只求表达自然界的那种诗意。画家常在诗的情趣中,试图捕捉大自然的形式。他目视心观,挥洒自如,将想象中的景色淋漓尽致地表现在纸上或丝绸上,一如诗人之挥笔成诗一样。不仅如此,画家经常在其画幅题字或题诗,中国人有句话说:"诗中有画,画中有诗",其意即在此。

从前的中国画家往往也是一位书法家。因为在中国,书与画自来是辉映成趣、相得益彰的。最早的中国文字便是一种图画,而近代的中国画也是思想的书面形式。事实上,中国的绘画系发轫于中国古代的草体行书,而后来草书便发展成为今天的中国书法。中国书法之美乃在其笔飞墨舞之妙,并不在其形式。中国的书法是以毛笔为其工具,而中国的绘画也是以毛笔为工具的。中国画家和中国书法家都使用同样的毛笔、水墨、纸或绢等工具。是故,运笔的功夫在中国艺术批评家的眼中,最为重要。艺术家对毛笔运用的娴熟、运笔的力与势[的]和谐、每一线条的匀称皆足以影响其艺术的成就。运用的功夫不只是一种技巧,而应是各种因素综合的和谐表现,诸如风韵、学识、心智的自律以及敏锐的判断力等,实在不胜枚举。

中国的绘画自宋代大师以后,画家始终期望自己成为一位高格调的人,成为不仅能自律其心灵而且也能自律其手的人。我们经常听到中国的艺术批评家说：一位画家如成名，他必须"行万里路、读万卷书"。他必须博览群书，涉猎国内的伟大著作。大自然指导画家用眼观察形式，用心来感受。中国的哲学思想促使画家睥睨人间所追逐的名利，而从自然界的景物中捕寻统治着万物的灵气。画家为了培养与丰实其心智，而在万物的外貌中找到无穷的意义。大自然亦随着画家的心智而日益完美。所以我们在留存到今天的不朽的中国画中，可以体悟出一种温柔、和谐、满足、宁静的感受。这种感受只有在画家排除纷扰的情绪之后，才能获致。一种宁静而均衡的心智活动实为中国创造性想象力的先决条件。

然而今天的中国画家，虽然也接受过传统的训练，亦遵循传统的表现方法，但已经暂时丧失了其宁静与均衡的心境。这种现象是可以理解的。在近几百年来，中国文化遭遇到其他文化的直接冲击，到今天，仍在自我调节的阶段。西方文化与中国文化的第一次撞击相当猛烈，演变成为许多的错误观念，甚至享有悠久文化传统的中国人亦开始对其优美的传统发生错觉。我们固有的思想，特别是儒家的思想，在根本上发生了动摇，但尚没有其他东西可以取而代之。于是，唯物主义的邪说便乘虚而入，开始奴役中国人的心灵，"小我"因而得势，致使当代的中国画家不仅对其心智的窥视发生困扰，尤其对手的自律感到迷茫。可是，前代的画家只见过中国的艺术，亦只晓得用传统的方法来表达其思想与观念。在17、18世纪，耶稣教的传教士将基督教的艺术如雕像和印刷品等传来中国，曾掀起相当的波动，主要是因为那种新奇的三度空间技术，加之物体酷似、透视法、明暗对照以及色调的运用。不过，耶稣教画家的影响并未超出宫廷，因为许多耶稣教画家都被册封为宫廷画家，但由于许多原因，却很少有人去摹仿。他们的作品虽以不同的技巧见胜，但并无害于中国绘画的美学理论。说实在的，这些欧洲的画家深受中国的影响，而他们对中国的影响却极为微小。尽管如此，这批耶稣教画家虽有其卓异的表现，但并不足以代表西方的艺术。

20世纪初，中国学生开始负笈重洋，吸取现代的新知识，主要是科学方面的知识。后来，才有年轻的中国学生到达巴黎及其他大城专攻西方的艺术。不久，他们便自诩为"现代"的中国画家，而扬言与中国的传统艺术一刀两断。回国后，他们便哗众取宠，诋毁宋代大师及中国的传统绘画，指责他们的作品缺少透视与明暗对照的效果。诚然,纵使他们有辨赏的能力,但也没钱将西方艺术的样品带回到中国。于是,他们只从巴黎带回来一些粗制滥造而且便宜的雕刻及复制品,便将这些东西和他们的油画、铅笔画与炭画一起陈列展览。这种展览在中国的确是一种新玩意儿,他们在当时确曾惹起一阵子的骚动。他们强调研究裸体的重要性,立刻便掀起卫道者的强烈反对。而一位画家甫从巴黎归国,筹备在上海创办一所艺术学校,亦因招雇模特儿而被通缉。可是,一群力争上游的艺术家却大力支持这种新观念。在西方,像陶弥尔(Daumier,今译杜米埃),戴拉克劳斯(Delacraix)、马芮(Manet,今译莫奈)等不再追求物体的酷似,而认为酷似太肤浅之时,一批中国的年轻画家才刚刚理解到西方传统方法处理绘事"酷似"的可能性。他们的这种论调适足以增加当时中国人的迷茫。后来,又有不少思想稳实的中国文人和画家相继到达西方,而对印象派(Impressionists)及后期印象派(Post-impressionists)经过长时期的研究后,他们体悟到西方的艺术(包括绘画)实与他们本国的艺术有共通性;虽然印象派使用颜色,而中国只以单色为其主要工具。可是,他们对西方艺术的分门别类、五花八门的派别,如哥德式、罗马式、表现主义、立体主义和超现实主义等,始终感到迷惑不解。中国的绘画艺术从来没有派别,虽然有所谓"北派"与"南派"之说,但其对艺术的处理方法毫无差异。

因为中国有俊美的书法传统,故对西方艺术中线条的抽象美与形式的精巧并不感到有什么稀罕。倒是超现实主义及当代的其他现代艺术派别尚有一些新的表现。布鲁东(Andre Breton,今译布列东)对超现实主义下一个定义:"任由思想的指使,所有理智、美学或道德观念一概不予理会。"有些西方的画家倡言"自动创作",意指在一种神志恍惚的状态下创作绘画,藉意识而任意挥毫。这种理论使当时的中国画家迷惑而且迷失了自己,但仍有一些人故意加入此一运动。在几十年前,透视与明暗对照法会对传统的中国绘画形成一种直接的挑战,而现代的西方艺术过于强调潜意识的心智活动,亦睥睨中国的艺术观念。

爱因斯坦发现时间为第四空间后,改变了对宇宙的观照。而另一位改革者弗洛伊德(Sigmund Freud)亦改变了人的概念。弗洛伊德反对礼俗、心智、艺术渐进之说,虽然这种说法是早期文明所赖以滋长的基础。爱因斯坦和弗洛伊德对我们20世纪的这一代产生极大的影响,但弗洛伊德的影响更为直接。说起来,弗洛伊德才是影响现代西方艺术表现最大的人物。弗洛伊德的心理分析尚未遍及中国,但这并不是说中国人的心灵中没有潜意识。虽然今天的中国画家完全意识到中国绘画在世界文明演变中的地位,但他们却感到自己是现代艺术世界的弃子。这就是使他们难以自拔的困境。

再没有比千篇一律的标准化更容易、更危险的了。弗洛伊德学说对西方现代艺术的影响是不可否认的,若说弗洛伊德学说是唯一的影响力量便错误了。东西方对美与艺术价值各有着不同的观点。弗洛伊德学说以雷霆万钧之势,予中国绘画以急剧的变化,虽然依旧披着其传统的外衣,看起来却显得迟滞不前。尽管西方的现代艺术与中国的绘画间还看不出有任何裂痕的存在,但奇怪的是中国绘画始终未曾受到西方真正赏识或者作深入性的了解。因此使我们联想到中国绘画并不见异于现代西方艺术的趋向,必然有其永恒的原因与价值。或者说,难道现代西方艺术实际追求的目标恰与中国画家始终锲而不舍的目标不谋而合吗?总而言之,东西方的艺术是殊途而同归的。

我没有资格预测中国绘画在最近的将来所发展的情形。而我所强调的就是中国绘画艺术的精神,刚才我说过,中国的绘画艺术是超越时空的,无私、无我而且历久常新。中国绘画早已经摆脱掉儒家道德的约束,并且亦摆脱了对佛教的皈依。儒家思想与佛教都是以人为中心的。唯独道家主张万物与我合而为一。然而佛禅与"新儒"的发展比较接近道家的思想。从此,中国的哲学思想便偏向于"天人合一"的观念。中国绘画才因此获得充分的表达。西方艺术,无论是古典抑或现代,其动机为人生与爱情。但在古代的美国及其他原始艺术,其动机乃集中在人的恐惧与死亡。然而中国的艺术,特别是第10世纪以后的中国绘画从来不经营爱情或恐惧,而只求表露艺术家的真正自我——"大我"。

中国人认为艺术和人生是不可分的,但艺术毕竟不是人生的仆役抑或其副产品,而人生经由艺术可以直接接触到自然。是故,艺术对人而言,不止是生命而已。艺术可以使人生更快乐、更幸福。所以艺术不应该仅是一种意识或潜意识的表达,因为意识与潜意识只能解释人生,却不能增添人生。

古今中外，尚无任何文化真正贯通了整个人性。艺术亦复如此。一件艺术作品乃在将一观念转变为一个意象。"为艺术而艺术"完全是说不通的。人生不可能在自然以外存在。所以一个人的心智在和谐的生命旋律中得到充分发展之前，必须先与自然融合而相悦。人的心灵如与精心雕琢的钻石相比，前者显得更为繁复而精巧。"小我"存在于每一层面，营求着自身的目的，但其目的并非艺术的。于是，"大我"——艺术创造者——便被蒙蔽或遭到排斥；"小我"亦可以产生艺术，但它是偏向的艺术，绝非伟大的艺术。仅借助意识思想所创造的艺术总逃不出实体、"似生命"(lifelike)、道德与宗教的范畴。而仅靠潜意识活动所产生的艺术自不免趋于变态、梦幻，而流于虚无。"自动创作"虽可获致主观的宣泄，但绝少创造出艺术。"大我"是无我的，放诸四海而皆准，亦与自然界其他生物的大我相类而悦宜，而有别于"小我"。职是之故，如欲在艺术中表现一个人的心灵则必须培养其"大我"。

中国的美学理论认为形式、技巧、颜色都只不过是艺术的工具。艺术家的"大我"才是真正的主宰。只要主宰在位，并拥有表达自己的能力，艺术家所使用的工具实不能影响其结果。正因如此,中国绘画使用的工具,也不过是画笔、水墨、绢纸而已。我们宋代的绘画大师绝少借助于颜色和明暗的对照法。

伟大的艺术自有其不朽的特质。实在没有各立门派的必要,更不需要宣传的招牌。而且解释也是多余的。真正的艺术不可能是短命的,必然可以放诸四海而皆准,也必然可以经得起时间的考验,承受得住"饥饿世代"(hungry generations)的严正鉴评。而且在其中必然有一种为全人类所共同欣赏的东西。如无这种东西,只能算是一件装饰品。但也很可能被人所喜爱,甚且复制。仅一味在形式与技巧上标新立异并不能创造出伟大的作品。

"天人合一"的诗意一直是从前中国画家所追求的目标。我个人认为,这应当是今天与将来中国画家的努力目标。诚然,我并不是说只有中国画家才享有这种诗意。而是天下全体人类共同享有的资产。谈到艺术,我们不应该涉及东西方艺术之谁优谁劣,以及褊狭的爱国主义与民族主义等问题。在今天,任何文化都不可能遗世而独立。因为今天传播思想、观念与艺术的工具实在太快捷、太发达了,连爱斯基摩人(今称因纽特人)也无法孤立其文化。

现代人都是文化交流的产物,简直使我们无法产生歧见。其实,在派别与技巧的骨子里依然是人类文明赖以奠基的"天人合一"的诗意。所以,我们的目标截然不同于爱默生的目标。因为我们需要承认的不是一个国家的文化,而是文明。

1956 年 6 月 11 日
(宋颖豪译)

注:宋颖豪,翻译家,诗人。

拟议整理吾国论艺文物

一国文化,注于文艺。文是文哲,包括思想诗文等等,为一国心灵之显示。艺是艺术,包括书画雕刻音乐及杂器等等,为一国心与手之共鸣。吾华文化之优美,极为世所称,不仅限于文哲之巨著,而艺术成就,尤有多焉。然而细审历来刊印书籍,属于文哲者汗牛充栋,而论及艺术者则不及百一千一,是何故也?此无他,盖世人称颂吾华文艺,出于鉴赏文物本质,而吾人自身只重文而漠视艺物。由于社会向以士为上而工为下,凡以手制之艺物,除书画为文人专长外,多不足道。又因吾国文字为文不易,过去精于一艺之人,如铜器、瓷器、玉器、骨器、木器、漆器等等,难于撰述,且不如"文以载道"之易于流传,乃有此畸形结果耳。

即就历代遗留之千百论书论画著述中而研讨之。每见前人所言,载于后著,重复引证,相互抄袭。

饾饤之学,了无新意,多读一册,费时少益,又见书画本物,只题名目,究竟原件何似,鲜有指示。至于是否现存或已遗失,亦罕明言。为增进来者求知欲及提醒复兴文化之真谛,是以拟议整理吾国论艺文物。

一、归纳分类

首将历代关于论艺文物之已刊印者,如《四库提要》艺术类及艺术存目所列、《佩文斋书画谱》纂辑书籍目、《历代画史汇传》引证书目等等,一一列出。就其体系性质,归纳而类分之。例如论书论画著述各为一类,名书家真迹及名画家真迹见于史乘者又各为一类,并注明其出处及现存与否。至于论雕刻、音乐及杂器等等,亦各自为一类。遇有往后抄袭者亦依其类,而并存之,指出同异之点。异者或不无一得之愚,亦有可取者焉。每类特别注明可读之书,以便学者知所适从。

二、据载访求

根据历代史乘所载名书画家真迹,一一考订之。例如《宣和画谱》所录内府所藏古今名画一门,已有六千三百九十余轴,宣和以后名作,更不可知其数。若加以元明清三代真迹,则何止千万。就当今公私收藏者对照之,不及百一。唐宋去今太远,自多散失,不易访求。然就明清收藏家所记述,谅非虚语。例如《南宋院画录》云"夏圭(字禹玉)溪山无尽图匹纸所画,其长四丈有咫,旧藏石田先生家,后归陈道复氏。后在金阊徐默川家,盖禹玉剧迹也。又入严分宜家,今藏于锡山顾氏"(见《清河书画舫》),则已辗转三四百年而未毁,或亦仍在人间。汪珂玉氏《珊瑚网·画继》载见夏圭所作共二十轴,而今《故宫书画录》所记只有宋夏圭《溪山清远卷》、《长江万里图卷》及《真迹卷》三本,其余岂尽散失也耶?又如《赖古堂书画跋》、《小松圆阁书画跋》、《频罗庵书画跋》、《玉雨堂书画记》、《曝书亭书画跋》、《三万六千顷湖中画船录》、《云烟过眼录》、《钤山堂书画记》、《朱卧庵藏书画目》、《好古堂家藏书画记》等等,多属明清名家作品,相去未远,岂尽绝迹,若能多见原作,详述笔法墨法结构,尺寸绢纸,则使赝者一经对证,无所逃于真眼中耳。

三、正名定义

吾国书画家,大都文人。若就顾恺之曾为散骑常侍,曾著《云台山画记》及有三绝之称,则其所作《女史箴图》及《洛神图》等,得不可称为"文人画"耶?董其昌谓文人之画,自王右丞始。则是右丞以前名迹,皆非"文人画"耶？其实吾国自来社会组织,生存经济,大异西洋。艺人无教堂之征引、贵族及富绅之鼓舞收购,鲜有能以艺为生者。惟有文人,多于公余之下,本其天赋,旁及书画,而成名家。至若戴文进被忌于宣庙,而致穷死,非无因也。故"文人画"一名词,大可总称吾国画迹,难于断代,宜正之。若夫谢赫为何许人,无籍可查,但多定为南齐,则是四五世纪,是时吾国山水画粗现眉目,鲜有独立之作,而山水画论亦只略有提及,则是谢赫《画品录》之"六法论",似难包括山水画,且谢赫本人善写貌及人物,其意盖有所指。除"气韵生动"一法外,余五法用之于画人画物,颇多吻合。后人不察,自张彦远《历代名画记》起,即以谢氏六法总论吾国绘画,代代相因,人云亦云,唐六如且言"六法精论,万古不移",其然岂其然乎？余以为"气韵生动"一词,可为全世美学之真谛。若荆浩论画有"六要",曰气曰韵曰思曰景曰笔曰墨,实乃吾国山水论之针的,是又不可不辨明之者也。因禅家有南北二宗,而绘画即应有南北二宗,此语出自董其昌、莫是龙,有谓始于米芾,姑无论谁为首创,若分绘画为南北,未免不合逻辑,既不因人而分,其分实在画法。所谓北宗画法,除大李、小李、马远、夏圭而外,尚有何人?大部分吾国画迹,皆属南宗。若就画论画,则善于研审大李、小李及马夏画法者,即可见其笔墨技能上与其他画家不同之点。尤其是马夏善用大小斧劈皴法,精研熟用,难学而不易工,遽加排斥,故倡南宗,以显己长,一言而惑众听,和之者达三百余年之久,远及东瀛,流毒匪浅。戴文进竟以善于马夏笔法而不合众好,亦可哀矣。再者画分南北,似专就山水画立论,并未包括人物画及花鸟画。每见初学,尝问何为北宗人物画,南宗人物画,及南北宗花鸟画,则更仆无以为对。如此含混欺蒙,何能使来者详识真意之所指也耶?窃以为画分南宗北宗,多有未合,宜改正之。

四、艺外无评

吾国历代艺物著述,多属泛论,绝少确评。杜甫《观曹将军画马图引》、白居易《画竹歌》等等,辞调高超,然言飞艺外,不着边际。张彦远当年即认为"杜甫岂真知画者,徒以干马肥大遂有画肉之诮"。不见真马,妄言画骨画肉,后人如工部信笔写来,比比皆是。至于题画诗及论画百首等等之作,句多阿谀,更少真语。宋人以前画上无题跋,有之似自苏、米始。盖东坡、元章皆书家,其作画如作书,于画上加题语,相得益彰。且所加题语,乃为整幅画结构之一部分而增加本画画意,非可偶尔画蛇添足。南宋画家因之。徽宗皇帝尤善于此。其题他人画则仅题名。若自画则善加词句,多就画意而成之,元代画家亦题画如宋人。至于有明一代,承继元蒙主华百年之后,力求追踪唐宋名迹而不可得。稍有相似之点,即自炫诩,每在画上加题临仿某家笔意或笔法,相习成风。延至清季,变本加厉,且多长跋,于自跋之外,加请友好题辞,以致原轴应有空白,多补填塞不通,而反失去得观全画之旨。若为手卷,则卷末加长原画,不伦不类。而且后人题跋,往往非对原画本身加以评语,一味恭维。识者不察,以伪乱真。是以近数百年,赝件百出,不可遏止,贻误后学,难得真知,窃谓在整理旧籍旧物时,应取其就艺评艺之点,而以艺外无评为主。

五、简明艺史

吾国历代论艺著述,文字艰深,又无插图,以为证实。因而吾华人士,对于本国最高艺术之特点,多无所知。名家为谁,其作品为何,重要艺物又何在,一经询及瞠目不知所答。现当整理论艺文物之后,可有一简明中华艺史问世,包括书画、铜器、瓷器、玉器、骨器、木器、漆器等各艺物。文字力求简洁,分别插图佐证,件件指出其特点之所在。人手一篇,家喻户晓,有所问即有所答,始不愧为炎黄之子孙焉。

注:原载《庆祝蒋慰堂先生七秩荣庆论文集》,出版于1968年。

蒋慰堂,台湾"国立中央图书馆"馆长。

我怎样写日本画记

童时竹马庐山下　　少壮乘风破两洋
老大哑行欧美后　　而今更哑到扶桑

这是我东游绝句百首之第一首,说明我自幼出生于庐山脚下,读过很多古人游赏庐山的名句,先父是个画人,爱画花鸟山水,先兄酷好吟诗作诗,家人都叫他是疯子,生长在这种环境里,我就染上了喜爱游山玩水的情趣。在大学求学时,1924年暑假,我到海南岛上住了一个多月。后来从军从政;在未出国以前,我可以说到过十一行省,当然不能说每省每县都有脚迹。而今出国已36年之久,不仅在欧洲住过22年,现在北美也住上了十多年。除了教读及写作之外,一有假期和机会,我就飞往各地游历。南美的秘鲁、智利等国,及地中海希腊各岛与土耳其都看过,也去过东南亚一带岛国及纽西兰与澳洲,所见事事物物,各种人情风俗不算少,只有日本为我国近邻,为什么留到现在才去,我自己觉得有点奇怪的。

其实并不奇怪,"青山留到老来看",这成语不能应用到日本山水上。日本虽属近邻,但不是家乡,没有能早去游,是别有原因的。我国传统文化,自孔孟学说起到汉儒,都侧重在家族主义上,弄到我国人人故步自封,日夜斤斤于人事家事。稍有能力的人,要负起全家责任,家务异常复杂,把极聪明的人,可以弄得头晕脑涨。俗话说"清官难断家庭事",连自己家的事,都看不明白,哪有时间去看家外的事。结果大多国人日夜勤劳为家,很少为人,连自己住的城中的其他各方面人生问题,毫不过问。所以我们日趋于个人主义——即个人之家的主义,与整个的社会和国家,没有联系和认识,也是我国很少出外游历的人——徐霞客和刘鹗是绝无仅有,更少探险的原因。我自36年前出国以来,常常见到欧美人士著述中国问题的书籍,总说中国人一盘散沙,不知有国,想是这个原因。我国号称"汉满蒙回藏"五族共和国,但是有几个汉人真正知道满族、蒙古、回族、藏族各族的生活习俗?转问满人、蒙人、回人、藏人来,知汉人真正生活风俗情形的人,可更少吧!连同在一个国度里的满蒙回藏各族情形,我们都不想知道,怎会有人去想知道近邻的日本呢？不要说到日本要过海，连紧接北部的高丽人情风俗能知道的人恐怕也是凤毛麟角。数年前美国各报轰动—美国女子嫁与一个中国西藏和印度交界的一个小国国王，歌颂倍至，认为举国之荣。我那时就想起王昭君是怎样不肯出塞及蔡文姬已与蒙王生子还硬要割断骨肉而回中原的情形，使我明白了中国本性是与其他民族不同，也使我认识我华族重视自己的特性。"人以为荣，我以为辱"，儒家人道主义在哪里？孔子说"富而无骄易"，中国并不富强，总瞧不起其他民族，何故？

日本维新以后，闽浙人士，因为邻近，故常来往日本，郑成功的父亲，就是其中的一个。但那些人多不能文，没有写述民情风俗来让全国人士知道。满清入关前后，明朝遗民又多流往日本，他们不仅是学者名僧，又都能文能画。可是他们因为生活环境问题，也没有把日本民俗风情写给大家看看。到了日本维新以后，他们日趋强盛，精研西学。我国学子，相继前往就读。这班青年，日夜忙于学习日本语言及研求新知，也没时间把他们所见所闻写出来。直到19世纪末与甲午中日战争，我们对于日本国情民俗，一点也不知道。既不知己知彼，甲午战败，势所必然。其实在1875年前后,黄遵宪任职日本中国使馆参赞多年,曾著《日本国志》四十卷,详述日本维新时代,明治天皇励精图治日趋富强之道,力主吾国当权者加意研求仿行。但是那时满清女主慈禧氏不学无术,最怕新学输入,不利皇族,故加意抑压,迟使印行,又不奖励,以致读者不多。现在知道这部书的人寥寥无几。后来甲午战败,割地赔款,清政府不自检讨,力追失败之原,反而激励人民痛恨日本,而日木又逞胜阴谋侵略,日进一日,年进一年,竟而提出廿一条约之苛求,于是全国愤怒,而有"五四"抗日运动。自此而后,吾人只知仇日,而更无求知日本所以强盛之因。

我生在甲午战败之后,自幼就没有听到日本有可游可看的好话,在中学大学里所读到的又多是日本侵略吾国痛史。那时年轻气盛,想那样可仇可恨的国家,所以一直没有想去游去看的。可是过去卅余年来,见闻多了,年事长了,思想也比较成熟些,不会人云亦云,先得问问日本是否尽多可仇可恨。我国历来劝人的成语如"知己知彼,将心比心",先得明了自己,即使对方是仇人,也得知道了解才是。

我三十多年前立意出国,并非专为求学和要得学位,那时我在国内主理县政,颇为一般无识武人所苦,譬如岳维峻的部队在芜湖大街白昼抢劫当铺,被我的警卫捉着了,他硬要我把这几个抢劫士兵解还他部,第二天他又派他们在那被抢劫的当铺站岗。后来鲍刚兵变,响应石友兰,派一营人将我县衙紧紧围着,幸得韩德勤将军由南京率队来解围。及到九江任内,谭道源部下一辎重营的营长被兵士枪杀,而将全营辎重劫掠逃走,谭武人横蛮无理,硬要九江县府赔偿损失,自派士兵在四乡搜索。又有直属总司令部之九江警备司令,与当地一女校长有关,硬要我通融一案,我未通融,乃藉口美国德士古公司在九江洋油池租地斥为盗变国土,当时省主席昏聩不察,不问有无其事,因而南京外交部又令饬"敦睦邦交"等等棘手之事,无法处理,因而决定出国,看看其他国家行政功效如何。想到英国侵华鸦片之役,本不应该到英国去的,但那时英国地方行政很可学,那时又有一老同乡同学罗长海在英国可有倚仗,故而前往。在英国头三年,专门读书,读后知道写旅行游记是西方文学体例之一,引起我往游各地的兴趣。同时又读了不少英人所写的中国记述。作者既不懂中国语言文字,居留时间不久,可是他们写起来,大论中国历史哲学文艺,加上多张中国人抽鸦片烟、裹小脚以及强盗土匪照片作插图。他们写的是英文,他们的读者都是英国人,没有能指出错误之处,引起隔膜错误不少,至今受其害。那时我读后心中很不舒服,思有以改正之。但是向他们直接正面驳斥是没有多大效果的,因为对面驳斥只有二三人知道,而其他已受该书影响的人是不能改正的。想来想去,就想起自己来写我所游各地的印象给他们看。因为读者不是中国人,所以不用中文写。要给他们知道我对他们的国情风景的看法,不是一味模糊的讲历史政治大题目,也不去特别指出他们的坏处,同时引证我国国情相似的方面,希望能使他们感觉到我对事的看法也许更有意义些,这样他们可以认识我国国情,不尽是抽鸦片裹小脚的。我在游览各地时,特别注重寻找各种民情相同之点,不是相异之处(in search of similarities instead of differences)。抱定这个宗旨,不迎合读者好奇心,也不称说我们是上帝特许的民族,这是我开始在国外写游记的原因。我写的不称"游记",改称"画记",觉得有时光用文字不够明白,就加上我速写的素描加彩色来作插图。因要写他们的风景和习俗给读者自己看,得先把事事物物弄得清清楚楚,否则他们很容易指出错处的,他们的人物、衣冠、房屋、山水,不尽与我相同,我也不能用吾国传统的山水、人物、花鸟画去画它,写英文不像写我本国的文字容易,都是我每次写"画记"的困难问题。

我写完第一部《湖区画记》,要想英国书局来接去印行,真不简单。他们首先不相信我这个中国人能用英文写的可有销路,第二他们说我的画中国气息太浓厚,怕英国读者不懂,第三他们很怀疑我对他们的风景的意见可引起读者兴趣。经过一年多的挫折,在1937年居然出版了。出版后居然销路很好,经过十年,一直印到九版,可见读者兴趣不坏。读过的人都对中国引起要多知道的思想,于是书局老板就劝我写《伦敦画记》(《伦敦杂碎》)、《牛津画记》、《巴黎画记》、《都百灵画记》、《爱丁堡画记》、《纽约画记》等等共11部,每部都有添印。本来英国书局要我留在英国,来写完欧洲各国的京城。那时我写《巴黎画记》要学点法文很痛苦,每国文字都得学,那吃不消。若不明白其国文字语言,写起来就不够深入。不久纽约哥伦比亚大学找我教书,仍可用英文写作。除了教读之外,写"画记"就变成了我的职业之一。

随地都可写"画记",但是所写"画记"的地方是不是可以印出而有销路,书局老板就得考虑了。我"画记"中很多插画,印起来成本很高,书局不能不收回成本而求有所得。在我方面,我得先花成本时间去游览那个地方,然后才决定是否可写可画,件件都有问题。

《日本画记》是我刚写完的第十二部,我为什么想写《日本画记》和我怎样写《日本画记》,让我慢慢道来。我从前没有想游览日本,为什么到现在才动起这念头?原因是近十余年来在纽约哥伦比亚大学教读时,结识了好几位日本很有名的学者,例如吉川幸次郎博士,他不但说得一口好北京话,同时能写一手好中国书法。他自写的汉体诗文,极其清丽可诵。至于他对于"中国文学"的论著,多过几十部,尤其对于唐宋诗歌及元曲,有特殊研究。其他日本友人都对吾国文艺有极高深的认识。我不知不觉地转问我自己,我对日本文艺认识不认识。因此动了要去游看日本的念头。日本自明治维新时起,欧美人士著述日本文艺的书籍已不少。第二次世界大战后二十余年来,欧美研究日本文艺的人士一天多一天。翻译日本文艺的书籍,月月都有出版!从前在国内我总听见人说日本文艺是拾我牙慧,没有什么,同时又有一般西洋人士追述日本文艺都从抄袭吾华而来,我现在要去自己寻找他们是不是拾我牙慧和抄袭吾华。而且在哥大同事当中,研究日本文艺的专家有好几位,常与他们讨论,才知道我们过去只知己而不知彼,妄自尊大,无补实际,徒自受损。所以我要知彼,如是决定游历日本。第一次住了一个月,大半时间在东京、京都、奈良三处,看到他们收藏吾国文物之富,发行吾国文艺著作之丰,出乎我意料之外。东京又有汤岛圣堂——孔庙,又在神田一带旧书店里,可以买到吾国古本线装书不少,更是惊奇。为什么日人对于我国文艺如此精研爱好,而我国对于日本文艺,在哪里可以找出一件来?于是有意在日本细细观察。东京、京都、奈良可写可画的很多,但是居留时期太短,虽有街名店名多用汉字,但不能直接通话,总有许多不能详细明白之处,当时没有想写"画记"之意。

1967年我可有一年休假,除决定漫游东南亚一带及纽西兰和澳洲之外,特别抽出四五个月再游日本,饱看樱花春景,遍历三十余城,渐渐认识日本范围大起来,觉得日本全国,把四大岛合起来,尚不能及吾国一省之大。吾国每省又各有一百县上下,每县人情习俗，多不大同，而人民有识无识之别相差很远。日本各城各乡则不同，人人知识水准相差有限，个个能写能读，而且小巷通衢，又很整洁，人与人之间，虽乡野妇孺亦必拱揖如礼。为什么他们全国能如此，更引起我想多看日本的兴趣，于是又有第三次游日之行。

第三次游日本，花了一整个暑假，差不多三个月，又到过二三十城，特别是花了一个月在北海道，前两次没有去过，见到日本原始虾夷族。随时笔记速写，积稿多起来，就有意想写《日本画记》。从前所写的 11 部画记，都是关于一城文物。因居留东京、京都、奈良时期不长，看的不多，不能单写一城，因恐隔靴搔不能到痒处，三次游览日本，一共到过了六七十城，结果就想把所见所闻都写出来，作一整个国家的《日本画记》，不仅限于一城。因不仅一城，写起来比写一城难，写法画法都也不同了。我的意思是要使读者注意我所看到的整个日本国情和她的民族习尚。虽然我们是近邻，有些东西是由中国传过去的，但因日本国土环海，地形及气候风俗不同而改变了不少。例如美国事事物物整个从英国搬过来，而且文字没有改变，只因美国地大物博，所以结果不完全尽像英国，日本没有像美国接受英文般全部使用汉文,所以更没有整个接受中国文化。而他们已接受的东西,只接受方法,另加改进,所以结果与我国的不尽相同。

过去国人写述日本文物的书报很少,近来虽常有短文散见报端,但难窥全豹。我现写《日本画记》怕是中国人记述日本的第一个尝试。过去吾国画家如僧逸然、沈南苹等都在长崎授徒,但是他们没有漫游日本各地,也没有用他们的笔墨去画日本风景。我这次尝试,也许是第一个。我怎样写《日本画记》,依了上述目标,不利用好奇心,也不自认为高级民族,把我三游日本所见所闻的印象,一一实地叙述出来,求其相同之点,再推其各异之势。加上各地故事及传说,要是文字不够说明,添用彩色及水墨插图,同时补入吾国文物以作比较,让读者自己评断。一共写了51章,彩色插图20幅,水墨插图二百余幅,预订1970年3月出版,希望将来可以翻译成中日文本,可使读者范围扩大,也可得到多方意见和指正。

写完《日本画记》以后,觉得有几点要特别指出的如后:

(一)据日人自著《日本地学》一书上说,日本全境比美国加利福尼亚州小,因多火山,不时地震,兼之夏季多台风及洪水为患,可以居处之地段只有三分之一,可以耕种区域则不过百分之十五六,而他们的人口总数多过一万万,照理难以自给。而大多数人,往往聚处一隅,拥塞不堪。每当地震、火山爆发、台风与洪水泛滥发生之际,死亡伤害,均须拯救,不能不精密组织,合力互助,可使老安少怀。次次天灾,增进组织能力,加强支配之方,因此全国秩序井井有条。人民不但时在天灾可虞之下,勉强偷生,而且把他们的生存过得很好,蒸蒸日上。可见他们民族性的坚强及向前精神,不像我们抱着"得过且过"及"随遇而安"的态度,无论环境怎样困难,不自馁,不畏缩,同舟共济,奋勇前进,才有今日之盛,非偶然也。

(二)日本本国天生铁矿很少,他们购入外来的原料,产出新的工艺,成为全世界钢铁重工业国家之一。它的造船厂数,居于全世界第三位,欧美各国都向日本订造船只。这种奇迹,怎不惊人?现在它出产的照相机及各种电气器品,为世界之冠,这都是由于全国人民通力合作,有组织、有计划向前精进而成的。

(三)日本神道国教,不亚于西洋耶教组织。虽无传教牧师,因为政治组织之始,人民信仰纯一,各地举行祭神节,都有大规模的出赛游行,各种神龛仪仗,依次逐队前进,不稍紊乱。而人民空城空巷,敛气静观,毫无骚扰情事。这都先有精密计划,严明组织,方能办到。日人自幼就参加祭神节,对于服从系统及认清组织和设计种种,成为习惯。就是说他们天性中自然而然地生出有组织的能力,日本工商业现在异常发达,都因他们自幼组织力强,能通力合作而成的。我国人士自幼囿于一家的家内生活,没有组织训练,所以我们大城中,找不出几家百货公司。

(四)日本因火山太多,岩石多不坚牢,他们虽把佛教由中国传去,但我没有见到像"龙门"或"云冈"那样的石窟。在日本佛庙里,也很少看到很大的石刻佛像,这因日本的天然地理的原因,但是日本森林茂盛,用坚木雕刻佛像,却是日本艺人的能手。

(五)我国称和尚为出家人,因为做了和尚,就是离开家,与家人没有关系,不仅去姓,还要改名。日本和尚不是出家人,而且可以结婚,自成一家。他们和尚头上不烧戒疤,这是他们僧尼与我国僧尼不同的地方,这也是他们可以把佛教变为国教的原因。

(六)日本砂石很多,他们佛庙里的石制佛灯也不少,这是日本佛庙里的特色。中国佛庙里没有这种石制灯,这是中日佛教不同之点。

（七）日本佛庙的建筑，多像中国宫殿式的佛庙建造，只是庙顶曲线不太曲，而顶端两角物形与中国的不同。奈良唐招提寺由鉴真和尚监造，完全中国式，日人组织有方，国内又少大战乱，一切佛庙古物，都能谨慎保持原状，不像我国朝代时更，战祸频仍，古建筑多遭毁灭，很少全存。我们要想研究唐代建筑，应到奈良去观赏。

（八）日本寺庙中的宝塔，多是四方形，只有五层，均属木制，不像吾国宝塔有石制、砖制、磁制及铁制的种种。唐初宝塔有几个是四方形，但不是木制又无宫殿式的屋檐。中国各寺庙的宝塔型式多不相同，有大有小，从三层可到十三层，不像日本佛塔坚守一个型式，这证明日本佛庙建筑并不完全模仿中国佛庙。

（九）日本多大山，温泉特别多。每一温泉区，都有很好的旅馆设备来吸引浴众。日人自幼即好温泉浴，习以成性，故各地温泉浴室，多趋聚如蜂蝇，每每人满，我常见同住旅馆人客，一日可入浴四五次者。日本自古就可男女混浴一池，第二次世界大战后，虽不行于东京、京都，然混浴之区仍有。我们一向以为日本也接受孔子学说不少，照吾国道学家"男女有别"及孟子"男女授受不亲"说来,男女混浴在中国绝对没有过。

(十)据日本史记载,奈良城最早建筑,全仿唐朝长安,平安朝的京都宫殿及政体也是依照唐制。就两城地区面积来说,都不很大,现在时隔千余年,变迁不少,是否与唐时长安相似,很难考验,现代长安,不比京都兴盛。但照那平安朝的两个日本女名作家的作品——"康济亲王故事"(The Tale of Gneji)及"枕头书"(The Pillow Book)看来,唐时宫中名女才子也不少,但他们都深深坠入道学家礼教的陷阱中,没有一个胆敢直接写谈情说爱的文字,虽然康济亲王故事不是真的,但捕风捉影,不无其迹。若照"枕头书"中所记,则是平安朝京都宫中组织不很像唐时宫中组织一样的,旷男怨女决不能随随便便可以见面的。唐时宫中有阉宦,日本宫中是没有的,所以唐时女才子没有能写"康济亲王故事"及"枕头书"的作品出现。

(十一)康济亲王故事自英国魏雷博士译成英文出版后,轰动全世界,认为是全世界人类中在10世纪及11世纪中产生的第一部小说,极受尊崇,在欧美研究文学人士大多读过,这是说日本有日本特出的文学，我国人士认为日本文学是从中国传过去的，不大注意。国人读过"康济亲王故事"及"枕头书"的恐怕很少。

（十二）日本采用汉字及同样笔墨作书画，都不是由中国人自己介绍过去的。第六世纪是高丽学者王仁把《论语》、《中庸》、《孟子》带到日本的。佛教也不是先由中国僧众传过去的，日本圣德太乙先学中文，后从一高丽名僧精研佛学。他在奈良建造法隆寺的时候，工艺人员都是百济高句丽移居日本的，那法隆寺中有名的百济观音木像，释迦之尊像及药师如来坐像都是百济名手鞍作乌雕刻的，而金堂中被毁之名壁画，又是高句丽名僧昙徵的作品。这就是说吾国儒释两家最先传入日本之功，应归高丽人士，我们不能据为己有。

（十三）日本绘画，自雪舟和尚于 15 世纪来华后才有摹仿吾国山水画出现。但在 11 及 12 世纪中所出现的日本"康济亲王故事"着色长手卷及高山寺所藏之水墨滑稽猴蛙长手卷，那种风格是日本独有的，以及日本屏风彩画故事都是土产，并非仿华画格。若说日本浮世绘彩色版画，虽有吾华木刻技术传去之可能，但明朝出现之十竹斋彩色套印本，题材是梅兰竹菊,不是人物故事,日本因歌舞剧发达,多印剧场人物,亦非仿华。日本最有名的狂画老人北斋葛饰为一,画了一生,活到九十岁,创作三千余张画,设计过五百部书中的插图,没有一张有中国书风。西洋印象派的产生,是受了他的版画的影响。像他这样能影响全世界艺术的画家,我国画史中没有过。国人知道北斋名字,恐怕也很少。

(十四)日本漆器和景泰蓝器,许是由中国传过去的。但是日本对此两种工艺品,继续不断的精益求精,业至现在日本轮岛漆货及名古屋景泰蓝器,号称世界名品。吾国出品则仍旧法,毫无进展。我游轮岛时据稻忠堂漆器主人说,在明末15、16世纪时期,浙闽漆工曾到轮岛求学。

(十五)吾国宋元时代,多用圆形方形绢扇。画家书家都在绢扇上作书作画,久成风气。折扇则是日本特制。在明朝永乐初年由高丽传入中国,永乐皇帝看见很喜欢,饬嘱仿造,后遂风行。吾国书画家转移书画绢扇习气到折扇上,故尔明代画家如沈周、文徵明、唐寅等等,个个都画了不少折扇、扇面遗存。但折扇虽创自日本,日本书画家未有书画折扇的习气。

(十六)日本因地小人多,群居聚处,不像我国家族制度紧严,很少混合。又因男女有别,故男女常在一块的时候不多,彼此会话对白也有限,所以到现在还没有惊人的小说出现,就是没有好对白。吾国过去最有名之四大小说,如《红楼梦》多属女性,宝玉若不带女性,恐不能存在。《水浒传》则皆男性,虽有阎婆惜、潘金莲出现,都不重要。《西游记》则属神话,更无男女对白之可言。至于《金瓶梅》,则又为村夫野妇之交谈,不能代表吾国整个社会状态。近年虽有不少新小说出现,但一读男女对白,大半仿照西洋小说情语,不像吾国男女平常会话,挂羊头卖狗肉,有点不伦不类,出品都不真正代表吾国社会情态。日本明治维新后,衣着饮食,多趋西式,而第二次世界大战后,他们的社会生活习惯,更与欧美情态接近,日常术语音乐等等,均无特异,所以他们近年出版之小说,可能代表日本现社会真情,名作家日多一日,不是偶然的事,我们不能漠视。

上述各点,都是我三游日本所见听闻的结果,希望国人不要再任意以为日本一切文化,全由吾国传去的,表现轻侮之意,不愿研究。老实推敲一下,欧洲各国文化,都从埃及希腊文化出来的,而美国文化,没有哪一点不是从英国传来的,为什么世界人士不说美国抄袭英国,而欧人抄袭希腊埃及?我们老是混说日本文化是抄袭中国的,自以为荣,其实荣在哪里,原与日本无损。

现在我要提的是几个中国名人与日本的关系和日本两种最奇异的传说:郑成功的母亲是日本人,他出生在日本长崎附近海边,他母亲在海边拾贝螺,忽然腹痛,坐在一大石旁出生的。后来他驱逐荷兰人而在台湾被封为延平王,丰功伟烈,日本诗人与文士,歌颂不少。日本名剧作家近松门左卫引编为《国姓爷》一剧,于1715年10月在大阪开演,连续公演17个月,因而成为日本通俗传奇文学,人人皆知,至今还活在好多日本人的心中,可是国人知道他的怕不多吧!我想他幼年在日,许被日本武士道传说的影响不小。

苏曼殊的母亲也是日本人,他的诗文才气,甚为孙中山先生在日组织的兴中会的人士所敬重,南社主干柳亚子尤为友好,我想他的英文及梵文知识是在日本就学时得来的,因为他幼年求学时期吾国研学英文及梵文机会不多。

陈元赟,浙江杭州人,在17世纪中叶随着单凤翔奉派到日本交涉倭盗寇边的问题,就留住在名古屋建中寺十余年。不仅是一位著有《老子经通考》及

《元元唱和集》的作者,据说日本柔道(Jujitsu)是由他讲述少林拳及太极拳而产生的。同时他能自造瓷器,现在名古屋博物馆中藏有他亲制"元赟瓷"十种,我特别到名古屋建中寺坟场去参拜他的墓地。

朱舜水,浙江余姚人,1859年因反对满清入主中原,作最后一次逃避日本,协助水户藩主德川光国编纂《大日本史》,宣讲孔孟忠君哲理,除水户大学系有《朱舜水先生文集》外,他在生时曾定制中国皇冠皇服及孔庙礼仪并制造鼎彝祭器与孔庙模型,东京汤岛圣堂是照他的模型建造的,他并制定春秋二祭仪节,东京后乐园花园也是他设计建造。水户藩户对朱舜水尊如孔孟,死葬其家园坟场,派人看守,至今三百余年而未稍变,我亲到水户去向他的坟场致敬!

鉴真和尚,江苏扬州人,历尽千辛万苦,终于第六次渡海到达日本,那时他已66岁,双目失明,仍能督造奈良城唐招提寺及改订佛经数种,他除能诗能书之外,又精医学,日本医学界仍有用他的医方者。

明朝名僧隐元禅师于1650年被召往长崎,后转赴京都创建万福寺,除宣讲黄檗禅宗外,能书能画,遗留笔迹很多,他并手制佛家素餐继续相传,名为万福寺素餐,寺前有一餐馆,仍可定食。

上述这些人都是多方面的学者,现今文人,一知之外,则多茫然,何故?

1920年后,周作人先生写信给俞平伯说"有日本友人云在山口地方听到杨贵妃墓的传说,并照有相片……据云杨妃逃出马嵬,泛舟海上,飘至山口,死于其地,至今荻及久津两地均有石塔,云即其墓也"。俞平伯在他的《杂拌儿》书中写了一篇"从王渔洋讲到杨贵妃的墓",我在日本时很想到山口久津去查看那墓地,没有能办到。但是杨贵妃之名,日本老幼,大都知道,京都泉涌寺里有一"杨贵妃观音"像,据说这木像是唐明皇思念贵妃时饬令特塑的,很像贵妃本人,是由该寺湛海法师在12世纪由中国带回来的。我问这观音雕像怎能落在湛海法师手里,没有人回答我。

日本北部青森县十和田湖附近传说有耶稣坟墓,我到十和田湖住的那一天大风暴雨,不能出去,最近驻日本"中央通讯社"社长李嘉先生特地前往,在新乡村内一座小丘背后,找到耶稣墓地,并亲自照了几张相片,有一块木碑,上面写的日文和英文,李先生译为:"耶稣基督于二十一岁渡来日本,十二年间,修习神学,三十四岁时,归犹太传道,宣扬神教,当时,犹太人民不容基督之教说,反捕基督,欲处之磔刑于十字架上,但基督之弟耶稣基利替而代之,魂断于十字架上,免受磔刑之基督则历尽艰难辛苦,重踏日本国土,定居于户来村,以百六岁之长寿,殁于斯地……"李先生好意把照片及他所写的文章都寄给我看,我看了很想知道一些在日本关于耶教牧师的讨论,尚未找到。

最后一句,就是民国十七年冬,先兄大川任淞沪警备司令部秘书长,我在上海真如国立暨南大学充化学讲师,那时我的舅公蔡公时被国府任命为济南外交特派员。他奉命之夕,就赶到上海来与先兄商量,坚邀我同往济南协助公务,那时匆促间无法报请暨大校长郑洪年先生允假,允迟一日赶往济南。要是我那天同他去了,这《日本画记》就无从写,也不能问世了!

注:原载《南洋商报》1970年新年特刊第31版。
蔡公时,蒋彝母亲之叔父。曾留学日本,1928年任国民政府战地政务委员会外交处主任兼山东特派交涉员时,率外交随员到济南与日军交涉。是日全员被日军割鼻、剜目后枪杀,史称"五三惨案"。史家称,外交官持节被戕,亘古未有!

中国书画之将来

主席,各位先生:

今天我很荣幸能在这里同各位见面,谢谢各位冒着大风暴雨前来。这是我第三次来香港。第一次在45年前,那时语言不通,住了一晚就走了。第二次是1966年夏天,住了一个月。这次住的时间比较长,已经住了五个月。当我初到这里还不及两个星期,中国文化研究所薛寿生教授就来邀请我讲演。本来我最怕说话,且又不会说,要是说也说不好,便婉拒他的好意。薛教授却不让我过去,既然盛情难却,我就藉此机会,把我自己三十多年来,研究中国书画的经过及对吾国书画的见解,向大家说一说,并且共同研讨一下。因此,我就拟定一个讲题:《中国书画之将来》。这个讲题暗中就包含着一个问题"中国书画有没有将来"。这问题所涉及的范围很广,也非常重要,我个人学识有限,经验也很浅薄,恐怕说起来有词不达意之弊。同时中国书画有千余年悠久的历史,绝不是一天两天,甚至一年两年,可以说得完的。我在这短短的时间内,只能说个大概。要是有不详尽、不明白的地方,请各位原谅,并望指教!

首先,我把这个大题目分做两方面来说。第一方面是"中国书法有没有将来?"六七十年前,一般喜欢写字的和精研书法的人,绝不会提出此问题。自第一次世界大战完结后,中国文化与西洋文化直接发生接触,因而广泛地交流起来。交流唯一的工具是文字。当时有些著名学者感到中国文字不是拼音字,而与西洋拼音文字交流起来,困难甚多,乃提倡改革中国文字,把中国文字也变成拼音字。他们没有采用西洋26个字母,却造出五十多个注音字母。在政府大力推行之下,全国风从。举凡中小学生,都得读注音字母。我在中学时也读过。中小学课本汉字旁边都加上注音字母,有几家报纸也如此。经过这次文字改革后,中国书法的将来就成了问题。结果,注音字母始终没有普遍地通行起来。到了现在,通晓注音字母的人并不多,便证明这实在有许多障碍,第一次文字改革没有成功。第二次世界大战完结后,中国文化与西洋文化的接触更是日甚一日,于是改革中国文字的议论又喧闹起来。这次不再是提出新造注音字母,却主张汉字罗马化或拉丁化。老实说中国文字与西洋文字交流起来是有不少困难的。譬如西方盛行缩体名词,在纽约的联合国只写UN,美国的共和党只写 G.O.P.,英国的海外航空公司为 B.O.A.C. 等等,欧美新科学杂志、医学杂志里这类缩体名词更多。中国文字对之毫无办法。至于汉字拉丁化,就是把汉字用拉丁字母拼音起来。可是这又有问题了。汉字都是单音字,一字一音,而同音的字非常多,一句话中可有好几个同音字,很容易使整个句子的意义都弄不明白。我记得在北京听到一个急口令,"四十四个石狮子……"记不清楚了,四、十、四、石、狮,五个字,都是同音的。把这句话拉丁化起来,就没法明白说的是什么。像这样的例子很多。再说中国发明印刷远比西洋早几百年,中国印了一千多年的书籍,真是汗牛充栋,不可胜数。我们要把汉字拉丁化,得先把已印的古书变成拉丁化,否则后辈们就无从了解过去已有的文化。譬如把《四库全书》或《图书集成》全变为拉丁化,决不是一朝一夕所能办到的事,也许要几十年,几百年才能办得到。那就是说汉字不能立刻改革成为拉丁化,也就是说汉字仍旧要存在,将来还是用汉字的。中国书法是从最早的汉字美化出来的,汉字既有将来,那么书法就有将来。不仅有将来,还可能发扬而光大之。从前教育不普及,念书的人很有限,现在念书的人比从前多几百倍。念书的人多,写汉字的人也会多起来。只要常常写汉字,那些有审美才气的人,就会看出汉字结构的美和线条的美,便会进而研习书法,精益求精,可以说将来写好书法的人只会增多不会减少的。从前想研习书法的人,买笔买墨和买纸都不很容易。譬如唐朝一位草圣怀素和尚,他没有钱买纸,就把芭蕉叶晒干,作为练习书法的工具。写了抹掉再写,天天如此,所以他的草书最有名。现在不但纸、笔、墨、绢的价钱都便宜了,而且各种有名的碑帖,都有影印本。日本出版的一部《书道全书》二十余卷,搜集了中国上自晋唐下迄现代名家的作品,同时吾人也可到博物馆去观赏真迹,耳濡目染,日积月累,中国书法灿烂的前途,是可以预料得到的。

其次,我要说说中国绘画的将来。吾国绘画是与书法有极密切的关系的,因为中国画家与书家用同一样的笔、墨、纸等工具。书法着重线条美和线条结构美,国画也重在线条结构美。所谓书画同源,就是同从上古甲骨文字一道产生出来的。国画有没有将来,这个问题在六七十年前也是不会发生的。但近二三十年来问此问题的人比问书法有没有将来的人多,并且有些新兴画家,更鄙视中国国画,常常加以正面的攻击,因而想到国画的将来,也大不乏人。第一次世界大战后,法国印象派兴起,风靡全世,但要画好印像派既不简单,也不容易。等到第二次世界大战后,摄影技术日益精美,人体物体要怎么拍摄,就可得到更好的效果,因而西洋画家很难从事写实画,进而变为抽象画或超现实画。这"抽象画"或"超现实画",也不容易得到预期的效果的,但是学起来总是比较方便。于是,中国现代青年画家感到继续过去国画的画法十分乏味,也因近二三百年来国画家一味模仿古人,毫无创见,使他们不愿意师承,因而采用西洋技术及油彩来作画的很多,时时有他们的油画作品公开展览,这是对国画的正面挑战。我们关心国画的人,对于国画的将来问题,有亟待解决的必要。据我个人看来,中国国画是不会因此而衰落,更不是西洋画可以取其位而代之的,我深深觉得国画也有很光明而灿烂的将来的,不过我们得加意改良。在这里我得特别声明的一点,就是我现在讨论的是中国画，是中国人用中国已有的画法及中国画笔、画墨、画纸所画的画，不是用西方画法和西方画笔与油彩画在帆布上或木板上画的画。我不反对用西法作画，好像我不反对坐汽车代步，但这不是我现在能讨论的。最近在香港大会堂第十届国际造型艺术协会所举行的公展，参加的有日本、朝鲜、暹罗、菲律宾、中国台湾、中国香港、新加坡、马来西亚及巴西等等，那是国际艺术，即是国际画，不在我现在讨论的中国国画范围以内，故不列入。因为国画现在遇到正面打击与挑战，不能不研讨改良的方法和步骤。这次我来香港，很想借用中文大学中国文化研究所来组织一个国画研究会，邀集各个对于国画有研究的专家，坐下讨论，集思广益，可以找出怎样改良国画的方法，可惜我在香港逗留期间快满了，始终没有组织起来。现在把我个人拟定的"国画改良刍议"提出来，请大家讨论研究。

（一）画中有物　就是说一张画画的是什么，可以从画上看得明白。有许多人误解"抽象"这个名词，以为"抽象画"，就是一张画，虚无缥缈，不可捉摸，更是不可解释的。其实《辞海》注明"抽象"就是就多数事物抽出其共同之点，综合之而成一观念，如是之心意作用,谓之抽象。"抽"是动词,是抽动,抽起、抽出的意思。"象"是名词,《韩非子·解老篇》言:"人之所以意想者皆谓之象也。"所以"抽象"是从"象"里"抽"出来的,并不是没有东西,也不是不可解释。画的是甚么,"甚么"就是"物",也可说是"象",所以画要有物。

(二)不仿古也不泥古　就是所画的题材结构,不是一味摹仿古人的作品,也不拘泥于古人作品之中。不是古人画过的就不画,古人没有画过的更要画。

(三)不分雅俗　这里用的"雅"和"俗",是指画的题材,文雅的可以画,通俗的事物也可以画。宋朝张择端所画的《清明上河图》,把当时社会人士生活的形形色色,都描写得淋漓尽致。但是传统的"雅"息却没有了,虽是名作,但不为文人所重,故这类的画不多见。又如宋神宗见了郑侠《流民图》而感到变法之不当,但这张《流民图》没有传下来,我想大概是题材太通俗的缘故。我觉得我们今后作画,"文雅"的题材可以画,极"通俗"的题材也可以画。

(四)不废笔、墨、纸、绢　因为笔、墨、纸、绢是构成中国国画的基本用具,等于汉字是组成中国文学的基本用具,古典中所用的汉字,即是白话文中所用的汉字,汉字本身没有变。只是从古典文体变成白话文体,就是"文学改良"。没有汉字,就没有中国文学。没有中国笔、墨、纸、绢,就没有"中国国画"。所以要改良国画,仍要善用中国笔、墨、纸、绢。

(五)要有个性　画家的思想行为,可以从其作品上看得出来的。要是看不出来,不是摹仿,就是没有个性。无论在题材上结构上,以及用笔用墨上,都可表达个性,不是另一个画家可以画的。

(六)要有时代性　任何一幅作品,都可以代表那个时代,要是摹仿古人的作品,就不会有时代性。每个时代的事事物物,不尽相同。譬如吾国过去的画马专家有韩干、李龙眠、赵孟頫、任月山等。徐悲鸿画的马,却是近代的。因为近代跑马风盛,马的飞动形态可以常见。徐悲鸿研究西法多年,又善用中国笔法和墨色来描画其动态,可算富有时代性的作品。

(七)要有了解性　每张画的内容,即使是"抽象",也要有能了解的可能性。在第一点里说得很明白,我们作画,是为"情""意"而作的。这种"情"这种"意",不是含糊不清,不能了解的。要是没有解释性,就是没有"情",没有"意",那就不是画。

(八)要有永久性　虽然每个画家,生年有限,不能看到他的作品在将来如何被人欣赏。可是在创作时期中,不能不存有他的画可以永远流传的思想。过去古人的名作,虽然作者都死了,现在仍被我们欣赏,就是说他们的作品有了永久性。凡是精心创作出来的作品,决不会仅仅昙花一现。他必定有动人"情""意"之处,也有引人入胜的地方,那么可以传,可以永久。画家在作画的时候,要对他所作的作品存有永久性的观念。

以上八点,是我个人对国画改良的意见,是否有当,敬请各位平心静气地来研讨一下,详加指正,以便国画将来真正有所改进,则不胜冀盼之至。我前面说国画将来会更发扬光大,因为现在的念书人,习画的也不少,报章上及图书馆、博物馆常常有加强人类审美的观念,所以画起来有很多帮助。人性最怕挑战,最怕正面冲突,越打击越好胜,就有比较,就有进步,所以将来国画可望发展得更好。何况现在买笔买墨买纸买绢都比从前容易,也可以在博物馆看到名画及名画精印的刊物作为参考。同时西洋画的题材结构,又可以引为借镜,启发吾人创作的新意。过去吾国画家没有学习过"人体解剖",所以到了后来,画人物没有什么进步。现在可以精研"人体解剖"学,将来对于人物画是可以大放异彩的。其他山水、花鸟、虫鱼、走兽等等,也可以发奇光的,所以我对国画的前途,非常乐观。

(蒋彝主讲　黄孕祺笔录)

注:原载《香港中文大学中国文化研究所学报》第五卷第一期(1972年)。

黄孕祺,中山大学首位艺术史博士。

国画的将来

蒋彝先生用英文写过各地的游记,并以国画作插图,深得外国人士的激赏。蒋先生最近应聘为中文大学艺术系客座教授,于五月二十日发表了《中国书画之将来》的一篇演讲,提出八点"国画改良刍议"。为了对蒋先生的观点作更进一步的了解,香港电台张汉彪先生特访问蒋氏,以下就是他们两人谈话录音的记录。

问:蒋先生,最近你在演讲中提出了改良国画的见解,我们想更进一步,就先生所提出的国画问题,作更多一点的了解,请问国画与西洋画主要有什么不同?

答:国画是产生在中国的绘画,是由中国人自己画出来的绘画。西洋画是产生在西洋的绘画,是由西洋人自己画出来的绘画,这是人人皆知的道理。但最主要不同的地方是中国国画是用写字的毛笔画的，画在一种宣纸上，也可以画在绢上，这种宣纸或绢是特别为写字或画画用的，可以很大的一张，一丈二尺到三尺宽的，西洋画却不是用他们写字的钢笔画的，而是另用油彩及一种帆布工具来画画，这主要是工具上的不同。

问：那么，所谓书画同源是否就是构成国画与西画，在技法上及工具上不同的特点之一？

答：可说"是的"。"书画同源"这句成语只有在中国文化才有。西洋文化没有这种说法，因为西洋写字的笔不是画画的笔，西洋写字的纸不会用作画画的纸，而且西洋文字不能在西洋画上找得出。中国书法是从上古最初汉字演变美化而成的，最初上古的汉字就是画，最新而最进步的国画如徐文长、八大山人的作品，就等于上古写的汉字，用极少数的线条来作画，中国书画是从同一的根源——上古汉字——而成长的。中国书家用来写字的笔墨纸绢，画家可以用同样的笔墨纸绢来作画，所以中国书与画是分不开的。

问：那么文人画又算不算得是中国所独有的一种画呢？

答："文人画"不是中国所独有，但这"文人画"一名词,只有在中国文字里产生出来。实在是在明朝末年董其昌所拟造出来的。在董其昌以前,没有这个名词,老实说我不赞成这个名词,并且很反对这个名词。董其昌说王维能诗能画,故文人画自王维始。中国自来能提笔写字的就通称为文人,要说能诗能文的人画的画就是"文人画",那末晋朝的顾恺之,写过《云台山画记》和"夏云多奇峰"的名句,他所画的名作《女史箴》不是"文人画"吗?宋徽宗和明宣宗所画的画,便也都是"文人画"而不是皇帝画的画了吗?西洋的名画家有很多能为文作诗的,例如意大利的达文西,曾写过《画法纲要》,英国的威廉勃雷克出版过诗集,他们的画不也是文人画了吗?其实什么才可称为"文人画",含义不很明白,有点混乱不清,也曾害死人,例如仇英,字写得不好,也没有写过诗文,所以他的画经过长时间不为大多数文人所看重,几乎湮没而无闻。日本人把"文人画"和"非文人画"分做两大类,"文人画"是不肯出卖的,"非文人画"这一类画常常在市场上可以买得到,中国虽无此特殊分划,但隐约中含有画文人画的人是文人,不喜谈钱,也不大张旗鼓的"出卖画件"。其实唐寅自科场失败后,全靠卖画为生。有清以来,卖画为生的文人,多得很,可是表面上仍要说画的是文人画,是不卖的,实在没什么道理。所以我主张从今以后不再着重"文人画"这个名词。

问:您对通常所说的"国画无透视"这句话有什么高见?

答:"国画无透视"是一般学习和爱好西洋画的人宣唱出来的,这表示他们对于国画没有深切的认识。西洋人初与中国文化接触,看到中国山水画,山上有山树上有树,就自高自大的乱说"中国画无透视",中国一般初喜西画的就同声附和起来说"国画无透视"。西洋画自古典派以至于印象派,一向表现与雕塑有关,他们画出画题,尽量表现其立体形和逼真性,利用光与影来画。他们不明白中国画与书法有密切关系,看重线条美和线条结构美。他们一见中国画就说不像东西,没有光与影,这都是早期西洋人对中国画的误解,现在不然了。近代西洋画已走上东方画的一途,不注重光与影了。其实国画有透视,我们的透视法,不是"眼平透视"与摄影机一样,我们是"高平透视",从高处远看,所以国画的范畴,总是很宽阔的,我常常说西方人若要明了中国画透视法,最好在高处远摄一全景,再把这照片放得很大,从中截取一段出来,就可明了中国画的透视法和结构。

问:在你所提出的"国画改良刍议"中第一点是要画中有物,请问:是否仍嫌前人所画的东西题材太窄狭而有扩大的必要呢?

答:我说画中有物,就是要知道画的是什么,这"物"字就是无论什么"物",包括凡是可以画的都画。有的东西普通画家觉得没有可画的地方,但是一经大师点染就是名作,譬如八大山人画的"鼠与冬瓜"的鼠是不太容易画得神奇的,八大画出来就使我们永远记着那鼠的神情。前人画的人物、山水、花鸟等等,都不明白载出什么法规,什么限制,某种花是常常画的,某种花不曾有人画过。我的意思是无论什么都可画,当然是需要名手才可以画出名作来。

问:但是对于抽象画而言,这句"画中有物"又应如何解释?

答:这个问得好,一般人对于"抽象"这个名词,没有十分弄得明白,总以为"抽象"的画件,是"虚无缥缈"的画件,是不可解释的画件,也是神来梦造的画件,没有一定的物似。照《辞海》注解"抽象"名词说:"就多数事物抽出其共同之点,综合之而成一种观念。"这种观念如画出就总得画一种东西。"抽"是动词,是"抽引"、"抽出"或"抽动"的意思,"象"是名词,如《易传·系辞》"在天成象"即日月星辰之谓,又《韩非子·解老篇》说"人之所以意想者,皆谓之象也"。名词,是物之名,"意想"也是"物"。我说"画中有物"是与"抽象画"不冲突的,我希望画抽象画的人不要误解"抽象"为不可捉摸的意义,如有意象,就是有物。

问:说到第二点"不仿古更不泥古"一层,对于艺术的创造当然很重要。许多人说起国画都推崇唐宋,以为后世绘画专事摹仿,不能推陈出新,故并无足观,请问是否事实?

答:这个说法是"事实",但"事实"上却又不是如此。"推崇唐宋"是对的,一是年代远,西洋没有像唐宋两代那样产生许多大画家,西洋所产生的大画家,开始在15世纪意大利文艺复兴时代。我国唐宋各大名家是值得推崇的,西洋人听到唐宋名家其生卒年日,总是瞠目惊奇。可是宋代以后,来了蒙古人统治中国,不重文艺,反而摧毁之,经过将近一百年。等到明朝汉人复起,一般爱好文物名流,四方搜罗唐宋名迹而不可得,于是大兴"复古运动",不但是复古热,要是他们找到一张唐宋古画,他们就立即临摹仿效。于是画上开始题述"仿董巨笔法"、"临范宽笔意"以及"仿元人笔法"等等,这种题画方法,是从明代起的,明代以前是没有的。唐末名家无前人作品可仿,故多创作,明代开始摹仿,不以摹仿为耻,反以为荣,不但争取摹仿以为荣,而且以所摹仿之作,混乱成真而谋利,收藏者无可对证,于是赝件风行,不可遏止。这是近四百年来中国国画的大流毒,连自视为一代名家的董其昌也摹仿不少唐宋名画。三四等画家,毫无创作才能,只得专心临摹,不仅临摹,竟至泥滞于古人所作而不自拔。所以有清一代,临摹古人之作特别多,临摹而又不好的成大半数,因此人人见着都感千篇一律,无可采取,甚至厌恶。国画到现在颇有恹恹不振之意,加之采取西洋作画者加意攻击,尤为可危,所以我主张改良,最要的是不仿古更不泥于古。

问:先生在演讲中提到的第三点"不分雅俗",与"雅俗共赏"又是否一而二,二而一的呢?

答:"不分雅俗"是说画题和画法,画题雅的可画。画题俗的——俗是通俗,不是鄙俗或粗俗——也可画,例如宋张择端画的《清明上河图》和郑侠《流民图》(没有存留)都不能说是有雅意的画题,因为国画一向注重表示"雅",所以《清明上河图》这类画不多见。我主张从现在起这类通俗的画题是很可画的,不要反对画这样的画题。至于所谓"雅俗共赏"是讨论鉴赏的人的问题,喜欢雅的人可欣赏,不一定要雅的而且是普通通俗的群众也可以欣赏,这当然要看画家的功夫和表达的情趣如何。

问:你觉得对于国画的欣赏、"普及"与"提高"是否同样重要?二者是否相辅相成?

答:国画欣赏是要"普及"与"提高"同时并进的。我觉得多"普及"而后更可"提高"。"美"的产生,是由于人类在闲暇的时候把所见所用的文物使之"美化"起来,看得舒服,用得舒服,我主张"美化人生"、使人生美化起来就是这个道理。国画的用途有限,除了在室内悬挂以外,就不易看到,西洋画可用作插图,可作"宣传"品,可应用在许多物品用具上,我们应该使国画可以常常见到,如能普及,则见的人多,看的时间也多,那么判断爱好与不爱好的意见油然而生,由多方的意见就可以提高画品了。

问:第四点"不废笔墨纸绢"的确是高见,先生可以再说说其中的道理吗?

答:笔墨纸绢是组成中国画的最基本工具,不用中国笔墨画的画不是中国画,不画在中国纸上或中国绢上的画,也不是中国画。从前胡适先生的《文学改良刍议》,是从古典文体改良到白话文体,而所用的基本"汉字"没有改变。这就是说"笔墨纸绢"等于基本"汉字",是不能改变的,所要"改良"的是画体、画法和画意。

问:第五点的"要有个性",其终极的目的是否要能卓然成家之谓?

答:不能说个个画家有"卓然成家"的可能,但既爱好作画,总不能不作"卓然成家"之想,至少所作的作品有独特之点不会使观赏者容易忘掉。这是与第二点"不仿古不泥古"相对的,要是一味仿古泥古,就是没有个性的画件,是不能要的。

问:请问第六点的"要有时代性"可以从哪几方面表现出来?

答:最容易看出来的,是从画家的生年死日。他既有生卒之期,他画的作品就应代表那期间的产物。但若一味摹仿古人,那就不能代表他生卒的时代。再则画题方面,有许多画题只在一定的时代发生的。譬如宋张择端《清明上河图》是代表宋代的人民生活状态,以后明代有些摹仿的就不能代表明代。每一个时代所发生的事事物物,都是不能相同的。第一次世界大战要挖战壕,第二次世界大战空战很厉害,画家能采取生时所见物事作画,这当然表现时代性。

问:第七点说到的"要有了解性"是不是会限制国画走向抽象之路?

答:这个问题,或者是对"抽象"这名词没有弄明白,好像"抽象"不是"物"。我上面已说过,"意象"就是"象",即是"物",是"象"是"物"就都可设法了解。譬如普通写一个"人"字,宋徽宗用瘦金体也写个"人"字,我们会欣赏宋徽宗所写的"人"字而不会欣赏普通的"人"字。因为瘦金体的"人"字有它的美感在内,所以欣赏,这就是说瘦金体的"人"字有了解性。

问:先生最后一点说"要有永久性"似乎是要经过时间的考验,恐怕不是作画者所能预知的吧?

答:很对,很对,一个画家的生年是有限的,古诗云"人生不满百",但是"长怀千岁忧"。就是一个画家所作的作品,明知不能看到这作品在他身后的存留影响,但是他创作时不能不想到他这张画件,是否可传和可留。古人所谓立德立功立言者,可以加上"立画"一节。孔子曰:"君子疾没世而名不称焉",做一个画家,总想他的作品,要有多人欣赏,不仅他生时人士要欣赏,他死后的人士也能欣赏。当然个个要有此思想,但不是个个画家都可传,唐宋元明清的画家数以千万计,可是我们能知道的不上百人,不过我觉得每个画家都要存有"永久性"的心去创作,能这样就必去看很多过去永传下来的作品。要是个个能如此,则竞争之作必多,那么很好的创作品就可由此而生的。

问:当然目前能领略国画趣味的人已经很不少,你看应该怎样再作进一步的推广呢?

答:我想目前能领略国画趣味的人已经很不少,这是因为现代生活情形有许多新的发展,譬如博物馆大会堂常常有画展,报章上常有论及书画的文章,学校里有专教书画的课程,广播及电视也常有关于书画的报导,印刷也较前精美,这都是增进人民欣赏美术的好方法。最要紧的还是生活水准,生活水准能提高,美术爱好就会增广,因生活水准提高,就可想法子使生活美化。从前美国黑人不能欣赏美术,现在美国黑人文艺有独创处,爵士是其一。香港也一样,譬如渔民生活要改善才能讲生活上的美化问题,正是衣食足然后知文艺也。

注:张汉彪,香港电台(RTHK)中文台台长。

洋人与狗

谁是洋人？不是中国人的人。洋人有两种：一是西洋人，凡是靠在大西洋面国家的人，例如欧洲各国的人及南北美各国的人都是西洋人；一是东洋人，就是靠近中国东部洋面的日本人。南洋各地的人多与中国人相似，而且广东、福建移居南洋的中国人很多，所以不叫他们是南洋人。北洋中少人居，故无北洋人。不过在中国国境内，60年前有一种北洋军阀，军阀是人产生的，岂不是北洋人吗？军阀虽是人，但北洋军阀，是中国国境内过去的一种特种人，不近乎北洋，所以也不叫做北洋人。

"洋人"这两个字，照字面看去，没有什么坏意。但是"洋人"不是直接产生的，是由"洋鬼子"变来的。洋鬼子初到中国来，干出了许多不是人做的事，所以我们把他们看做不是人，只是鬼子罢了，广东人叫他们是"番鬼"。在香港的广东人，早年也是叫他们做

"番鬼"的,可是经过了近百年的管制,有的香港人不叫他们番鬼,也不改称洋人,竟至大呼"洋大人"矣。

洋人不尽是坏人,有的思想很高尚,性情很慈祥。但是最初一批到中国的,认为我们是落后的民族,用他们的坚强武器及炮舰来尽量欺压剥削我们,硬逼我前清的腐败政府出租上海、汉口、九江等地为租界,名为"租"实是"占有",因为他们在租界内为非作恶,我政府不能过问,我国法律不能去干涉。我自幼对洋人的印象很不好。大概是60年前的事吧!那年我刚过11岁,我的祖父已过75岁,常常要拉着我出去散步。有一天下午,祖父拉着我走过九江正街,慢慢步到长江江边,那边大段是"英、日租界"。

上海公园中"华人与狗不准入内"的招牌

祖父走久了,感觉得非常疲乏,就在租界中公设的长椅凳坐下了,休息一会儿。马上就有一个巡捕叫喊"起来!""走开!"祖父上了年纪,同他解释"只坐几分钟就走",回话是"不行!"巡捕就拿起他的手棍来赶,我把身子遮着祖父起身走开了。走了不远,看见第二把公设的椅凳上面坐着一位老年洋女人,她的一匹大狗也同她坐在一块儿,真把我气坏了,祖父只是摇头叹气,很慢地走回家来。我从那天起发誓不再走过租界。直等到"五四"运动,我拿着"打倒帝国主义"的旗子参加罢课游行,直冲租界乱喊,把那位英国红色胡子巡捕头儿捆起,他对我们毫无办法。后来陈友仁外交总长硬要取消汉口、九江租界,是我感到最痛快的时候。

我一生很喜爱各种动物,但对狗不大喜欢。"物以罕为贵",狗太普通而常见,所以不甚爱好。等到中学毕业后来到上海投考大学,有一位亲戚要带我去环龙路的法国公园。一进门口,就见着一个招贴:"华人与狗不准入内!"我就不愿意进去。但我这位亲戚久住法租界,有入法国公园的"派司",坚邀我进去。我说会赶出,他说不会,就进去了。不久看见一个高大洋人牵着一匹大狗走过,我说他为什么可以带狗进公园？我亲戚很会解说,只是华人不准带狗入内,他没有带狗是可以入内的。我说他强辩,笑笑了事。但我对洋人与狗的印象总是不很好。

自幼对洋人与狗的印象不好,大了就极端赞同"五四"运动的种种反帝国主义游行示威等等。后来派到九江做本乡的县长,仍旧对洋人没有好感,更不想讨好他们。西洋教会人士在九江永租的土地很多,中国政府允许久租的初意,是在租借地上建筑教堂及医院之用。但是积年累月,这种初意变更了,九江教会都在他们永租地上,建立铺面出租谋利。过去县长怕事,都让他们建造。我到任内,就反对一位教会女子中学校长的申请,不批准她们想建筑的地段。后来美国德士古洋油公司想仿照久在九江经营的亚细亚及美孚两公司的洋油池偷购地皮,贿通我的第二科科长把契先缴了税,等我查出,将已缴税的契据吊销,把科长押禁。因为德士古花了不少钱行贿九江商会副会长,我不准建筑,这事就闹大了。自来小县县长与中央政府不发生直接关系的,可是我在九江任内,接到总司令部的命令彻查,那时外交总长是王正廷,被美国驻华大使催逼,也直接来快邮代电,申斥我这县长,应该体念敦睦邦交之至诚,善与结束，我都没有买账。只恨那时省政府主席不秉公持正，结果只有我离开九江的一着棋了。

　　有些人问我，既不喜欢洋人，为什么要去英国？我的答话是"不入虎穴……"。到英国后，拼命学英文，尽量读民国初年西洋人写的关于中国的书籍，差不多本本都有"吸食鸦片"、"叫化子"及"拉洋车走不动的车夫"做插图，我气极了，尽量设法解释。另一方面我来写游历他们各地的游记，不明指明他们的恶点，以促进彼此了解为目的。我设法搜集了不少他们自我批评的幽默漫画。最近一两周，纽约各报登载一家上等大百货公司赛克斯公司(Saks Co.)进了一大批由东方来的类似狗皮毛制造的地毯，引起一班"爱狗"的人士群起反对，结果那大公司只好把那大批的地毯收起来不出卖了。这段新闻，使我想起我所藏的英国人画的幽默画了。我在英国住了22年，认识的英国人士不少，最初到伦敦住了六个月后，有一位英国夫妇请我和五六位客人晚餐，他们家养了一匹丹麦种的狗，它在我脸上东舐一下西舐一下，弄得我哭怒皆非，女主人还笑说："我的亲爱的很喜欢你(My darling likes you)"，那一餐吃得真难受。以后有英国人请吃饭，必先问明他家有没有狗。

英国男女大半都喜欢狗,尤其中年以上的女人。

有一位夫人,她爱狗比爱她的丈夫还甚,家中墙壁挂的大大小小的狗像,她常常请客人看看她墙壁的狗像,随后指着小照片中人说:"这是我的丈夫。"

英国人既那么爱狗,有的人甚至养了七八只,豢养

她指着小照片中人说:
"这是我的丈夫。"

费很高。每天早晨必带着它们出外游散。很容易的可以看到一个人带了几只狗,弄得狼狈不堪,有只狗跑向前,另一只却向后,又有向左向右的,不断叫苦。

有的人爱吸新鲜空气,也好清静,总是很早就到公园去闲坐,不一会儿,就有中年女子牵着七八只小狗,看到另一位也带着几只小狗,彼此对吠,嘈杂不堪,真无清静了。

在公园里很容易遇着一位老妇人,一直向前走着,没有见到她带着的狗缠着另一行人,其态真可笑。她嘴里老是说:"Come on, darling; come on, darling。"

有时在普通公路上行走,可以遇见一位中年人带着狗,谁知那狗看见猫就追,不料主人被绳子牵撞在路灯柱子上。

英国男子会享受,有一位男子养了两只小狗,训练得法,这两只小狗可以替他松解腿带。

英国人喜欢看赛狗,我曾把他们看赛狗时各有不同神态的情形画过一幅画。

英国人爱看赛狗
(《伦敦杂碎》插图)

第二次世界大战结束后,我就来纽约哥伦比亚大学教书。美国人很直率,常常问我:"中国人喜欢吃狗肉?"我总是这样回答他们:"我是中国人,没有吃过狗肉,但是在纽约,我倒有时吃 HotDog(热狗)!"问的人只好笑笑走开了。

注:约作于1972年,原载香港《大成》第六期。

忆悲鸿

飞来近影友情浓,画艺高超造化工。

海外春深惊暴雨,云天万里哭悲鸿。

这首绝句,是我惊悉徐悲鸿去世的消息后写的。其实在噩耗传来之前三个月,我辗转收到一张不到一寸见方的小照片,背后用铅笔写着:

我病在床上四个月没有刮髭鬚
特奉
仲秋兄留念 悲鸿
一九五三年二

> 我病在床上,四个月没有割须,特奉
> 仲雅兄留念
>
> 　　　　　　悲鸿　一九五三年六月

这样的友情是多么浓挚!我把照片看了又看,不禁悲从中来,热泪盈眶。悼念故交,抚今追昔,悲鸿谢世已 20 年,我也快要 70 岁了,真是不胜唏嘘感慨。

那张小照片,从 1953 年起就没有离开过我身上的口袋,时常拿出来看看。直到 1970 年夏天,年仅三岁的小孙冬冬初来美国,我带他们一家出游,因为不会开车,乘的是地下火车。到站前忽然发现我常带着的皮匣子被扒手拿走了,丢掉钞票和其他重要的登记卡片,倒没有什么,最使我伤心的是那张小照片也丢掉,不能再与悲鸿对面!想起那扒手会把小照片随手抛弃或撕毁,很觉对不起亡友。幸而最初收到那张照片后,我立刻请英国友人麦开利君把底面摄制在一块儿。麦君是我任职医史博物馆中的同事,是一位很有经验的摄影家,晓得我所需要的。效果很好。悲鸿添上了胡子,更显出他那高旷洒脱的神态,更令我景慕不已。

我记得第一次和悲鸿见面是 1924 年夏天。他从庐山下来,在九江一位朋友家中作画,那时候,我正在放暑假回家不久,那朋友约我去拜会他。后二年,好像在上海黄宾虹家里,看到他和张大千先生同来,我们只是点头握手而已。直到1936年秋天,他从莫斯科参加中国近代画展后,路过伦敦,遇着我和熊式一同租一楼,有个亭子间空着,悲鸿和他的前一位太太蒋碧薇女士并不急于回国,就留他们在亭子间住了差不多一个月。我们陪伴他俩游览古迹名胜,参观艺术馆,也会见了许多当时知名的英国画家,极享盛誉的英国皇家画会会员康纳德(Cannerd)先生就是其中之一。因为天天在一起,说说笑笑,讨论画艺问题不少,彼此相知也就深起来了。可是有一点我感觉不安的,就是看见悲鸿和他的夫人蒋女士性情极不相投,悲鸿好像常被驱遣和压抑似的,若有重忧,苦闷之情,形于颜色。我觉得很奇怪。因为我认为世界上有绝对自由的人是文学家和画家,心能自由,手也能自由,所以能够随意创作,不受拘束。要是他心和手失却自由,哪能有新的创造呢?

悲鸿回到南京后,安定下来。写信给我告诉一切,我非常高兴,也写信告诉他伦敦的各种情形,我觉得通信是维系及增进友谊的最佳办法,特别是在彼此迁徙无常的时代,音信一绝,可能就永久相忘,所以我接朋友一信，必定立刻回信。只有这样，才可以继续做朋友。悲鸿的意见和我相同，所以我们的信件来往很多。即使在抗战最剧烈，日军差不多占领了各大省会的时候，我仍然得着他的消息。

我给悲鸿写信，从来不曾起草，当然没有存稿。悲鸿给我的信，却多半保存，虽不是编号记录作有系统的保存，但从不毁弃，只是胡乱夹在书本中罢了。十多年来的通信，不是每月都有——事实上不可能，但也不少。可是，浩劫来了。在这里我要不惮烦的追记一下：日本于1937年6月开始侵华，第二次世界大战，英国于1939年9月3日正式宣战。那时候，我正在伦敦大学东方学院教书，同时也替英政府新闻局做些翻译工作，所以不能离开伦敦。伦敦有几百万人居住，我想炸弹不会光顾到我吧，谁知大谬不然。1940年秋天，德机轰炸伦敦的情形日甚一日，每天总有一千架左右的德国飞机来临，英国就派出五六百架战斗机迎击，在空中大战起来，我们在伦敦的街上随时可以看到德机被打落的情形。伦敦上空有成千成百个气球，停在高空作防空网。德机有时冲破了英机的防线，也不能低飞，只能飞到气球群上面，看不清下面要炸的目标地区，只好把炸弹乱抛。在这"乱抛"中,我是在伦敦被炸的第一个中国人。那天晚上,我正在牛津大学讲演"中国艺术",听说伦敦地面防空人员四处找我,找不着,以为我被埋在瓦砾下。因为我的房子被炸塌了一半,剩余的一半随时会倒下,所以不敢挖土找寻我。后来有人说我去牛津,他们就马上打电报到牛津找我。第二天我赶回伦敦,看见我住的一层楼剩下厨房和一小亭子间未毁,睡房和客厅没有了,衣箱和书籍画件都失踪了。房子被标贴为"危险建筑",看守人员不让我进去捡拾东西,叫我过四五天再来。后来又接到电报,要我回来。看见那剩下的半边房子已被拆毁,我只好走进去翻翻乱石头,结果找出一个皮箱和一些书籍,雇人搬到另一个地方。天快黑了,空袭又来了,我得立即回牛津去,从此就在牛津住下。因为仍要到伦敦做事,所以在伦敦租一房间,作为临时下榻之需,同时把劫后的东西搬进。不料三四星期后,又第二次被炸,幸而书籍没有再损失。又有一天晚上八时左右,我从一小饭馆晚餐后归途中,望见夜空中一颗猩红的炸弹落下,我立刻卧倒地上,随即被震昏过去。大约三小时后,大雨淋漓,把我弄醒,落汤鸡似的从黑暗中慢慢摸回住处。这是我在第二次世界大战中第二次被炸,朋友们都说我命不该死,所以一直活到现在。

关于悲鸿书札"遇难"的经过,要回头从1940年我的伦敦寓所第一次被炸说起。那次被炸后,我始终没有工夫也没有心情清理劫后的书物。大战结束后,伦敦各处被炸毁的屋舍一时也无法重建,找居停不容易,从1945年起,我就决定在牛津长住。那时候要赶紧作画和著书来维持生活,每天忙个不停,自然更无暇清理了。到了1955年,我应聘到美国哥伦比亚大学教书,很匆忙的只带一部分书物到纽约,其余仍留存牛津。虽然有时翻翻旧书物,看看一些朋友的来往信件,但从没想到要整理悲鸿寄给我的信件。直到1971年6月我正式自哥大退休之后,1972年1月3日我应香港中文大学的邀请飞港做客座教授之前,有六个月时间比较清闲,才好好地把我三十多年来的书札从头点检。发现悲鸿给我的信——至少有二三十封——大都丢掉了,一定都在伦敦第一次被炸时散失的。那时抢救出来的书物不多,但奇得很,一部很厚重的《莎士比亚全集》——1895年左右出版的有全部插图,我十分爱护的,居然无恙。更可喜的是里面夹着几张悲鸿的手札。现在我把它录

出来,并略加说明:

> 仲雅吾兄:得郑兄转到手书,知英伦王家学院举行白朗群翁五十年创作展,盛况可想。兄得饱观,诚美眼福。此公为当代第一艺术家,弟所醉心。忆一九二四年麦克唐纳为其展览会揭幕,弟曾得目录一册,至今宝之。如有目录,请兄为致一册。弟拟请白石翁为 兄治白文名印一事,彼本以朱文为长,但年迈不能作矣。"重哑"二字有伤感意,拟请他人代刊也。以 兄屡言之,故弟将自写回忆录数千字奉寄。多叙各画作画经过,并附图片(软底片),亦夹叙所识之人逸闻。如 兄以为有可采处或否,悉听兄意可矣。弟病年余,似欲终废,自伤无已。敬祝
> 年福
>
> 　　　　　　　　　　　　　弟悲鸿顿首
> 　　　　　　　　　　　　　十二月廿八

这信上有月日,但记不起是何年。据我回忆,大约是1937年底写的,那时悲鸿正预备到桂林去。悲鸿留学八九年,是一位在海外最认真、最勤恳精究西洋绘画的先锋。他的素描,常为法国画师所称誉,是下过切实的硬工夫的人。他崇拜的西洋画家有好几

位,白朗群是其一。白氏是比利时人,刚死去不多年,英国替他举行死后纪念展览。白氏作品极著名,而很容易看到的是他替纽约洛克菲罗(今译洛克菲勒)大厦画的壁画,画的都是人物,肌肉丰满,强健有力的创作,画法结构是从意大利大画家兼大雕刻家麦克安琪罗(今译米开朗琪罗)而来的。悲鸿的素描也同出一源,这可从他的《愚公移山》巨幅中看得出。他醉心于白氏,是有原因的。我随后买得好几种白氏作品的印刷品先后寄给他,有一信中他曾提到一本。他对我改称"重哑"这名字不大喜欢,说有伤感之意,所以从来没有这样称呼我。我当时反问他为什么名"鸿"而"悲"?他没有解答。我改称"重哑",是"仲雅"谐音。我早年去国,是因为这以前在国内当了三年多县长,天天要同地方绅士和县党部委大吵大闹,说得舌焦唇敝,一旦辞职,不吵不闹,非常轻松。又因在海外谋生,决意学好英文,所以不大说话,以免中文常常在口影响英文学不好。朋友们知道我名"重哑"的意义,就省却不少麻烦了。悲鸿答应我的齐白石翁刻的名章,是1951年才寄到的。我每见悲鸿或写信给他时,总是劝悲鸿好好地写一本回忆录或自传,把自己一生学画的经过及对绘事的看法和真谛留给后来的人看看。我国过去许多大名家,从来没有一人留下真实而详细的记录和意见,悲鸿是近百年来一位苦学而以画为生的大师,应该把他的经验写出来。我催促他做这件事,催了十几年,虽然答应写,但始终不曾寄给我,可惜可慨!

西方艺术之真相,东人只一知半解,因半世纪来,西方艺术(尤其法国)为画商所垄断。如法国 Picasso、Matsse、Cizanne 等,大为东方人所知,而英国之 Turner、Constable 等巨匠,全不为人所晓,殊为扼腕。

中国之洋画,即马踢死之流居多,惟南京不然,尚守规矩。新进作家若吴作人 Ou Sogene、吕斯百 Luspa、孙多慈 Miss A. Suntoz、张安治 Tchan Ands 等,已有作风严整、观察精微之画出现。

上海守浙派遗绪,无创作者,洋画多从日本输入。

北平守馆阁体 Academizme,亦鲜创作。其佳者止于临摹之工而已。

上面写的只是悲鸿信中的四小段,找不到头尾了。这是他答我所问——对于国人醉心现代西洋画的意见。很明显,他不是不赞成国人用西法作画。

只觉得他们没有深切了解西洋绘画的真谛。西方人认为绘画是一个正当职业,画得高妙的成了大名家;没有特殊天才的,也得有几十年孜孜不倦而学来的技能,才可以谋生。好像练习钢琴或下棋一样,非得天天练习精益求精不可。西人欲成画家,便自幼学起,日夜钻研,心手不停的下工夫。例如毕加索、马谛斯(今译马蒂斯)、赛尚奴(今译塞尚)等,都从小时学起,画了几十年,对于古法都有极深的研究,才能推陈出新,并非一朝一夕之功,一蹴而就的。国人一向对绘画认为是不能谋生的玩意儿,许多成名的大画家都是做过官的士大夫。这就是说,国人论画,不从画的本身着眼,仅从作者身外的关系来批评。好像现代西洋画界最知名的几位,因为他们的名气太大,就蜂拥去摹仿他们的画法,但绝不过问画的本身是从何而来的。他们不晓得英国两大画家滕乐尔 Turner(今译透纳)和康斯克朴尔 Canstable(今译康斯泰伯尔)是怎样勤苦而创造出他们的大作。悲鸿说:"中国之洋画,即马踢死之流居多",讥其容易画、容易摹仿,但不知马谛斯曾经用过多少苦功才能达到现在成功的地步。但现代学西洋画的国人不知马谛斯前半生的刻苦经过,竟然仿制起来,毫无根底。

故悲鸿讥之为"马踢死之流"。悲鸿和我绝不反对国人学西法画、油画,而且我们要鼓励他们去学,但必需先深切了解中国的笔法、墨法,才可将学得的西法技能来增进国画的效果。譬如悲鸿以画马驰名,他的画马方法乃以西法之透视法而来,利用阴阳而以国画快笔出之;又画在宣纸上,浓淡易显,有若天成。西人见之瞠目,国人见之屏栗,此悲鸿马之所以为悲鸿马也。

仲雅吾兄惠鉴:手教读悉。关于此等意见,弟发表甚多。中国无断代之艺术运动,若以作风而论,或者明代之徐青藤(渭,文长)可当一创派者。至于工艺美术品,亦须推明之宣德,以合金铸各器,尤于香炉为后世所珍。清代瓷器及鼻烟壶,亦见精奇。近步古武,已非克家,若西方之影响,仅郎世宁 Castig lione(西名)及于当日宫廷,其风旋熄。因尔时崇尚士大夫之山水(谓之文人画),格格不入也。至近代标榜一主义者,仅弟之写实主义。若云作家,则三百年来有陈老莲、八大、石涛、石溪、冬心、黄饮瓢、渭长、虚谷、伯年、吴昌硕(弟不喜),史实如此而已。　　兄所需各节,弟亦能办到(前已托亚尘购各种画集奉寄,收到否?)惟弟在此间,孤寂一人,无一助手,一般皆须自动,良为不便。

弟可搜集画件三五十件奉寄尊处,能卖出亦佳。拙作亦可附入,其价大约在五、六、七、八镑一件,重要者二三十镑。惟张开与收卷须足下亲手(此节最重要,否则画中折断,即是损坏),或示法张收,以免损坏,裱工固贵,而外国尤无办法也。

伯年最精之作,弟处亦多,将寄奉三四幅小件扇面,及大千、凤子、药雨、书旗、亚尘等佳作。(弟拟在英购大量书籍及古雕刻模型,得款购之,或托 Connard 为我向各家交换作品,绘画、雕刻均可。)大约制一木箱,三五十件由兄展览或寄售,惟不可塌台(因刘皮巳举行指面子,不能不如他)。寄向何处,还乞示知(须详示种种及关于关税等等)。至于近代书画雕刻建筑等照片,弟亦可代征,好在三十件并不难也。

礼锡兄近况何似?殊深念念。前闻式兄返国,弟得 Connard 先生函,知彼托熊兄带一画赠弟。弟现居桂林,将为广西筹设一美术馆。贱状粗佳,南京事尚未辞尽。此颂教安。

弟悲鸿顿首　　诸友统祈代候。

　　通信处桂林省府十月十四日桂林

近代艺术与生活之和谐拟专论之

上面一封信,写的日期及地址是"十月十四日桂林",没有年份,我想是1938年写的。那时他久已到了广西,礼锡兄刚从闽变后到伦敦来。礼锡就是当年闽变政府任农林部长的王礼锡,江西人,诗名很高,写的浙江派的诗,曾在上海神州国光社主办《读书杂志》,每期都有他的文章,极为当时学界人士所称。他在1935年到伦敦,那时他的太太小鹿——即颇有名气的新诗人陆晶清,同我们常常见面。悲鸿夫妇在英时,也常常联袂出游。悲鸿最重友情,每次信中常常提到他。礼锡是爱国志士,对于日本侵占山东,以及后来拥溥仪做满洲国傀儡皇帝,痛恨不已。那时他参加伦敦组织的"左书社"(Left Book Club)我也常被邀去参加会议,印度故总理尼赫鲁的友人Krishina先生也常在座。1939年9月3日,英国正式对德宣战后,礼锡热血沸腾,决计飞返祖国参加抗战行列。终因随军步行各地,不堪跋涉,加以日晒雨打,久之得病身亡,良深痛悼。在第二次世界大战中,浴血抗战的死难志士,像礼锡其人的,还不知有多少呢!

悲鸿复信中说:"手教读悉。关于此等意见,弟发表甚多。"可惜我的去信没有存稿,当时提出什么意见,实在不大清楚了。我提出讨论的,好像是有关董其昌所谓"文人画"和"南北分宗"的问题。我反对"南北分宗"说,更反对"文人画"这个不三不四的名称。我问他的"悲鸿马"、"悲鸿水牛"、"悲鸿猫"及他的《愚公移山》诸图,可不可以称为"文人画"?他没有直接答复我,但谓"中国无断代之艺术"。这句话极关紧要,凡我国画人、画史家和画评家,都得把这句话参得透彻。历来出版的《唐宋元明清名画集》一类画册,名称是对的,那是仅就各画家的生卒年代而分,不是说唐代的绘画有什么特点,宋代的绘画有什么特创;至于元明清绘画各别的出奇之点,更难划分界限了。所以说,"中国无断代之艺术"是名言。

悲鸿为人非常率直,没有一点虚伪、假道学的恶习。他说"近代标榜一主义者仅弟之写实主义",这点大家都会同意的。悲鸿写实主义之由来,是他在巴黎八年日夜素描和观察慕罗富宫(今译卢浮宫)千百名作而习染来的。若我们仔细研究悲鸿的画,有时在他的布局及运意上发现带有西洋画的影子,但整体看来，他的作品没有一张可以说是西洋画，却是货真价实而道地的国画。这就是悲鸿独到和特别成功之处。

悲鸿说他自己是个写实主义者。近十年来我也觉得我自己是个强调写实主义者，或是强化现实主义者。要是我们把实在的物体一模一样地写出，那又何不用照相机拍它一照呢？我们要画，就是要用自己的心眼看到它怎样就怎样画出来。我们的眼睛不是照相机，同时我们的心也在作用着，来指挥我们的手。画出的东西不一定和现实的物体一模一样。例如八大山人画的禽鸟，不很像实在的禽体，可是不能否认它不是鸟儿。八大总是给它们一条腿站立着，有时画八哥，是方眼的，不是圆眼的。这就是强调写实的意思，也就是强化现实的意思。西方的现实群众能接受西方现代画家所创造的作品，就是说他们能了解那作品的真意及其所代表的思想。中国的现实群众不是西方的现实群众，所以不很能了解西方现代画的真意。我国现代画家很想画出作品与西方现代画一样，有的颇为西方现实群众所欣赏而购买的，但不甚为本国现实群众所乐从。这种格格不入的畸形现象，我希望我国现代画家特别加意研讨,使他们的作品得着我国现实群众的爱好。人是现实群众社会的一分子,不能离群而独行其是,艺术创作是要与现实社会有关系的。悲鸿说:"近代艺术与生活之和谐拟专论之",可是他始终没有把论文写成,否则我们定然从他的经验之谈里获益不少。

悲鸿在这信里一再提到:他可搜集画件三五十件寄给我在英公展及出售等情,因为大战激烈,无法寄出,是容易了解的,所以我始终收不到。我曾经到海关去打听过关税及进口问题,也同搬运公司商量过,画件没有寄,一切也谈不到。只是他说每件卖价,可为五、六、七、八镑至二三十镑上下,这个价钱,若与现在悲鸿画的身价相比,就微乎其微了;不过他说的是 30 年前的价钱。我记得 1940 年在伦敦参观亨利摩尔(Henry Moore)第一次画件展览会,每件标价也不过从 12 镑或 14 镑开始;现在他成了世界上第一流雕刻家,他现在每一小件画稿也要几千或上万美元。彼一时也,此一时也。中国绘画从来卖不到西方油画一样的高价,可惜悲鸿答应我的三五十画件不曾寄来,要是等到现在出卖才可观呢!我当时请悲鸿搜集些画件在英出售,是想把得款收集起来,作为鼓励青年画家的奖学金的,因没有寄画来,这用意也无法实现。

悲鸿是江苏宜兴人,他的父亲是当地名画家,与任伯年相稔,所以悲鸿对于任伯年的画有深刻的认识,他自己收藏任伯年的画也不少。星加坡名收藏家陈之初先生收藏任氏作品不下一二百件,曾由悲鸿选印一部《任伯年画集》,陈先生送了几册给我,我留下一册,其余都转赠美国几所大博物馆,以广流传。

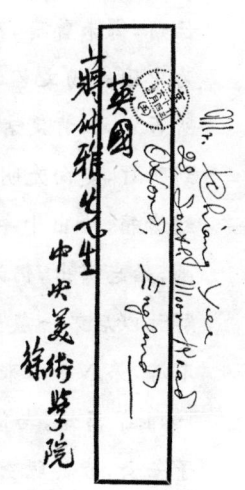

听说悲鸿在广西筹办的美术馆成立后,当地民众为之耳目一新,甚为轰动。那时他必定很忙,很少来信。后来抗战日剧,他来过一两封信,可惜现在散失了。直到抗战结束,悲鸿即返南京设法筹奖学金,送他四位优秀学生黄成武、张蒨英、张安治、陈晓南等到伦敦留学。张安治留了一年就回国,陈晓南多留了一年才回去。那时我早知悲鸿出任北京中央美术学院院长,我写了一封长信和早已买下的《白朗群先生作品全集》,托晓南带给他。下面是他的回信:

仲雅吾兄惠鉴:晓南弟归,奉到厚赐白朗群先生佳册,得未曾有,感荷无极。　　兄廿年在英,为中国宣扬文艺,厥功至伟。惜乎现在政权多所否定,但肯定者实在发扬。吾人得此,有如看到明灯,走向光明之路,足下盍思归乎?晓南携到诸箱,检出十年前弟在西马拉雅致　兄一函,殆忘寄出,仍为补寄,俾兄知我当年情愫也。解放以后弟一般皆佳。惟忙碌已极,感到精神不济,弟八年以来,皆患血压高,身体大不如前。1944年离婚,与湖南廖静文女士结婚,又生一子一女,皆甚聪秀,思久居北京,不南归矣。抗战期间,弟收藏受到重大损失,但数年来收得又复不少,安得与故人共赏乎!伏维百益。

弟悲鸿顿首　六月九日
北京中央美术学院

仲雅吾兄左右:一别遽逾六年,而世变如此,可胜浩叹。奉　手教固当应命,奈欧战情形太紧,而此间邮局在战时亦多所限制,寄物殊为不便,且少待时日,必将拙作奉教也。弟在新册,友人以尊著见示,知　足下为祖国文化努力,诚深钦敬。弟碌碌如常,去冬应太戈尔(今译泰戈尔)

诗翁之邀来印,即居其国际大学 Santinibetan。四五六月因天气酷热,来西马拉雅之大吉岭,略写迎目景物,间亦有可观者。今年或将返国。康纳尔先生大作,弟在皇家画会目录上半年见之,特不知其近状如何,至用远念。熊兄式一当极忙,顾不难令其记室复我一函,何至托大如此! 亦人情之可慨者也。

弟上星期随友人乘骑游西马拉雅内部,登桑达甫 Sandukpku 望 Euerest,朝晖直及法鲁 Phalub,可谓奇观,或竟是宇内第一。前后亦只五日,因路颇平坦可行也。　　兄等近状何似? 盍归乎! 但固知行动不便,奈何! 奈何! 敬祝旅福。

　　　　　　　　弟悲鸿顿首　六月九日大吉岭

前面他回我的信是六月九日在北京中央美术学院写的,没有年份,从信封邮印推敲,大概是 1950 年的。他心情比从前好得多,离了婚又结了婚,有爱人有子女,工作紧张,想能新创不少。最有趣的是他找出战时在印度写给我而未寄出的信,也补寄,这信在他的书箱里躲了近十年。他那时答应写点东西寄给我,结果不曾。他与印度大诗翁泰戈尔优游之乐,可以想容。他曾替泰翁画像,印在《悲鸿画集》里,很精彩。我总想再游印度,想到喀什米尔去看看,要是他的信当时写好即寄,我收到信后,可能飞到印度去看他的。

悲鸿上两信都劝我回去。我自1933年6月去国后,过了一两年,就天天都想回国。无奈战乱甚烈,而我在英国已开始写作,颇有出路,不愿放弃。觉得花了不少心血慢慢摸出门路来,忽然放弃,很是可惜。所以迁延至今,不知不觉快满40年了。以前在英国住了18年之后,朋友问我在外住了多久?我说是与晋公子重耳相等。再过一年,朋友再问起,我说是等于苏武。又过一年,朋友又问,我说:"现在是蒋彝了。"在海外住过20年后,一直就是蒋彝,到今天还没有变。我一向爱友敬友,尤重友情。最近找出老友悲鸿的照片和仅存的几封信,缅怀往事,悼念故人,思之,思之,重思之,不禁泪下。在未来的岁月中,我还要一再细读悲鸿的遗札呢!

1973年1月于坎培拉(Canberrp)

注:原载《大人》第三十四期。

哑行者访华归来话今昔

——港刊刊载蒋彝教授访华观感

【本刊讯】香港《七十年代》二月号刊载蒋彝教授的一篇访华观感,题目是《哑行者访华归来话今昔》,摘要如下:

原编者按:蒋彝教授,原籍江西九江,现年七十二岁。曾在伦敦、牛津、哥伦比亚等著名大学讲学三十多年,是美籍华人教授中最享盛名者之一。并以"哑行者"之名,先后写了十二本包括伦敦、纽约、巴黎、旧金山、日本等地的画记。此外,还著有《中国绘画》、《中国书法》等十多本英文书籍。

一九七五年四月中旬,去国四十二年的蒋教授,如愿以偿地回到他魂牵梦萦的故乡,与阔别的亲友团聚,并游览中国大陆各地,旅程整整两个月。回到纽约之后,抚今追昔,蒋教授特围绕几个问题,将此行的观感口述,由殷志鹏博士记录整理。

我这次在国内住了六十整天,差不多每天都参加活动。除探亲访友之外,我着重要看的是整个新社会活动。看了不少大小工厂,也看了不少博物馆,特别是新出土的文物。总括来说,我的观感大概有以下几点:

第一,就是在世界历史上,每当一个国家政体改变之时,新政府成立之初的工作是异常复杂而往往不得不采取激烈的手段来实施新政。有许多事情是不会得到新政府以外的人士同情的。我赞佩中共新政府的领袖。他们一方面推行千头万绪的新政,一方面积极充实国家防卫的力量,使中国一跃而成为一个拥有核子武力的国家。这使全世界各国都震惊不已!

第二,我觉得新政府具有团结的力量,同时又有详密的计划,一步一步地实行新政。他们认清中国最大的困难,是人口多、文盲多。我 42 年前出国时,据说四亿人中有百分之八十是文盲。现在祖国人口八万万,能识字读书的已达到百分之九十或九十五。这是最使我惊奇的一件事。普通要想教育一两百万人,就需要经过不少年代才能办到。中国新政府居然能在二十余年内,竟把八万万人中的这么多人教育得都能读书识字,这种成就真不简单!要想施行新政策和推动新思想必须要使群众能够了解新政策新思想,也就是说群众必须先要有识字和了解的能力。新政府认清了这点,才大力着手消除文盲。

在去国之前,我接触到的农民、工人,绝大多数目不识丁。而今,他们不仅大翻身、当家做主,而且人人都会读会写。这不只是奇迹,简直近乎"神迹"了。

第三,就是现在八万万人个个有饭吃、有衣穿,绝不像42年前我所见到的陈尸街头的饿殍和褴褛不堪的乞丐那种惨境!过去很多人每天吃不饱,吃了一餐,不知道第二顿饭在哪里。一般城里的和乡下的富户,每日饱食三餐,见了要饭的就骂。至于当政者的眼睛根本看不见那些饿殍和乞丐的存在,一心钻营贪贿。那时的当局,制造分裂,强调内战。我那时住在英伦,想到家人大小奔命的情形,泪流满面,不能入眠。这次回到祖国,看到没有贫富悬殊的现象;人人吃得面圆体壮。每日下午散工的时候,城市和乡间公社的百货商场,都是挤得满满的,好像人人都有余钱购买。我在60天内,跑过几十个城镇和乡村,没有见到一个乞丐,没有一个人穿的衣服是破破烂烂的。最使我惊奇的,是看到农村公社的许多人,下雨时在田里穿着塑料雨衣。这是42年前做梦也想不到的事。

在上海,从前街头巷尾尽是私娼流氓,城隍庙有成千上万的乞丐追着游客要钱。现在一个乞丐也看不见。这怎么不使我对新政府的施政成绩大为感动。等到我6月15日从广州到香港时,马上看到"太子大厦"过街的路旁,倒地睡着三个乞丐,一个母亲带着一对小儿女,伏在地上向过路的人要钱。我那时心痛极了!走到"无名英雄墓碑"旁坐下,闭起眼睛,想到过去60天在国内所见,真是天渊之别了!我的感触由是更深,我赞佩中国新政府的成就,更是有加无已。

照现在欧美人士的推计,中国人口约在八万万以上,占全世界人口四分之一。近年来,欧美新闻界常讨论世界粮食危机问题,但是中国粮食并不缺乏,美国前国务卿艾奇逊曾经说:"中国人口太多了,中国历来政府不能使他们人人饱食暖衣,所以频年扰乱。"这是他十多年前说的话。要是他能现在到中国去看看,看到现在新中国新政府能做到人人有饭吃、有衣穿的成绩,他一定会感佩无限的。

第四,现在的新政府怎么能够使人人有饭吃、有衣穿呢?毛泽东主席说过:"人民,只有人民,才是创造世界历史的动力。"这种着眼在"人民",就是新政府施政的第一要件。中国人民就是改造新中国历史的动力。要靠人民创造新中国,必先使人民个个有的吃有的穿,才能发生创造的能力。所以在生产上毛主席首先领导改善农业,增加生产,研究黄河、长江、淮河各处水利,并大倡"农业学大寨"等等。我记得从前在南京念大学时有一位江西老学长杨惟义兄专门研究蝗虫,每年都被派到西北各地捉杀蝗虫。这次我在山西大同及河南郑州问有无蝗患,他们都答好多年没见过蝗虫了。这又可以说是奇迹了。

新政府在各地增建各种轻工业工厂,差不多县县都有增加。这种脚踏实地、实事求是的推行政策,使从前人民出外逃荒、忍饥挨骂的日子,早已是一去不复返了。他们现在有吃有穿,有说有笑,这怎不令我赞佩新政府的努力为国为民。我在祖国时,我的二女二婿常常告诉我国内一切日用品现在都是国货,自己制造,可以随便买到,只有米和布还得按名配给。但每人的每月米布配给票都够用。把那么大的八万万数目,每人都配给得公平不苟,这种有精密计算的系统和组织力量,真是令我五体投地!想起从前三四十年前国内样样有黑市,贪污横行,又何能不令人发指呢!

第五,全国男女一律平等,各顶半边天,分工合作,同职同薪,这是世界上任何先进的工业国家还没有做得到的。我这次在祖国,每到一地,都要参观几个工厂,每个工厂里都有不少女工,北京首都钢铁厂里有五分之一是女工,至于轻工业如纺织、化工、陶瓷、食品等厂,则是女工占大多数。在乡村农业公社,女农民也差不多占半数。女子既能同男子做同样工作,她们就不要倚靠男子供给生活。我上面说现在个个都有饭吃有衣穿,是说除孩子、老人外没有人靠另一人吃饭穿衣的。我每次看到女子在认真工作时,除内心非常敬佩之外,每每回想到我42年前在国内所看到的畸形社会,真有许多说之不尽的痛苦。那时女子因为没有社会地位,除了一般做老妈子或是娼妓外,女子是不能随便同男子交谈的。她们有时受着一肚子闷气,无法诉冤。一般丈夫有钱的妇人和女儿,整天整夜的打麻将;至于那些穷苦人家的妇女,丈夫常常毒打老婆,要是养不起的女儿就把她们出卖做婢女,或做童养媳,甚至卖去做娼妓。我记得在上海八仙桥,看到很多娼妓拉人。那时那个畸形社会,人人都知道,可是从没有人出来设法纠正,当局还习见不以为非。

第六,祖国现在医学发达,医护普遍,对人民身体健康特别重视!我未回祖国之前的近七八年来,听到中国针灸医疗成绩卓著,不但在报章上、广播中和电视上常看到听到,而且我见过好几位中国医师在美行医,也用针灸法,同时有几位美、法行医的朋友,特别到中国去专学针灸,回来行医,组织特别医疗室,使针灸医疗大为畅盛。这使欧美民众认清中国医学在过去很早就有成就。我参观过不少工厂和人民公社,差不多每个较远的工厂或公社都有一二位医师住在那里。我住在大寨公社时,特别去参观了大寨医院,住院的医师招待我说:房间虽然不多但各种设备都有,并且带我去看另一间房间,有两位助手,一男一女,在那里用机器自制药片。42年前,中国的乡间从没过医院。有的乡村周围几十里地没有一个普通医生。从前乡下人得病,只有多喝浓茶,或用传统的迷信求神拜祖,否则只有等死,或让病恶化下去。现在却大不相同了,因为农村居民都属于公社,公社里有医师及一般药品,有病的人可立刻去附近就医。

国内更有一种新组织,就是训练一批"赤脚医生"。他(她)们学会普通医疗方法和医护常识。遇到病人不能来医院治病的,他们就立刻送医上门。我的二女健兰,除在地安门中学教书外,她特别抽出时间去替人医治,她能施用针灸,用法简单而收效亦速,据她告诉我,她近四五年医好了几百人。照这样全国医治方便而又普遍,怎不令我为祖国人民幸福而赞佩新政府的伟大成就。

第七,祖国在过去 25 年内,尽量利用通俗文学和实用艺术的形式来辅助普及教育之不足。另一方面,设法推广普通话,减少各地方言,使大家都能说一个"共同语言",成绩卓著。

我在祖国两个整月,所听到的各地广播都是用国语,没有一处是用当地方言的。这样一来,中国各个地方的人都可懂得国语,克服了语言不通的困难。加上各地的学校多用国语讲授,所以年轻的一代,差不多都会讲国语。我在南昌的家中,有五个孙儿女,他们都是在南昌出生的,因此都会说南昌方言。但是他们知道我不会说南昌话,所以同我交谈时总是用国语。过去,江西分六个地区、八个市和八十个县,各区各市各县各有一种方言。当时我和各地人交往很不容易。这次我在江西跑了不少地方,没有感到语言上的困难。

第八,就是祖国近二十多年有系统地发掘地下的历代文物。我是一个喜欢文化史的人,对出土文物自然发生浓厚的兴趣。42年前,国内很少听见发掘文物之事。

1933年我在伦敦大英博物馆看到埃及和希腊的出土文物,我当时就想到,我国地下宝藏必定异常丰富,为何不设法发掘?那时我国大学对于考古学这门学问,尚无系统。国人在欧美大学研究考古的,只有极少数人。

我记得42年前在国内只晓得北京有一间故宫博物馆,我们南方的学生不容易去看。这次我在祖国住了60天,每到一处都有博物馆可看。花的时间最多的是参观北京故宫古物陈列、郑州博物馆、西安博物馆、上海博物馆和南京博物馆。我也参观了永泰公主墓室、陕西半坡遗址以及郑州大河村遗址。

后两处都代表新石器时代的龙山文化和仰韶文化。现在参加出土文物工作的人,愈来愈多。相信将来全中国的地下宝藏,会一一地出现在我们的眼前。

总结上述,我这次重返祖国的八点观感,都是我亲眼所见和亲身经历而发出来的心声。我活了72岁,从来喜欢就事论事。听来的话,绝不轻信,非得亲自看见,才算真的。中国有一句俗话,就是"百闻不如一见"。我在海外流浪了42年,虽然能回到祖国各处看看,虽然两个月的时间不算长,但祖国在种种方面的成就,是人人皆知的。

42年前,我所看到的大部分中国人民,是世界上最苦、最穷的人。42年后,我回到祖国,看到人人有饭吃、有衣穿、有工作、有医护,和以前中国对比,形同两个世界,教我如何不感动、不兴奋呢?!

一般欧美人士常问我:"中国将来会怎么样?"我满怀信心告诉他们:"将来中国一定会更好!因为现在中国人民都有新知识、新思想。对内,他们会反对贪污、腐化和分裂;对外,他们会主张正义,反对霸权。大家一致团结、努力建设社会主义,中国怎能不日新月异地向前迈进呢?"

中国人在过去26年里的艰苦奋斗和丰硕成果,

是世界人类历史上所没有的。如果我们说"现在中国是为全世界、全人类创造新历史",我认为这句话一点也不过分。

注:原载《参考消息》1976年2月7日。

殷志鹏,美国纽约苏域帛高中教师,博士、作家。

追念毛泽东主席

我从未见过毛主席,也无其他联系。只记得1924年春江苏督军齐燮元与浙江督军卢永祥交哄作战,弄得东南大学不能开课六个月,那时先兄蒋大川在广州任赣军总司令李烈钧的秘书长,我就利用这机会去看哥哥,到了广州住在赣军营里。听说毛泽东那时也在广州湘军营里。我们一班廿来岁的青年人常常见面坐谈,一位湖南朋友告诉我某晚毛泽东给他们说了很多话,着重他一生的目的,就是要把中国整个脱掉外人势力,完完全全独立自主起来。我听到这个特别起劲,因我自幼出生江西九江,有一段不很长的英日租界,受尽外人高气焰和欺侮,立志要做个独立国的人民。那湖南朋友说邀我去看看毛泽东,结果发现他已离开广州。虽未见到,但他要使中国完全独立自主,常在我心中念念不忘!

当年设想变成真

我在广州时,正值黄埔军校招收第一期学生,一时报名的异常拥挤,我哥哥的朋友都来劝我放弃读书,加入黄埔,我同哥哥商量了好久,还是等江浙战事完结,仍回南京,读完大学。在未回南京以前,我有一位江苏朋友忽到海南岛,我就乘船到海口,在琼山文昌住了一个多月,看到不少。第一次世界大战后,德国在海南岛的领事馆退还中国,我同我的朋友全家也住在那德领馆中。我回南京后写了一篇长文,名为《海南岛》,登载1924年的《东方杂志》号内,因为海南岛靠近安南海防,法国人想得到那岛,经营得很厉害。英国人则认为全中国南部是他们的势力范围,所以与法人暗争甚烈,因此海南岛未归外属。我当时看见好好的中国地方,为什么英法可以任意争夺,这时我觉得中国就得独立自主不可。现在中华人民共和国北京政府在海南岛兴建公社工厂,把它变成一个中国极南部的农工重地,很多是我那篇《海南岛》一文中所希求的。想到这里,我就得追念毛主席的远大能力和信心!

蒋介石叛卖中国人民

我大学毕业后,在江苏海州第十一中学教了半年书,就回到九江光华中学教书,正值孙中山先生未死之前,决定与苏俄斯大林的代表鲍罗庭协议国共合作,正式整军北伐,销毁一切乌烟瘴气的军阀,可惜不久孙先生去世了。1926年冬,北伐军打到江西南昌,势如破竹,我那时奋勇投笔,改名蒋怒铁,加入国共合作的北伐军,随着前敌总指挥白崇禧部队,由南昌前进,经由玉山、江山、兰淀、徐州、杭州直达上海,一路未发一弹,原属军阀的士兵,自动放弃枪械投降。各地群众,真是"箪食壶浆以迎王师"之慨。到上海后,我随从的部队就转战苏州,驻扎在闸门外。那时南京新政府已成立,因南京陆军总司令怕白总指挥势力太大,如他直接打到北京,将有不能控制之势,所以就电令白总指挥暂驻上海,不必前进。这就是说,那时南京政府只管辖到徐海以南一带,徐海以北一带仍属各种不同的军阀势力之下,我住在苏州闷闷的无事可做。有一天清早我到军部,忽然我们的政治部主任不见了,有的说他已被打死了。他姓名王尔琢,云南人,黄埔第一期毕业生,比我小一岁。因我是政治部的书记长,所以我们得常见面,谈的总是怎样推动士兵及民众认清军阀为害的情形,和怎样可使中国强盛起来。他们告诉我王尔琢是共产党员,昨晚南京密令"清党",凡是共产党员抓着就立即杀害,于是死的死,逃的逃,全国轰动,全国戒严,一切都不像初打到上海、南京、苏州一样。我继续住在苏州,因不继续北伐,更无事可做,我就辞掉政治部职,径往上海。在电车上遇到刚从法国回来的严济慈博士,正做暨南大学理学院院长,我们是先后同学,他问我现做何事,结果几天后我就往暨南大学做无机化学讲师了。在暨南大学教了三个月的书,忽然日本出兵占领济南,那时全国对此无理侵入吾国国土震惊万状,希望南京政府立刻出兵驱逐,可是那时陆军总司令正在党家庄与冯玉祥接商改编国民军问题。最痛恨的是那时占领济南的日本关东军司令田中中将硬要与中国陆军总司令当面交谈退兵问题,这当然不可能,于是南京政府拣派蔡公时为济南特派交涉员前往交涉。蔡公时是我母亲的叔叔,就是我的舅公,他是早年日本留学生参加兴中会的。他立刻乘专车来上海与先兄大川商量,邀我同去。当时哥哥答应让我去,但我得先向暨大校长说明请假,决定第二天赶去。谁知当天蔡舅公一行十五人乘车到济南时,日军不让他们进城,立刻把十五人割舌挖眼杀死灭尸,不承认有交涉员来到,因而此案不能就地解决,于是造成"五卅"济南巨大惨案。我始终不了解为什么南京不直接派兵去驱逐日军出境,要是我随同的北伐军总指挥,直接打到北方去,这济南惨案不会有的。日本可以那么强横无理的出兵来占领我国国土济南,南京政府不能出兵驱逐,这因为中国是一个不完全独立自主的国家,才会被欺侮。我现在想起济南惨案,我未随同我的舅公去被白白惨杀,思之思之,怎叫我不追念毛主席?

忆往昔,主权何在?

在暨大继续教了几个月的书,忽然接到安徽省政府民政厅长吴醒亚致电我哥哥,说我已成为芜湖县长,嘱我早去接事。无法迟疑,立即由上海乘船到安庆。因我曾在先兄在上高、上饶两县任内研究过县政问题,又曾从军一年。那时芜湖县境,穷困至极,一般二十[岁]前后的青年四出抢劫,我到任后就带一连士兵下乡搜捕,号称安定一时,但非长计,细思为何救济民不聊生之法不能施行。不久驻军哗变,联络旧军阀孙传芳大军渡江夺取南京,我的县府被围困十小时,幸而孙老不得逞,变军也就逃匿无踪。我乃继续施政。不久当涂县长贪污不法,我被派前往彻查。继而由芜湖调任当涂县,在那里也办了一年,抢救一次大水灾,组织救济一二十万灾民机构,也建筑了南京至当涂60里公路一段,常常乘马到各乡观看,对于人民困苦情形,尤为清晰。再过一年,我又被江西省政府发表为九江县长。那时庐山牯岭是南京政府的长期首都,从三月底起到十月初来往上山的政府要员川流不息。这些要员不管做县官要做事,总希望小县官在场迎接,不但如此,陆军总司令的夫人和夫人的随身仆役也得要接。我在九江任内一年,就不大去接,总是派我的公安局长去招待,很多人说我不敬,会不能升而且要丢官,我一笑置之。想不到中国政局是那样一团糟,有职责的不能尽职责,只要能逢迎上事就很得法,那怎能使中国整个独立自主呢?我先后从政,不仅是芜湖、当涂、九江三县,在投入国共合作的北伐军以前,我担任过江西玉山县政三个月,为期甚短。那时整个中国乱得很,不能细述。总之我先后从政,约有四个年头。中国过去恶习,只要做过县官三四个月,就会腰缠万贯的。可是我四年来,既无恒产,又无储蓄。从在芜湖任内起,有一最奇怪的事。那时中国不统一,南京政府是偏安之局,北方大部分旧军阀依然存在,南京总司令不去继续铲除旧军阀,反而设法利诱旧军阀将他们的军队改编为革命军。那些军家都是无事做,专门等饷吃的人,一字不识,怎能明白革命意义,更不知道什么是要中国独立自主,奇怪的是这些乌合之众的旧军阀士卒被叫去剿匪。所谓"匪"者就是中国共产党毛泽东和朱德所领导的红军。在我知县任内先后接到南京总司令部发下的二十来次的快邮来电说:"朱毛打死了"或是"朱毛战死"等等。因为被派去作战的多是旧军阀部队,他们到达井冈山附近,并没有交火,就讹报"朱毛打死了"。南京总部不加深察,信以为真,除分别重赏及传令嘉奖外,另发快邮代电各省政府各县政府周知。所谓"快邮代电"者就是普通邮件,加上"代电"二字表示很紧急重要的意思,这是中国老套骗人的一种。我在芜湖县府第一次接到那样的快邮代电,很为震惊,静候下文,后来又接到了,就不觉得很重要的了。我在九江县任内,接的次数更多,因为红军区井冈山是在江西省西南部,那时杂牌的旧军阀士兵在江西省很多,所以讹报南京总部的次数就多了。其实南京派人来南昌调查事实很方便,也不去做,总部中人其糊涂可知。我 1933 年离开中国时,检出那样的快邮代电两三张带到伦敦,不幸被第二次世界大战炸毁无存,否则现在可证明这个大笑话。我想这样的文件在旧档案中还可找得到的。我现在常常想起,要是那时朱德、毛泽东被打死是事实,那么现在的中国,仍旧不是一个完完全全独立自主的国家,我们海内外的中国出生群众,仍然不是一个独立自主的国家群众。朱德、毛泽东那时都没有被打死,直等他们把广大幅员的中国,拥有八万万的群众,弄到完完全全独立自主,使世界各国敬而畏之,这有多么大的意义!毛泽东幼年在广州所提出的一生主张居然达到。现在他刚刚因病死去,我思前想后,怎叫我不追念毛主席!

我已经写过我在九江县任内,美国德士古洋油公司派人到九江多方贿赂,偷买地皮,要建筑新洋油池,我依法不准建造油池,于是德士古公司直向美国驻南京大使求救,当时南京外交部部长王正廷不察原委,来电申斥我不敦睦邦交,嘱令设法通融办理,这是受外强欺压的好证据。因为那时中国不是一个独立自主的国家,要是在现在,那样申斥我的电文是不会有的,每想及过去,怎不叫我追念毛主席!

也是在我九江县任内,日本想割据中国北部的野心未死,硬把清朝小皇帝溥仪拉去建立伪满洲国。那时北方乱得很,汉奸多得不可胜数,南京政府无力阻抗,只好求救日内瓦的"国联"。

他们派出一个满洲国事件调查团由英国李顿爵士领头,中国派顾维钧博士随团,那团在北京满洲各处调查了一个多月,那时没有飞机飞行,他们只得从北京乘京汉路火车到达汉口,再由汉口过九江,稍停,欲上庐山看看,然后搭长江轮船到上海。顾博士秘书来电叫县政府备办汽车十辆,那时九江公路不好,很少用汽车,我的公安局局长设法找到三辆,二辆是货车。李顿调查团到的那天我在九江花园饭店设宴欢迎并致辞,请求调查团回去将调查结果公布,主持正义公道。我那天的全部演辞由上海申、新两报登载(我想大图书馆还可找得到),谁知得罪了省政府主席,骂我不该发言,其实我事前请他来九江主持宴会他不来,这不是出风头的问题,因为那时中国不是一个独立自主的国家,这才会有伪满洲国的建立,也才会有李顿调查团来中国调查。满洲本是中国国土,溥仪是中国人民之一,要是中国独立自主,日本自难把溥仪拉去组织满洲国,中国政府也不必要向日内瓦求救了。这事在1949年后决不会发生的,如此想来,我得追念毛主席!

初步繁荣,永不称霸

1975年6月8日我特别去井冈山观看了两天多,看到中国红军第一根据地,看到崇山峻岭,树木深厚,只有五个重要哨口,才能进出,否则从高空及各方面,都看不出山里一切的活动。那时我十分敬佩毛泽东为中国红军选择这样根据地的深见,他在那时住的房子及门前不远的大树、大石也都[能]看到,他和红军最初到后即设法种植教育计划长时,可以维持。后来食盐缺乏,四面围困,乃设计"远征"数千里,终至陕西延安为第二根据地。精心远见,采取游击战术,终达胜利。从1949年起到现在1976年秋,把中国变成一个完完全全独立自主的国家,不借外债,不买外货,由一个工业落后的国家,变为有创制原子弹能力的国家。不仅使全国八万万群众足食足衣,而且可有出产向外兜销,过去贪污贿赂及淫乱狡诈之风整个消失,东西洋各国不致正眼窥伺,一反往昔丧弱病态。我又记得去年五月初在北京时,各处见写有毛主席劝告"不称霸"三字,这个是恐怕国人见到国家日渐强盛发生傲慢轻侮之心,以"不称霸"劝勉之,同时也警戒世界各工业发达国家不必生畏而起猜疑诡计。像这样深思远虑,为国为民,方能不使再生事端,不要把已成之独立自主的国家而退回动乱不能再自主的地步。我本期望毛主席能多活些时,以使中国自主能坚定些,可是他年岁已高,劳苦一生,病态缠绵已久,竟在本年九月九日清晨死了。我恸悼之余,想来想去,怎能不追念毛主席?

继遗志,永保主权

我从不相信什么"在天之灵"那样的话。毛主席死了,是真的死了,像周恩来总理和朱德委员长死了一样,我们不能希冀他们在天或在地有灵来看护我们。我们现在追念毛主席,要绝对认识清楚他和周、朱各位,把整个广大的中国完完全全独立自主起来,我们是出生于一个独立自主的中国,海内外群众,要同心合力起来拥护这个强有力的独立自主的中国!不要让他再有动乱不定的情况。世界上好像有好些人不希望中国独立自主,不让中国人民好好过活。毛主席死了不过三四天,各方报纸上就有许多东猜西测之言,好像中国马上就会分裂,重返不安状态,他们又可重新从中渔利,重新进行他们的挑拨诡计。**我们得注意,我们是维持中国永久自主的群众!**

注:原载香港《学联报》1976年9月,文中小标题为原报编者所加。

王尔琢,1926年参加北伐,1927年大革命失败后,参加了南昌起义。1928年1月组织发动湘南起义,井冈山会师后,任中国工农红军第四军参谋长兼二十八团团长。同年8月,在追击叛徒时不幸中弹牺牲。

蒋彝其诗

返老还童

（《波士顿画记》插图）

过太平洋(Pacific Ocean)二首之一

(1933年,见《蒋仲雅诗》,又见
《纽约画记》、《日本画记》)

一片混茫接太虚,天风浩浩拂襟裾。
太洋舟里看初日,如读平生未见书。

A mysterious whole united the vast emptiness,
The wholesome wind of heaven tosses and twitches
 my coat.
I watch the early sun rising from the ocean liner
And feel as if I were reading an unfamiliar book.

注：以下至《乐新天》各诗附蒋彝原著所载手迹及英译诗(《香港竹枝词》除外)，以见作者雅趣。

别湖区

(1937年,见《湖区画记》)

我乡有庐山亦傍邻湖侧我家
湖之滨日夕看山
色归去订重游
悠然生远忆

别湖区

我乡有庐山,亦傍鄱湖侧。

我家湖之滨,日夕看山色。

归去订重游,悠然生远忆。

On Leaving Lakeland

In my native country, there is the Mountain Lu,

It rises too beside the P'o-Yang Lake.

And my home stands upon its shore,

All night, and day, I see the changing colour of
　the mountain.

I leave this lakeland, and with longing seek to return,

With some sadness thoughts are born of my distant
　home!

雾城杂咏

(1938年,见《伦敦杂碎》)

伦敦雾,伦敦雾,几人参透雾中趣。

欲东忽西意茫然,来去不明雾中路。

摩肩接踵共欢言,美丑何分雾中遇。

最是晨兴夕照间,若有若无雾中树。

爱汝神态太依稀,何妨长在伦敦雾里住。

倫敦霧倫敦霧幾人參透霧中
趣欲東忽西意茫然來去不明
霧中路摩肩接踵共歡言美醜
何分霧中遇最是晨興夕照間
若有若無霧中樹愛汝神態太
依稀何妨長在倫敦霧裏住

寄城課詠

Oh, London fog, London fog,

How many people have pierced the fog's special joys.

You want to go East, find yourself West, mind in

utter confusion.

This way, that way, all obscure—that is the road in fog.

Bumping shoulders, kicking heels, exclaiming merrily,

No distinction of fine and plain—that is the meeting in fog.

Morning and evening, best of all,

As if there, not there—that is the trees in fog.

I like their subtle, evasive manner,

That's why I like to live in London fog for a long time.

夏日围炉

(1938年,见《伦敦杂碎》)

夏雨作奇寒,围炉邀闲话。

我数东方珍,客闻增感喟。

雨止谈未休,平生无此快。

五洲留痕

憂雨作奇寒圍爐趣
悶話我數東方珍寶
聞處恨雨止談未
休平生絲此快

夏日圍爐

Summer rain produces a strange coldness,
Hugging the fire my friends make idle gossip.
I speak of many treasures from the East,
They hear me, with regret for time's passing.
Chatting goes on even after the rain stops,
Never did I know greater happiness in my life.

登赛蒙座

(1941年,见《北英画记》)

晓雾渐消散,缓步出前山。
雨后草添绿,风来花吐香。
举头向天末,别有水一湾。
水外山更远,悠悠白云间。
白云住亲舍,哑子何时还。

On the Way to Simon's Seat

The morning mist gradually disperses,
And I step out to the hill before the Hall.
After the rain the grass is greener;
The flowers yield their fragrance to the rising wind.
I lift my head to look at the frontier of the sky.
There is a curve of the stream there;
Beyond the stream the mountains recede;
And above, the white clouds float free of care.
In the white clouds lies my fatherland.
When will the Silent Traveller go home?

瓦甫河

(1941年,见《北英画记》)

转过小桥侧,瓦甫流清平。
眼观何酣寂,耳听则常盈。
造物多奇迹,水声杂鸟声。
水声似弦乐,鸟声若箫笙。
发出自然曲,悠悠动我情。
停足暂自问,人世为何争。

对此幽静境，此意益难明。

手指云横处，无语独前行。

辗过小桥侧，瓦甫流清平眼观
何酬寂耳听则需盈造物多
奇蹟水声杂鸟声水声似
絃乘鸟声若箫笙发出自然
曲悠悠动我情停足暂自问人
世为何争对此幽静境此意
益难明手指云横处无语独
前行 瓦甫河咏

Along the Wharfe

Winding along by the path near the small bridge,
The Wharfe flows clear and smooth beside me.
In my eyes how tranquil is the whole surrounding!
But my ears are filled with murmurings.
Nature has many marvels.
The sound of the water mingles harmoniously with the song of birds;
The sound of the water is like the vibrating note of a stringed instrument;
The song of the birds like the blowing of small pipes.
Both produce their natural music,
Luring my thoughts far away.
Standing still I ask myself:
"What is the human world quarrelling about?"
Gazing upon these secluded and peaceful surroundings,
I am more than ever at a loss for an answer.
Pointing at where clouds float across the sky,
Silently I walk on alone.

牛津雪夜

(1944年,见《牛津画记》)

半夜寒侵茶当酒,小窗声细雪兼风。
牛津两见冬来去,故国情深谁与同。

A Snowy Night in Oxford

At midnight the cold creeps in and I drink tea instead of wine;

Oh, the gentle sound on the small window of snow blown by the wind!

In Oxford I have twice seen winter's arrival and departure;

Who can have the same deep longing as I have now for my homeland?

孤 思

(1947年,见《野宾》)

曾見燕雙飛

豈真蓮並蒂

日日眺高樓

孤思向誰繫

曾见燕双飞,岂真莲并蒂。
日日眺高楼,孤思向谁系。

I have seen swallows fluttering about in pairs.
Is it really that two lotus flowers are blooming on
 one stem?
Day after day on the high floor I gaze.
Whom are my lonely thoughts tied for?

注:作者代《野宾》中人物王明作。

云雨中登狮子山

(1948 年,见《爱丁堡画记》)

雨无阻行意,浮云信手挥。
茎娇花自舞,羽重鸟低飞。
草色新如洗,山容润更肥。
我志在幽远,临高待日晖。

雨無阻行意浮雲信手揮
嬌花自舞羽重鳥低飛
艸色新如洗山容濕更肥
我志在幽遠臨高待日暉

雲雨中登獅子山

The rain has no intention to stop my walking;
I wave aside the floating clouds at will.
On their tender stalks the flowers dance voluntarily;
The birds fly very low, maybe their wings are heavy.
The green of the grass is fresh as if newly washed;
And the face of the hill becomes charming and fuller.
My mood is for solitude and remoteness,
So I climb up high and await the sun!

桥上独步

(1950年,见《纽约画记》)

前我过此桥者多,后我过者将无数。
是谁沉醉夕阳中,流连不语我独步。

Many people have crossed this bridge before me,
How many more will come to cross it after me!
But who is there now to soak himself in the beauty
  of the sunset?
I linger on, speechless and alone, on foot.

思乡二绝

(1956年,见《巴黎画记》)

柳丝飞嫩黄,竹叶有情绿。
好伴笑轻盈,双鸠戏水浴。

怪石似东土,倒影情更幽。
他乡亦佳丽,何必忆江州。

The willow tassels flaunt their spring yellow,
The bamboo leaves wear a heart-taking green.
My good companion giggles gently at two
　drakes disporting themselves in the water.
The crag is like another in Eastern lands;
Its reflection in the water is more beautiful still.

If another scene is just as lovely,
Why should I think of Kiu-kiang?

鹦鹉曲·刚到波城

(1959年,见《波士顿画记》)

咱家原在庐山住,是个惯行旅哑父。乘长风破浪到西方,看尽人间风雨。　　二十年浪迹英津,又向花旗飘去。没来由暂息波城,慢慢寻仰基出处。

Arrival at Boston

Originally I lived in Mount Lu,

A dumbman well-acquainted with travels.

Riding the storm and braving the waves I reached the Western land,

Having seen all the winds and rains of the human world.

After twenty years' stay in Oxford, England,

I now drifted towards the Star-flag.

With no definite purpose

I stop at Boston temporarily,

Tracing at leisure the origin of the Yankees.

元　旦

(1964年,见《三藩市画记》)

火灼金兮金灼人,三藩市里显前因。

皇宫逆旅无余迹,待渡高楼依旧新。

漫说双峰时隐现,且看浮世嚼沙尘。

哑行一事堪须记,元旦家家散碎银。

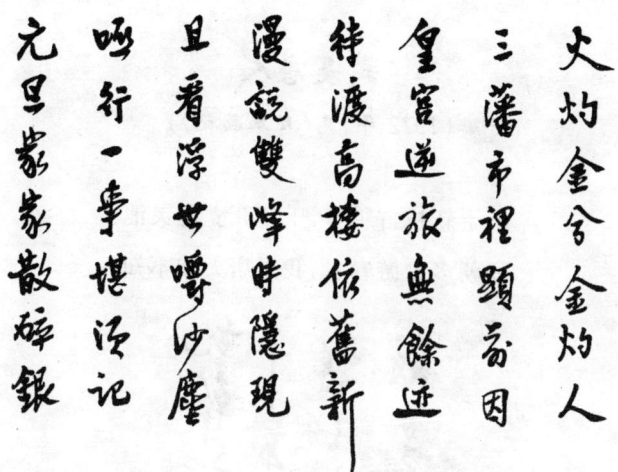

"Fire melts gold which melts man";

San Francisco reveals its old foundation:

The Palace Hotel has left no trace any more;

But the Ferry Building is as fresh as ever.

Idly talking about the Twin Peaks now clear and now obscure,

As usual the floating world is still chewing the sand and dust.

In my silent travels one thing remains really memorable:

On New Year's Day house after house scatters broken silver!

我是唐人

(1972年,见《日本画记》)

虬干新枝古貌奇,千年兀立圣灵池。
朝朝多少游春者,我是唐人知不知?

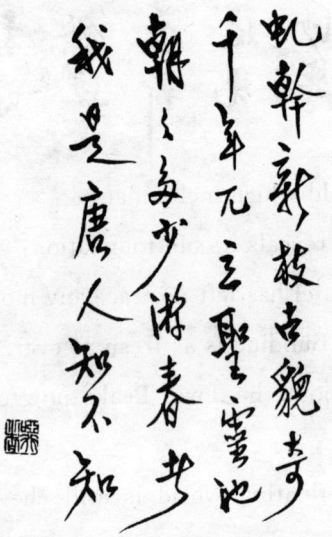

Dragonlike trunk with new branches, its antique
 face is intriguing;
Standing over a thousand years before Prince Sho-

toku's shrine.

Day after day how many people have come to visit this place,

Do you know me, I wonder—a man of T'ang?

庐山寺

(1972年,见《日本画记》)

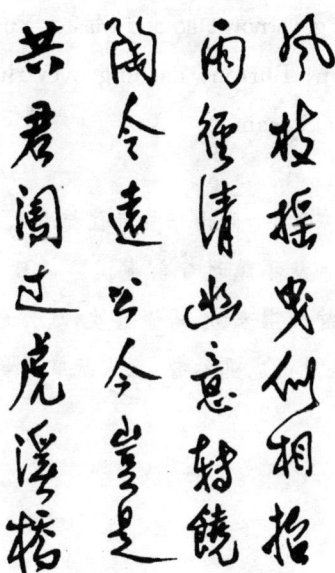

风枝摇曳似相招
雨径清幽意特饶
陶令远兮今岂是
共君闲过虎溪桥

风枝摇曳似相招,
雨径清幽意转饶。
陶令远公今岂是,
共君闯过虎溪桥。

The swinging branches of the trees vibrate in the wind as if welcoming us.

The rainy footpath is secluded and clean, causing our feeling to become richer.

Are we the governor T'ao and Master Yuan of today?

I follow you, Burton, dashing over the Bridge of the Tiger Stream.

注:传东晋时,庐山东林寺住持慧远(远公)潜心修佛,数十年从不越过寺前虎溪。一日,陶渊明(陶令)与陆修静相携来访,晤谈甚欢,远公送客,不觉过了虎溪桥。后山虎吼示警,三人抚掌大笑。称"虎溪三笑"。

香港竹枝词 50 首

(1972 年)

一

年年海外说还乡,未到乡前港已香。
遥望白云依旧是,白云下有蒋家庄。

二

贾公车我到罗湖,文锦渡头口直呼。
不见神州四十载,神州记得哑夫无?

二十六

维多利亚山顶来,晓日初升薄雾开。
华橹洋船浮海面,山腰处处起楼台。

四十二

名瓷件件足逡巡,精舍敏求胡惠春。
忽见柴桑香色味,厨师原是我乡亲。

游扬州瘦西湖有感

(1975年,见《重访祖国》)

瘦西湖,五亭桥,几经八怪弄风骚!添一怪,江州老,自力今朝;来看农工尽勤劳。

瘦西湖,
五亭橋,
幾經八怪弄風騷!
添一怪,
江州老,
自力今朝;
來看農工盡勤勞。

The slender West Lake,

The Five-Arbor Bridge,

How many times did the eight eccentrics play their antics here?

Now comes one more eccentric,

A man of Chiang-chow,

Working with self-reliance in the present century,

Coming to see the peasants and laborers industriously at work.

乐新天

(1975年,见《重访祖国》)

海外飞回四二年,港务学童歌舞妍。

事事而今非昔比,吾人共起乐新天。

Returning home after forty-two years,

I enjoy the dancing and singing of the Kan-wu-chü's children.

Everything is different now, not to be compared with old times;

We all gather together and rejoice under a new heaven.

江州牧——自责

(1931年,见1931年12月30日《浔阳日报》)

新任江州牧,本是江州人。
从政有年日,颇悉民间情。
比来桑梓地,何独乖民意?
老翁七十余,老妇病且颠。
去年十月中,匪起如云风。
杀人不眨眼,长子死芜丛。
今夏复大水,田荒无糠秕。
幼子弱而娇,淹沉竟不起。
次子正壮肥,征夫岂敢违。
持戈充卫士,救命难救饥。
乡愚为主逼,夺款纵叛逆。
事闻于重军,牧探追捕急。
无端及老身,老身何所陈?
世论皆非孝,子事父惮询!
三媳乞于外,小孙牵衣带。
老妇禁无言,屈行惟一慨!
忍哉州牧心,出此弦外音!
怨牧牧何恨,所恨上下侵!

过太平洋(Pacific Ocean)二首之二
(《蒋仲雅诗》之二)

曾说移情海上回,常怜眼界未全开。
从今杯杓视江海,此地成连笑未来。

注:以下未注明日期者为 1933 年至 1935 年作。《蒋仲雅诗》1935 年印于英国,后增删、修订为《重哑绝句百首》,1955 年印于香港。

船中漫吟
(《蒋仲雅诗》之三)

管宁浮海非逃世,梅福辞官岂近名?
我挈孤怀成独往,冰轮初辗海天清。

注:管宁,字幼安,汉朝末年曾渡海避乱。梅福,西汉末王莽篡位时,挂冠隐居。

印度洋(Indian Ocean)观鱼跃
(《蒋仲雅诗》之五)

看舞银刀碧浪中,光芒上可破鸿蒙。
尽凭杯水知鱼乐,却笑当年濠濮翁。

过红海(Red Sea)
(《蒋仲雅诗》之六)

落日披襟未有风,四围如受火云烘。
英雄热血女儿泪,酿得长波分外红。

地中海(Mediterranean Sea)看飞鱼
(《蒋仲雅诗》之七)

生成鳞甲不寻常,看汝纵横狎莽苍。
敢拟仙人骑赤鲤,乘风飞过大西洋。

寄笈兄
(《蒋仲雅诗》之九)

十万里外两兄弟,骨肉恩从忧患深。
渐喜闲云傍门外,青灯持照在山心。

注:蒋笈,字大川。蒋彝长兄。

小睡翰墨斯推得草丘 (Hampstead Heath) 上
(《蒋仲雅诗》之十)

海邦风味渐能谙,石枕邃然午睡酣。
草上落花红一尺,春来无梦不江南。

忆小儿女
(《蒋仲雅诗》之十二)

阿宝聪明阿瑶痴,圆圆阿燕好芳姿。
阿珠三岁偏伶俐,却解依人唱小诗。

注：蒋彝有子女四人，顺序为阿宝（蒋健国）、阿瑶（蒋健飞）兄弟与阿燕（蒋小燕）、阿珠（蒋健兰）姐妹。

读笈兄寄诗
（《重哑绝句百首》之十五）

天许身闲早罢官，常从海外问平安。
七言诗是孤儿泪，字字苍茫入肺肝。

作者注：笈兄于1938年4月谢世，再读所寄诗，泪落不能自已。

海外中秋有怀
（《重哑绝句百首》之十九）

冉冉钟声落碧栏，撩人乡思起无端。
今宵一样鄜州月，输与寻常儿女看。

作者注：余寓附近有一大礼拜堂，故时闻钟声甚清晰。

伦敦国会

(《重哑绝句百首》之二十二)

巍巍国会古建筑,俯视群情作老翁。
会场神情比天气,总在浓云薄雾中。

想食酱干不得

(《重哑绝句百首》之二十四)

豆制酱干我所欲,既非熊掌亦非鱼。
鸠江名作许仁发,欧亚航空寄得无?

伦敦大雾报载七人步入河中,可笑之至

(《蒋仲雅诗》之二十五,又见《三藩市画记》)

全城都在夜中过,对此茫茫唤奈何。
怪汝掉头狂笑去,不知人世有江河。

接家书
(《蒋仲雅诗》之四十一)

门前网得双鲤鱼,中有平安一纸书。
为说南湖好烟景,秋风开到白芙蕖。

东望祖国怆然有感率成五绝句
(《蒋仲雅诗》之四十三至四十七)

一

斫地呼天歌莫哀,逼人风雨自东来。
一腔热血从何洒,只剩悲凉到酒杯。

二

呜咽河声入耳频,玉关杨柳不成春。
一时浩气塞天地,死有田横五百人。

三

听说滇池尚弄兵,如山忧患岂能平。
覆巢今更无完卵,怪尔嘈啾燕雀声。

四

一丸自古封函谷,三户终能灭暴秦。
愤世忧时无可说,卧薪尝胆是何人?

五

大错真能铸九州,灯前歌舞尚风流。
中华史上无"降"字,只有将军号"断头"。

感怀祖国
(《重哑绝句百首》之五十五)

解纷樽俎渐生疑,起陆龙蛇事可知。
搔首问天天不语,山容如墨雨来时。

水
(《重哑绝句百首》之五十七)

一片莲花舌底生,
只除冰雪比聪明。
销魂更有秋波好,
终觉女儿水做成。

柬佩秋丹徒
(《蒋仲雅诗》之五十八)

万里关河游子梦,十年风雨故人心。
江东罗隐文章手,渐恐沉忧与世深。

步行泰晤士(Thames)河边
(《蒋仲雅诗》之六十一)

市上岂无千里马,人间却少九方皋。
盘空健鹘不欲下,闲对秋江看晚涛。

北威尔斯(North Wales)看燕子瀑布(Swallow Falls)
(《蒋仲雅诗》之六十五)

白龙倒挂在何年,谁遣风雷下九天。
亦有雄奇亦明秀,偶然冥坐忆开先。

注:庐山有开先瀑布。

斯罗多里亚山
(Snowdonia Mountain)
(《蒋仲雅诗》之六十七)

雾鬓云鬟绝代身,淡妆浓抹各超群。
中悬一个明湖镜,照得青峰似美人。

登北威尔斯(North Wales)山
归来东匡社诸子
(《重哑绝句百首》之七十)

别后匡庐梦里探,往时雅集在城南。
年来一事堪夸慰,国外看山不讳贪。

作者注:1930 至 1931 任九江县长时,曾邀彭晓山、查三瞻、孙墨千、黄雪桥诸子合组匡社,每月一聚。聚时论艺论诗,并合作书画及联句,只雪桥不能画,但精篆刻,为邓石如嫡系,书小篆北魏。而今均下世矣,思之泫然。

忆芜湖
(《蒋仲雅诗》之七十四)

旧游追忆渐模糊,好景曾看似画图。
秋色城头山数点,是谁着意写芜湖。

示 意
(《蒋仲雅诗》之八十七)

灵犀一点结成痴,填海移山未肯辞。
最是神仙真慧黠,不栽红豆怕相思。

北英雪夜
(《重哑绝句百首》之九十一)

敲冰初试党家茶,小句哦成手自叉。
雪到今宵更奇绝,月明之下忆梅花。

作者注:英岛不生梅花。

游达柏灵(Dublin)凤凰公园威灵顿纪念塔

(《重哑绝句百首》之九十六)

大将功名血铸成,战场草木带余腥。
我来瞻拜威灵顿,门外西风百感生。

独坐德韵特湖畔

(1936年,见《湖区画记》)

唯美在自然,韵湖我所爱。
四围绿无声,小坐领清籁。
我有会心处,更在湖山外。

韵湖前待月

(1936年,见《湖区画记》)

襆被住湖中,避嚣谢群众。
一丝夜气清,入耳泉声送。
待月月不来,吾去温吾梦。

无 题

(1938年,《重哑绝句百首》之一百)

中年披发走四方,卖画卖文图自给。
也是江州一司马,青衫不为女儿湿。

梦不到家乡

(1939年,见《伦敦战时小记》)

冬来苦长夜,今冬夜更长。
偏偏多短梦,梦不到家乡。

雨中芍药

(1942年,见《牛津画记》)

粉红娇艳又深红,
含笑初开细雨中。
何事仙姿偏厚我,
多情怎不谢东风?

云雨中登狮子山

(1948年,见《爱丁堡画记》)

雨无阻行意,浮云信手挥。
茎娇花自舞,羽重鸟低飞。
草色新如洗,山容润更肥。
我志在幽远,临高待日晖。

情诗绝句五首

(1948年,见《爱丁堡画记》)

妒
一树琼瑶着意看,酸心未许怯春寒。
倩郎挽起双罗袖,侬腕何如白玉兰。

昵
春衫衬出好腰肢,斜倚窗前理鬓丝。
插上山茶红一点,笑郎背立可多时。

爱
阿郎如醉哂侬娇,携手寻春春色饶。
不是杜鹃花似火,只缘情爱两心烧。

等

习习轻风薄薄纱,柳眉不展玉身斜。

一束情丝千万曲,含嗔细数紫藤花。

春

轻装浅步入园来,一脉情思撒不开。

偷向石楠花后立,花容人面费郎猜。

为健兰与乃崇结婚
作熊猫图题诗其上
（1957年）

竹里花熊同戏乐,人间情侣总成双。

万里云天岂有别,共欣吾族如长江。

注：刘乃崇,蒋彝次女婿。

春闺怨·芬微(Fenway)玫瑰园
（1959年,见《波士顿画记》）

猗狔春深,蔷薇斗艳,看来欲醉好晴天,双双燕子飞如箭。忙里闲,漫步开颜,生生意万千。

寄杨联陞辛丑除夕诗

（1962年，见杨著《哈佛遗墨》）

西游怎比孙行者，梦里江南总属空。
近识此生多不是，不夫不父不公公。

附杨联陞和诗：
收哑子辛丑除夕诗，谓余诗迂，而以酸答

沉浮宦学人犹我，涂抹丹青色亦空。
知命十年君已长，酸翁何以教迂公。

注：杨联陞，美国哈佛大学教授。

海滨日落

（1963年，见《三藩市画记》）

曾观日落庐山后，今见落日大洋边。
太平洋面阔无际，一线苍茫接远天。
上有金圆之古镜，似下不下空中旋。

欲与海洋互亲嘴,形碎随波来我前。
我乃报之以微笑,万里飞红忽赧然。
转眼西沉形反大,波光倩影益婵娟。
浮空四野皆分彩,捉浪紫鸥狂更颠。
岂仅人间歌燕尔,乾坤亦自喜姻缘。
半露半遮半留恋,我欣我慰我参禅。

冒雨出游

(1963年,见《三藩市画记》)

天公笑我贪看山,故作霪雨阻我意。
谁知山色更蒙蒙,忽隐忽现逗我戏。
怒瀑高与浮云齐,长松绝顶流青翠。
且别飞禽赋归来,石湘犹自拥衣睡。

自动电梯

(1970年,见《日本画记》)

行脚甫登自转梯,两旁揖让费猜疑。
衣襟重整将回礼,早与伊人赋别离。

沿湖行

(1970年,见《日本画记》)

沿湖新柳迎风舞,
一路樱花着意开。
漫记环游浮世日,
哑行深入富山来。

山景眺望

(1970年,见《日本画记》)

河口湖山任意游,天涯白了富公头。
潇洒大似王摩诘,峭硬何来问雪舟?

京都十二桥

(1970年,见《日本画记》)

香满京都十二桥,春光骀荡不胜娇。
胸前云锦背团绣,谁道人间斗细腰。

玄武棱岩

（1970年，见《日本画记》）

玄武棱岩巧洞开，
石墙石柱细安排。
一言我欲增天问，
何日何神砌起来？

哑到扶桑

（1970年，《重哑东游绝句百首》之一）

童时竹马庐山下，少壮乘风破两洋。
老大哑行欧美后，而今更哑到扶桑。

与 Burton Watson 参观京都，庐山寺为《源氏物语》作者旧居

（1970年，《重哑东游绝句百首》之十八）

居然访到庐山寺，松风樱雨乱乡情。
传闻紫式部遗宅，为当皇家是近邻。

参观神户古陶瓷展会

(1970年)

古月波烧古色香,何幸能来细考量。
贺集珉平名品展,遥思景德是吾乡。

香港竹枝词五十首

(1972年)

三

举世奇谈港也香,红毛碧眼趾高扬。
不是高楼亦大厦,村童也要学洋腔。

四

油麻地庙闹烧香,天后原来是默娘。
默娘难遇哑男子,水陆人神各一方。

五

打牌跑马已年年,港市谁人不说钱。
股票输赢千百万,娇娘怎伴涩夫眠?

六

云天香海总阴晴,所见所闻日日新。

不重生男重生女,家家盼望出明星。

七

香港偏多珠宝商,金银店面要持枪。
娇娘列坐评高下,门外游娃枉断肠。

八

五日工资一日飞,满怀得胜总稀微。
愁颜笑面分成败,周末人人跑马归。

四十五

米厘倩女跪抽签,赤脚乡妈也掷钱。
满堂满院皆求福,忙煞香城黄大仙。

四十六

大浦海里珍珠螺,唐宋元明采几多。
而今人造珠充斥,梅妃不必苦吟哦。

四十七

大屿山上访高僧,高卧高僧拜未能。
且向斋堂用斋饭,菜根香味共夸矜。

四十八

石级层层步步登,双林寺里无尼僧。
传闻香火胜他刹,人天欢喜共飞升。

题为李铁铮画熊猫

(1974年)

铁貌铮铮素所崇,十年未面更高风。
请带熊猫归故土,来秋同访黄山松。

注:李铁铮,全国政协常务委员,外交学院教授。

登井冈山

(1975年,见《重访祖国》)

江西使我不能忘,全家大小集南昌。
海外飞来参圣地,井冈山上雨云忙。

别　家

(1975年,见《重访祖国》)

连绵雨水忆南昌,幸有儿孙乐满堂。
可爱薇妮婷玲挺,别时热泪乱飞扬。

注:薇、妮、婷、玲、挺五姐弟姓谭,蒋彝外孙。

策纵闻余将自祖国归来以诗相迓即步原韵

(1975年)

重访家园半世纪,再来纽约报行踪。
托钵走过十行省,八亿人群面面红。

注:周策纵,美国威斯康辛大学中文系终身教授,以《五四运动史》闻名,并有"红学研究泰斗"之誉。

自　嘲

世间只有三行者,一孙悟空二武松。
第三轮到江州老,不能打虎无神通。

注:此诗见于罗忼烈教授《杂谈哑行者其人其画》一文,据罗教授云:"这首诗不知道什么时候写的,看来似乎在他去世前几年之内。"

自 况

蒋彝之画不值钱,不随流俗到人间。
任君使尽敲边术,入市入山我自眠。

注:此诗有作者手迹图影,不知作于何时。作者自题:"耑此敬颂(叶)公超先生道安。"

叶公超,曾在北大、清华、西南联大任教,1940年从政。

蒋彝其书

蒋彝, Maldarelli, Barrie, Wheelock, Robus
(《纽约画记》插图)

《中国书法》序

〔英〕赫伯特·里德

《中国书法》第一版于1938年问世时,我立即被它对一般艺术哲理的意义,特别是与现代艺术某些方面的联系所吸引。自从我们西方人熟悉中国文化以来,我们就知道中国人似乎超乎寻常地重视他们的书法。大部分人可能会根据学校训练的方法来解释这一特殊的现象,因为那正是我们以往对待书法的方法。从此出发,要写所谓的"好字",就得遵循通用的规范,严禁各种怪癖,并尽可能写得像制版工人镌制的标准印刷体——"铜版字体"。只是在近年,某种"自由"才得到了学校的允许,甚至鼓励。

此外,就是近年发展起来的斜体字,又名人文主义者"手稿体"的流行。这种字体有时被视为另一种形式的规范,就此而言,它与铜版字体毫无区别;但总的来看,它抒发了一种追求书法美的感情,因而更接近于中国人的书法观念。

在"中国书法的抽象美"这章中,蒋彝先生透彻地阐述了这一艺术的基本美学原则。它们实际上也是所有真正的艺术的美学原则。此外,中国书法的独特之处在于它并不是一门孤立的、等级低下的技艺,而是中国人艺术生活中的一个基本组成部分。中国书法的美学可以归结为:优美的形象应该被优美地表现出来。而中国绘画的美学以及中国雕塑和中国陶器的美学也是如此。我要这样说,这是一条适用于所有艺术的普遍原则。同时,它意味着艺术品不仅应该具备完美的形式,还必须富于有机的生命力。蒋先生写道,中国书法中,结构的主要原则在任何情况下都是平衡,就像人体在站立、行走、舞蹈或者做其他一些充满生气的运动时保持平衡一样。"中国书法之美实质上就是造型运动的美,而不是预先设计的静止不动的形态美。"

一个书写下的汉字、一幅画、一件雕塑或陶器,何以表现这种"充满生气的运动",这是我们无法完全解开的谜——它是艺术家心中的意象与借以"表达"或"投射"该意象的由肌肉支配的笔触间本能的契合。不管怎么说,它纯属个人的才能,它来自于持之以恒的实践和领悟,来自于精神的训练而不是体格的训练。只有寥寥无几的大师方能臻其完美。

第一次拜读蒋先生的著作时,使我特别感兴趣的是这一美学与现代"抽象"艺术的美学之间的相似之处。我之所以用"相似"一词,是因为现代艺术家普遍未能(用他们尽善尽美的作品)清晰地阐明他们的原理,因此,公众依然为这种艺术所困惑,甚至对其抱有反感。我相信,西方最优秀的抽象艺术家们正朝着正确的方向进行探索,像保罗·克利这样的大画家已经由于充分理解抽象美而得到了启示。然而,大量的抽象画却属于"预先设计的静止不动的形态",其中属于蒋先生对中国汉字的评价那样"只要任何一部分被安排错了,整体就会显得摇摇欲坠的作品",实在是很少的。

近年来,兴起了一个新的绘画运动,这运动至少在某种程度上是由中国书法直接引起的——它有时被称为"有机的抽象",有时甚至被称作"书法绘画"。苏拉吉、马提厄、哈同、米寿——这些画家当然了解中国书法的原理,他们力图获取"优秀书法作品的——优秀的中国绘画作品也是如此——两个最基本的要素:奉师造化,静中有动"。他们虽然时而获得成功,但据我看,他们更多地受阻于粗糙笨重的西方绘画材料,或许也由于他们对每个汉字内含的本性并不熟悉所致。

蒋彝先生对一些微妙难解的问题阐述得既简洁又清晰。他那优秀的文笔也相当可贵。自从此书问世以来,蒋先生撰写了许多著作,大大地充实了我们的知识,不仅是有关中国艺术和文化的知识,甚至是有关于整个艺术和文化的知识。他是属于为数不多的帮助我们了解自己的外国人中的一个。

注:以下三篇原载《中国书法》(中文本),白谦慎译,上海书画出版社1986年版。

赫伯特·里德(Herbert Read),英国著名美学家、文艺批评家、诗人、教育家,曾任英国美学协会主席。此文是他为《中国书法》1954年第二版作的序,标题为译者所加。

白谦慎,美国波士顿大学中国艺术史终身教授。

《中国书法》增订第三版序

《中国书法》于 1938 年 10 月在伦敦第一次出版。在我的第一本著作(《中国艺术之我见——中国绘画介绍》)取得很大的成功后,我认为我应该著书介绍中国书法的美学原则和技巧,中国绘画的主干也是由同样的美学原则和技巧构成的。但是,中国书法起源于古文字,大多数西方人在这个题目前退缩了,他认为如果不懂得中国的语言文字,是无法理解这种艺术的。因此,我每次试图使出版者对这个题目感兴趣都是枉然。然而,一年后,杰·艾伦·怀特先生决定出版它。虽说《中国艺术之我见》已获成功,怀特先生还是告诫我,不要对这本书法书抱过高的期望。

作为一个好友,他对底稿表现出很大的兴趣,并不厌其烦地和我一起逐页校阅了原文。当此书最终问世时,他的预言得到了证实:销售数几乎等于零。这件事令人不快地发生在那灰暗的年代,当时慕尼黑危机刚发生过。在那个弥漫着战争传闻的年代,是没人喜欢看一本难以理解的读物的。战争于 1939 年 9 月爆发,《中国书法》的销售完全停止了。

1942 年,美国卷入了这场战争,许多美军驻在英国。三年来,整个英国都在为战争全力以赴地从事战时生产,没有材料和时间制作玩具和礼物;当圣诞节来临的时候,美国官兵开始购买一些《中国书法》作为圣诞节礼物寄回家。尽管第一版印数少,却已在 1942 年底到了美国。一本论述如此深奥问题的著作竟成为圣诞节的礼物,岂非怪事?由于它是一个意想不到的结果,我依然能带着愉快的心情回忆那在英国的艰难岁月。

第二次世界大战后,世界的注意力日益集中于远东地区。很多人开始关注中国的事务,不是一时和表面的关注,而是真诚地希望能了解中国。许多研究中国的书出版了,关于中国艺术(那特殊的绘画艺术)的展览也接连举办。到 1971 年,《中国书法》已重印了八次:第二版时(1954 年)由赫伯特·里德先生作了序,第三版(1961 年,二、三版均未修改)又按需求,增印了可销数量。自此以后,中国书法就已不再是很少为人所知的问题了。

1969 年底,库存的书快售完了,我便应约写了修订本。也就是现在这个新版本。我为本书有这样的需求量而感到高兴,更为能有机会校阅全部原文,并订正若干印刷上的错误及少量中国汉字的英语拼写错误,而感到快慰。那篇绪论写于1937年,其中谈到的问题是当时的人们感到陌生的。如今,中国书法不再是一个陌生的问题了,但我在绪论中谈到的许多东西,对那些尚未接触过中国书法的人仍旧是有价值的。因此,我还是将它们原封不动地保留下来,并且不打算为它充实新的内容。

修订本中有增补的两章。由于中国画和中国书法关系非常密切,那些对中国画感兴趣的人必然也想研究,甚至打算练习书法,"书法与绘画"这一章充分阐述了两者的关系。"美学原则"这一章,对艺术地表达中国精神的完整认识作了本质观念上的探究。这两章有一些新的插图。我再重复一次,这本书是为一般读者写的,我没有详细地论述中国书法的历史背景,并已删去了许多读者并不熟悉的知名书法家的名字。

我愿意利用这个机会来表达我对我的朋友方超颖教授的感谢,他不仅细心校读了全部手稿,而且还为新章节的写作提供了许多宝贵意见。

1971年3月

《中国书法》第一章 绪论

"书法"作为一个普通词汇,在任何语言中,泛指手写一组表达人的思想的文字,很少像中国那样,把它当作艺术来看待。的确,我还不知道其他任何国家会像中国那样,把它作为艺术来研习,并得到普遍的承认。可能这就是为什么"calligraphy"(意即书法)这个词如今几乎只用来称呼中国书法的原因。

一般认为,中国书法的历史和中国本身的历史一样长。对西方人来说,尽管他们中的许多人对中国画和其他中国艺术已十分了解,但对书法的性质始终莫测高深。再者,书法除了它本身就是中国各种艺术中一种最高级的形式之外,我们还可以断言,在某种意义上说,它还构成了其他中国艺术的最基本的因素。不管怎样说,令人遗憾的是,除了在这个国家的艺术传统中成长的那些人以外,要掌握书法的美学意义似乎是非常困难的。

要研究中国书法,就必须学习一些中国文字最初产生和书写的知识。因为,中国字的书写形式不仅是为了交流思想,而且还以一种特殊的视觉形式来表达观念的美。

我的第一本著作《中国艺术之我见》,对中国画作了阐述。如果西方人对书法的了解多一些的话,那么,我对毛笔画的美学因素的解释可能会更成功些。阐述书法这样一个问题,确实是一项艰巨的工作,而且我也并不期望在这本不长的著作中涉及所有问题。但我至少可以在一些主要方面给予轮廓的叙述。这本书既不是为已经具备这方面知识的西方人,也不是为中国公众而写的,我打算使它成为那些有意探究书法基本原理的人的简易指南。因此,在我思虑所及的范围内,为它配了许多例子、附图和形象化的解释。如果它能引导更多的人欣赏我国的又一种艺术——书法,并有助于他们更深入地理解他们已经喜爱的中国画和其他的中国艺术形式,我会为此而感到高兴。

由于我自己对中国艺术特别是中国画有浓厚的兴趣,因而,我到英国后,很想了解英国人对它的看法,并为此阅读了若干有关这一问题的西文书。我经常发现令人愕然的评论和错误的概念。毫无疑问,这些问题完全因为对我们的某些艺术形式,特别是书法,从未予以适当的介绍和解释。我曾听到过不少西方人评论我们的书法。他们说:"我喜欢中国字的外形,但我却无法辨别优劣",或"法书是由哪些因素所构成?"或是"字怎样写才算美?"等等。很明显,人们十分想了解这类知识。1935年至1936年在伦敦举办展览会的成功,表明很多人都渴望探索和理解中国艺术的重要性。展览会的一间小屋全都用来展出书法,我总是看见许多人带着浓厚的兴趣观看展品。很可能他们并不理解书法。但是,我想这些作品的装饰性——那龙飞凤舞的笔触、淋漓的墨色以及点线交织在一起构成的极为赏心悦目的图案一定给他们以深刻的印象。

我写本书的动机之一,是希望帮助这些人不需学习中文就能欣赏书法。倘若他们能够懂得那些词的文字意义,当然更好;但对审美欣赏来说,词义并不是必不可少的。我想打个比喻使你能懂得我的意思,譬如说你想如果有张风景画,画上的景物和你故乡的景色非常相似,那一定能触动你回忆的心弦。看这样的画的感觉和看一幅景物陌生的画的感觉不同,看到熟悉的景物备觉欣快。然而,我也确实认为,即使没有熟悉的观念,人们也能凭借对线条运动的感受和事物结构组织的学识来欣赏线条的美。

在就我们语言的概况作一简要的论述前,让我先说两件事,虽然这只间接地涉及我的论题,但我想它们将被证明是有启发性的。

其一,是中国书法和西方书法的比较。我曾多次参观大不列颠博物馆的手稿部和格兰维尔图书馆,并仔细地查看了从巴凯莱德到《大宪章》的古代手稿。在我看来,虽然每页手稿的字母及单词都排列得颇为雅致,但其整体却缺少变化。我想,原因可能在于拼音文字的限制。26个字母完全由圆圈、曲线、直线和斜线构成,大大限制了字形的变化。一部手稿通篇看下来,不过是圆圈、曲线、直线和横线的重复,用近似的动势彼此相连(虽然,我必须承认《大宪章》的手稿显示出一些斜线的发展)。段落开头的一些起首字母饰有花边或装饰性线条,但这些装饰并不是字母写法的一部分,它们不是书写而是绘画。与此相反,中国汉字的笔画变化多姿,有的纤细婀娜,有的厚重有力,一笔一画都可能包含着独特的变化形式。再者,英文词的长短受到字母数目机械限制,所有的字母都一律从左写到右;反之,方块汉字是写在一个想象中的方形之中,它可以用各种优美形态来充实。这个问题我在下面的章节中还要谈到。

其二,我要指出中国书法和中国人民日常生活的密切关系。我走在伦敦的街道上,从未对商店的招牌或橱窗中的广告产生过兴趣,因为它们在风格上几乎完全是相同的。整齐、规则和匀称,然而却没有生气——我们一向这样批评我们的印刷体汉字。在中国,书法无论在哪儿都随处可见。街道旁挂着用毛笔书写的或漆在木头上的大字招牌和横匾。每家商号都挂着写有店东和他的货物的招牌。差不多每一个饭馆、营业所或商店以及大多数居民家中都挂有诗家与哲人的言辞或十三经语录,借以赞扬所供饭菜的鲜美可口或提倡传统的道德情操,以及给人以诗情的享受。这些招牌有三重作用:装饰性、广告性以及对有欣赏力的人们所具有的魅力。在中国的大街小巷,时常可见许多书法爱好者,从这些不能算作真正艺术的作品中寻找乐趣和欢愉。的确,它们只是装饰性的艺术,因而比起那些纯书法作品,即饱含着真切的艺术情感的作品来,只有肤浅的迷人之处,它们的美只是外表上的美;但是,它们至少要比匀称而呆板的印刷体好些。

对写下的文字的钟爱之情,从童年时代起就灌输到中国人的灵魂中。我们受的教育就是不许撕碎写过字的纸,也不滥用任何纸张来写字,即使它是张废纸。中国城市的每个区,甚至最小的村落,都建有用来焚烧写过字的纸的塔,我们称之为"习字塔"——怜惜文字的塔。正因为我们如此尊敬文字,我们才不忍它们被踩在脚下或被扔入那些令人厌恶的地方。经常可以见到,老人们背着竹筐,从街道和马路上拾集这种废纸去习字塔焚烧。可能你会肯定地认为,他们这样做不过是出于一种洁癖!今天或许有人认为这很可笑,但我们自然不能从自己开始抛弃我们根深蒂固的传统习俗。在报纸、书籍、各种印刷品到处都是并且数量越来越多的情况下,对字纸的旧有尊敬依然非常普遍。

我们的大多数商人都相信,他们商店的招牌和横匾上有一笔好字,会带来好运气,因而尽力去寻访胜任的书法家来为他们写字。为此,他们几乎情愿付书法家所开出的任何价钱!字写好或被翻上木板后,就在它们前面敬上香,举行一次庆贺仪式,然后才把它们悬挂起来。这充分表明这些牌匾受到很大的关注和尊敬,说明它们在商人眼中是至关重要的。

我的很多同胞都懂得书法在人民的日常生活中所占的重要地位,他们把全部业余时间用来练一手好字。请不要误以为书法家得经常改变他们的风格,像橱窗布置那样,为了招徕顾客,不得不经常加以重新布置。中国书法始终不会令人心目厌烦,因而无需频繁地更新。一手好字是多年勤学苦练的结果。从这一个城镇到另一个城镇,人们从招牌上就可以轻而易举地辨认出一个地区大多数著名书家的作品。

在英国,我曾在大小教堂里见过许许多多优美的塑像和不少矗立在这个国家一些风景区的高大纪念碑,它们和我自己国家的纪念碑对比非常鲜明,使我感受很强烈。它们上面的碑文很不显眼,而对于我们,碑文则往往是最重要的部分。我们将有意味的文字翻上木板,作为范本悬挂起,或把秀丽的字刻上石头。这些字可能引自著名的警句格言,或是前辈人对年轻人的劝诫,或是对胜地美景的赞辞,或是对建筑本身的记述。例如,它建于何时又如何建造。在祖坟旁,一般竖着一块铭刻着文字的碑,记载着死者的身份与生平,以示后人。无论碑文的内容如何,字总是出自高手。

虽然我们的房屋一般都是平房,但房间布置得却相当高雅。在中堂里总有一些书法作品,一般还有些画,也有只挂书法的。中国的房屋普遍采用传统布局。从门口向里看去,能得到深远而又高阔的效果。在中堂尽头的中央,是一幅很大的画或几个大字,两边挂着一对条幅,上面的字通常是诗中的对仗句,我们称之为"对子"。左边的墙上常挂着四幅画,上面画着一年四季的景色或代表四季的花卉。对面的墙上是四幅书法条屏,或是由一个书法家将一段著名的短文分成四幅书写而成,或是四首独立的诗,而出自不同的书家之手。我在此所说的,仅是一种较有代表性的布置,当然,实际上还会有各种各样的布置方式。在书房里,一般至少可以见到一幅画和一幅字,而更多的情景是只有书法。张挂的位置总是精心选择的,以求更醒目地显示书法之美。闺房的正墙上一般挂着四幅小画,两边的墙上挂着一幅对子。偶尔也有只挂书法作品的,但与中堂的字相比,风格上更多一点优美娴雅的意趣,而少雄强之风。

漫步典型的中国庭院,可以发现楼阁、亭榭、平台、小桥及类型众多的建筑物,全坐落在经过精选的最佳地点上,以便使景色更为悦人心目,更富于想象和变化。文人们喜欢给这些小小的装饰性建筑取个富有诗意的名字,例如,"探春阁"、"闻莺亭"、"聚星台"、"钓月桥"。这些名字由著名书法家用各种书体书写后,再刻上建筑物,不仅起了装饰作用,还给这些地方增添了意趣。

临近新年,家家户户都预先给房门贴上春联。通常是在红纸上写下两行诗句。人们认为它能为即将到来的一年带来好运气。同样,结婚与生日的礼物以及对一个亲戚的死亡表示吊唁,我们中国人送的不是花,而是一首诗、一篇短文或一副对联。我们认为,这样才最能表达我们的欢乐或哀思。

如果你到中国旅行,你会注意到,崇山峻岭中醒目的地方,往往点缀两个或四个石刻大字,其字径之大在山岩上赫然醒目。有时,你也会看到几行吟咏此地山水的诗。精心挑选和镌刻下来的字,不但不会给美丽的景色带来损害,反会使观赏者把自己的感受同先于他观赏过这里景色的骚客文人的感受进行比较,从而用更深广的目光来玩赏景色。尔后,观赏者可能会产生灵感,在另一块岩石上写下自己的评论,这样,留下的就不是一个漫不经心的游览者的涂抹(那种东西既无意义又显得粗俗),而是一个热爱大自然的人的心灵印记。中国山林中许多胜地往往为庙宇寺院所据有,寺庙里备有一本专门给来访者用来题记的册子,希望来访者题上几行诗或几句对优美的自然景色的赞辞。无论诗文本身写得多么优雅,没有一笔好字,谁也不敢在留言册上落笔!

在中国,人们普遍认为书法表达书写者的人品。一个人的性格、气质、嗜好以及得意与否,据说都能从字上准确地推论出来。我知道,西方国家对笔迹的分析几乎成了一门科学,但在我看来,结体、章法以及笔画形式的丰富多变使中国人的字迹更适宜于采用这种分析形式。例如,宋代(960—1279)距今已很久远,但我们还能从宋徽宗创作的独特的、被称为"瘦金书"的作品中,想象出他是一个外貌优雅的人,修长而消瘦,注重细节的修饰,还有点优柔寡断;我们甚至可以推断,他是一个言语缓慢而慎重的人。再如,我们研究米芾的书法时,我们立即会联想到口语中常用的一个词"胖墩",来作为这个艺术家外表的最好描绘,我想象他走路时带着自得其乐的、深思熟虑的神态,昂着头,机警而又富于幻想——这是一个竟会像敬爱自己的兄长一样,拜倒在所崇拜的怪石面前的人,也就是这位艺术家,用大胆的、充满幽默感的"米家点"画出雾色迷蒙中的群山。苏东坡的书法使我想起这样一个人,他比米芾稍胖略矮,在性格上比米芾更不拘小节,然而,心胸开阔,生气蓬勃,是一个伟大的诙谐大师,一个伟大的乐天派。而黄庭坚的书法则展现出另一种形象。我敢说,他是强健的瘦高个,意志坚定,甚至有点固执,但对他人却宽容大度。以上仅是粗略的判断,对书迹作更细致的研究后,还可以推出许多更细微的特征。

以往的时代,良好的书写能力是通向仕途的敲门砖,一笔好字是科举考试最基本的,也是最高的要求之一。从唐代到清代的漫长年代中,科举制分为三个阶段(乡试、会试和殿试),而在每一阶段,报考人的书法都受到仔细的审阅。不管文章作得多么高明,如果字迹拙劣,那也是要落榜的。因此,可以肯定地说,所有通过殿试的人都是知名的书法家。

直至现在,一手好字仍然是社交中的得力工具。如前所述,我们往往从一个人的笔迹中判断他的品格,而且许多友谊是通过信札上精彩的字迹建立和巩固起来的。我们对有才气和修养的书法倾慕到如此地步！我们甚至相信,我们能够从一个人的手迹中鉴别出他的学识,因为,书法不仅需要持之以恒的实践和严格的训练,而且还需要广博的学识素养。一个中国人如果不能写好一封信,他会发现,找任何一个职业都是困难的。诚然,今天我们已经发明了中文打字机,并且开始习惯用外国的钢笔和铅笔来写字,但是,我依旧不太重视印刷的,或者打字机打出来的东西乃至钢笔字。然而对朋友信札的手迹,我们则十分珍视,甚至为了它上面漂亮的字将其装裱起来,而不是仅把它们当作纪念品加以收藏。此外,不仅是信笺上的字体,对其布白章法人们也很注重。

从以上的记述中,你会得出这样的结论:我们的书法和我们的社会习俗有非常密切的联系;确实,它应用于我们生活的各个领域。就此而论,其重要性远甚于绘画。而且毋庸置疑,经过长期的应用,书法已达到非常高的水平,其地位之重要完全有资格被看做是我们所有的艺术形式的基本要素。

说话和书写同是人类实现其表达思想这一愿望的形式:一个通过听觉起作用,另一个则通过视觉;一个通过口中发出的声音传到耳朵,另一个则通过书写的结构与形象作用于眼睛。但是,除了表达思想而外，它们各自还有一些其他用途。口语中的音节经过组织，可以像西方大多数诗歌一样，具有悦耳的音乐性。书面的字经过组合，也可以产生视觉美；因为，艺术不同于科学或宗教，艺术只是那些致力于对其发展演进的人们的主要目标。一个写得好的汉字本身就是一个艺术构思，完全可以这样说，汉字在很大程度上比起任何其他文字，更易于表现视觉的美。

中国汉字是单音节的、象形的。它们不是由字母组成，而是各自独立的，每一个表意符号都在人脑中形成一个完整的形象。汉字是不同于西方任何一种语言的文字体系。欧洲文字是表音符号，仅用作发音，并不含有视觉形象。我也必须承认，我们有些文字也仅是表音符号，没有"形象"的意义，但这主要是我们近来试图通过音译将外语译成中文的产物。中国文字由音、形、义这三个要素组成，因此能够完全满足日常生活的使用和艺术媒介的严格要求。

尽管我们许多同胞坚信汉语是一种容易学会的语言，我还是怀疑自己能否说服我的读者去学习汉语，把汉语作为掌握高度的中国书法鉴赏力的一个手段。不过，我希望他们至少能够明白，记忆汉语是简易和清晰的。正是这些特性，使汉字在我们广袤的国土到处得到广泛应用。汉字的性质与起源完全不同于任何其他语言。它可能是世界上唯一"纯粹"的语言。要透彻地理解任何一种西方语言,人们必须了解其他好几种语言。举一个例子(诚然这个例子有点极端),英语中百分之七十以上的语汇至少来源于十种不同的语言。再如,汉语只有单音节的字,在这方面比德语和英语都简单,后二者有的词由十四个或更多的字母以及九个或十个音节组成,书写和发音都很困难。还有,汉语没有重音,一些外国人发现英语中的这部分非常难学;汉语也没有语法上的曲折变化(如数、性、格、人称、语态、语气、时态、比较级的不同变化),甚至没有前缀和后缀。难道这些不是优点吗?生活中的琐事十分复杂,我们中许多人希望能成倍地延长时间,因此,如果我们能将语言简化到它的基本要素这个程度,那简直太好了!汉语在其早期就已具备了简明的形式。传统的书面语文体被最大程度地简化,言简意赅。因此,从古文丰富的内容和优美的形式中,我们可以推断出它在达到目前这个水平前,经过了一个或许可以称之为"净化"的阶段。

汉语的书写符号和语法结构一直保持不变,时间的流逝对它几乎没有什么影响。我们可以先读一本中国最古老的书,"论述变化的书"——《易经》,它大约写于三千多年前,然后再读一张日报,虽然我们肯定能在词汇、短语、事实和思想上找出相当多的变异,但汉字的字形、语法以及我们可以称之为"文体"的一切,并没有出现变化。和今天的英国人试图阅读昂(盎)格鲁——撒克逊人的诗或乔叟的作品时的情形,是多么不同啊!毫不夸张地说,中国七八岁的孩子就可以阅读《四书》(儒家的经典),虽说这些书差不多在一千年以前就印行了。

为了学习方便起见,我们可以把中国汉字分成六类,其中一大类竟可包括四分之三的汉字。从汉字的结构(义符)我们往往能推知字义,附在基本结构上的另一部分(即音符)则表示读音,掌握了一定的义符和音符后,便可推出许多汉字的近似字义和读音。如果你详尽地了解一百个汉字的组成,那么你很可能掌握阅读和使用一千个汉字的能力!识字的最好方法是学习书法,因为书写比默记来得简单。一旦你能分析汉字的结构,并同时欣赏线条的美,你会为它本身的缘故变得真正地爱好中国书法;因为,你越是研究中国文字的外观,你就会越加喜欢书写它们,并能更快地记住它们的意思和形状。

如前所述,本书不是为中国问题的研究者,而是为那些对汉字一字不识的读者所写的。我希望能引导他们粗略地欣赏笔触运动和结体章法的美。我写这本书也是为了帮助那些对中国画已有所爱好的人更好地理解它的笔法,得到比一般感受更多的一些东西。我将尽力作阐述书法美学的尝试,因为那是根本性的问题。但是,我也不会忽略技法;为了给那些对于汉语毫无所知却希望大胆尝试的人以帮助,这里写有关于技法和练习的章节。

在中国,书法是最普及的艺术。它是民族性的爱好,一种每个中国人从童年时就培养起来的、共同的审美天性。很多文人对它的"狂热"远甚于绘画。好画、好曲和好诗并不常见,但精彩的书法却见于中国每一个地方和历史上每一个时期。大多数中国人(像任何其他民族的大多数人一样)对艺术和文学知之甚少,但是,当他们凝视一张法书时,都会对那熟悉的字体和结构产生纯真的愉快。那些过于贫穷而没条件张挂古画的家庭,却可能有青铜器和石刻的拓本。

许多中国人把书法看作是一种使人愉快的癖好

而用以自遣自娱。这一艺术很少需要构思,在这方面比绘画来得简易。至于绘画,人们必须等待感情和灵感的到来(如果他确有此天分的话)!而书写一个汉字则能一挥而就,随之,一组优美匀称的曲线和笔画就展现在你的眼前,可以尽情地赏玩了。既然如此,何不一试呢?

周虎敦（金文）

李白春夜宴桃李園序（小篆）

夫天地者萬物之逆旅也光陰者百代之過客也而浮生若夢為歡幾何古人秉燭夜遊良有以也況陽春召我以煙景大塊假我以文章會桃李之芳園序天倫之樂事群季俊秀皆為惠連吾人詠歌獨慚康樂幽賞未已高談轉清開瓊筵以坐花飛羽觴而醉月不有佳作何伸雅懷如詩不成罰依金谷酒數

宛(完)白山人诗评(隶书)

魏武帝如幽燕老将氣韻沈雄曹子建如三河少年風流自賞鮑明遠如餓鷹獨出奇矯無肯謙康樂如東海揚颷風日流麗陶彭澤如絳雲在霄舒卷自如王右丞如秋水芙蕖倚風自笑韋蘇州如園客獨繭暗合音徽柳柳州如澄波木葉微落杜牧之如銅丸走坂驥馬注坡浩然如洞庭波

宛白人诗评 拟书倪宽不易 画颇得其神 韻平 乙巳中秋 蒋彝

幼安先生永遇乐（真书）

千古江山英雄无觅孙仲谋处舞榭歌台风流总被雨打风吹去斜阳草树寻常巷陌人道寄奴曾住想当年金戈铁马气吞万里如虎元嘉草草封狼居胥赢得仓皇北顾四十三年望中犹记烽火扬州路可堪回首佛狸祠下一片神鸦社鼓凭谁问廉颇老矣尚能饭否

旧作·东望祖国怆然有感率成五绝句之五(行书)

大陆真神骏九州
经舞东风
望祖国华史立著降
流中华史立著降
迎和同志雨正 蒋彝

一九七六年九月九日后十日（行书）

完全独立自主的新中国是全世界各国近二百年来代表梦想到现在，敬畏的正因为毛泽东主席把一些血腥恐怖苦闷、领导着先进同志创造给我们的我们兄弟好趁这种石深道念他我们要竭尽自力和能力遵循毛泽东思想和他的意志自更生勤俭勇进来维护这获新的完全独主的新中国

一九七六年九月九日后十日 萍艺

声(草书)

以下是蒋彝用毛笔书写的英文,是为另类书法。

《儿时琐忆》之封面题字
(1940年)

A Chinese Childhood

Chiang Yee

"The Silent Traveller"

《罗铁民》之封面题字
(1942年)

The Men of The Burma Road

By Chiang Yee

《纽约画记》之封面题字

(1950 年)

The Silent Traveller in New York

by Chiang Yee

《波士顿画记》之封面题字

(1959 年)

The Silent Traveller in Boston

by Chiang Yee

《三藩市画记》之封面题字

(1964年)

The Silent Traveller in San Francisco by Chiang Yee

《日本画记》之封面题字

(1972年)

The Silent Traveller in Japan by Chiang Yee

《波士顿画记》赠韩素音题字

(1976年)

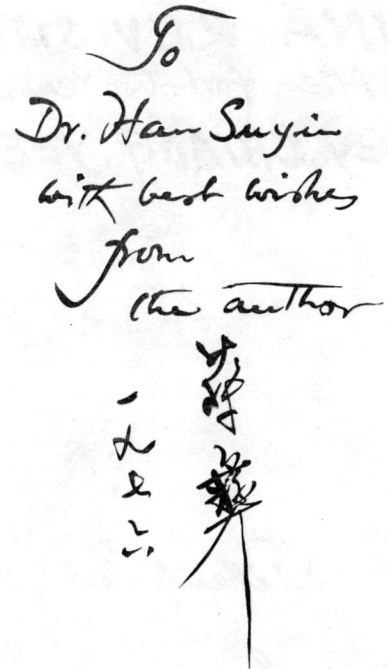

注：韩素音，英籍作家，博士。

《重访祖国》封面题字

(1977年)

CHINA REVISITED
After forty-two Years
By CHIANG YEE

蒋彝其画

一个虚构的苏格兰人
(《爱丁堡画记》插图)

十六罗汉像之第二应真
迦诺伐蹉尊者

第二應真迦諾伐蹉尊者 江州啞行者蔣彝合十敬寫

紫蝴蝶花

注：蒋彝素爱梅花，然英国无梅花，只能梦之，忆之，咏之。唯蝴蝶花，英国与中国无异，故画之，聊遣思故国之情耳。

山居清旷

庐山三叠泉

长臂猿

一个东方人在联合广场

(《三藩市画记》插图)

雪后街景

(《牛津画记》插图)

埃菲尔(Eiffel)铁塔
(《巴黎画记》插图)

注：埃菲尔铁塔矗立于巴黎市中心塞纳河右岸的战神广场上，它是为迎接在巴黎召开的世界博览会而于1889年建成的，是巴黎的标志性建筑。

布朗士(Bronx)动物园旁的瀑布
(《纽约画记》插图)

注:布朗士动物园,位于纽约北部,是世界上最大的动物园之一。

宫岛(MIYAJIMA)的水上神社
(《日本画记》插图)

注：宫岛，正式的名称为"严岛"，位于广岛境内的濑户海上，是日本三景之一。据传公元593年，推古天皇就位时在此建造了严岛神社，其后翻开了宫岛的历史。

考斯特枫动物园里的托普茜
和她的孩子们
(《爱丁堡画记》插图)

注：考斯特枫动物园是苏格兰最大的动物园。

我的三个时期的肖像

（《儿时琐忆》插图）

注：由左至右，为青年、少年、童年。

水墨达摩

无量寿佛

大千居士像

畫中余始識令居士年歲數歲即之不挨鄰七
先生諸敬筆無朱丹重眼樣糊 宗堂題

畫聖張大千先生八十二肖像紫桑唱酒者呂薜舞

早餐之前

早餐之前
辛亥秋汉郊以
竹壶写

大熊猫——试饮(又题独戏)

大熊猫——独自下行

《湖区画记》封面

《罗铁民》插图

《伦敦战时小记》插图

六个英国老太婆的代表面孔

张伯伦的伞张开了

《大鼻子》插图

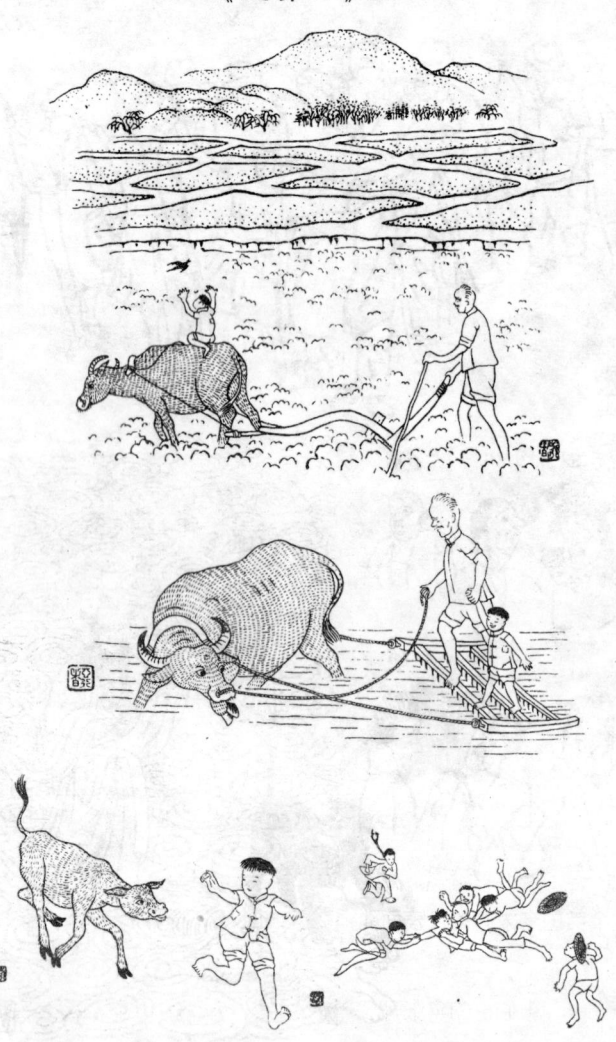

《野宾》插图

《明的故事》插图

《金宝与花熊》插图

《金宝游万牲园记》插图

《儿时琐忆》插图

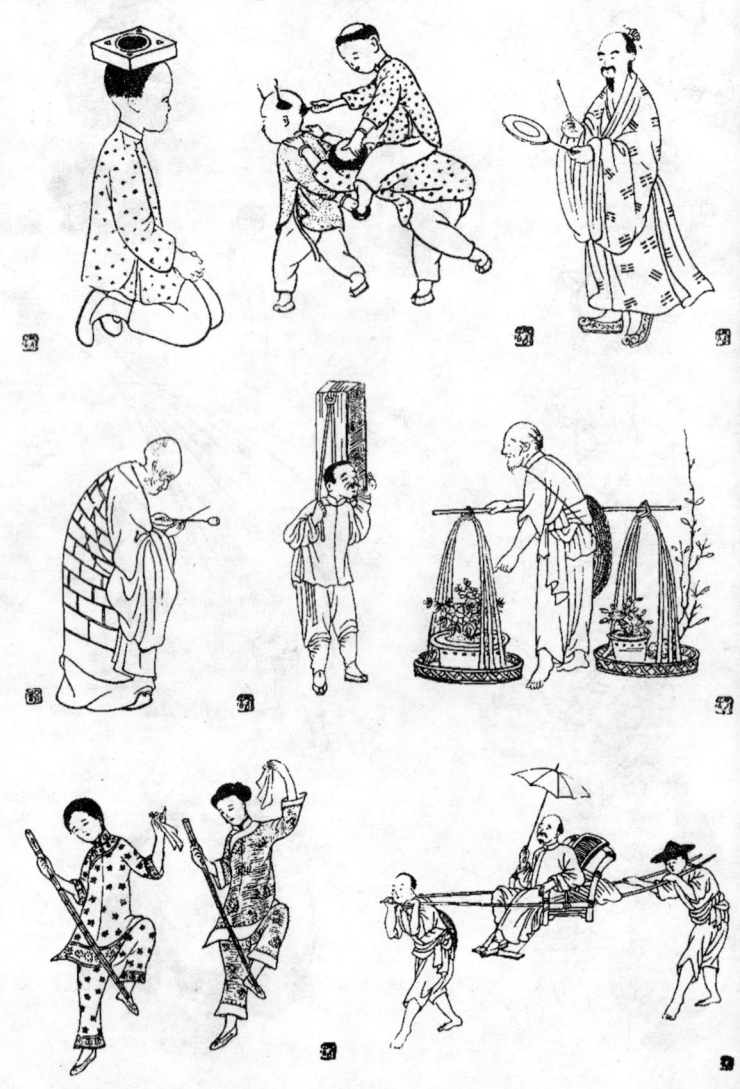

《重访祖国》插图

桂林鹈鹕捕鱼图

北京街景之二

蒋彝次女针灸图

一个老足科医生

蒋彝三外孙登颐和园门前铜狮图

北京街景之三

舞剧《鸟》舞台效果图

《王宝川》(熊式一撰)插图

为了我,你要照顾好自己!

我是在和最高的宰辅的
有名的女儿说话呢吗?

《中国烹饪术》(M. P. Lee 编撰) 插图

英译《唐诗三百首》(静霓韩登译)插图

蒋彝其信

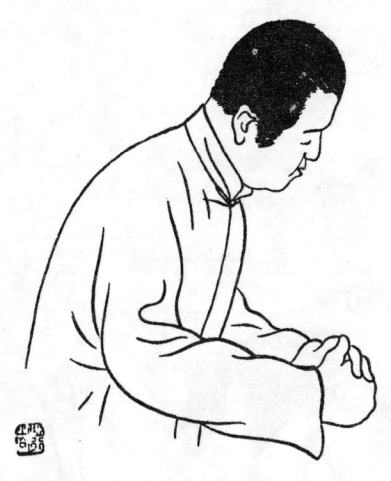

首次鞠躬
(《牛津画记》插图)

致蒋健兰（1950年10月20日）

兰儿：

你八月廿五日来信,今天(十月廿日)才收到。路上走了两个月的光景,可见欧亚邮递是很迟缓的。在接着你六月来的要继续求学的信,我前前后后写给你的有四封信。也许你现在已收到,也许信到时你不在家,他们藏起来不给你。好在时间已经过去了好久,兰儿,你不必去计较已往。现在你惟一的重要问题,就是怎样去努力用功,好好读书。我希望你能替我争口气,能读到大学毕业,得有真正技能与知识。兰儿,你是我最后的一个希望。我的许多同学的儿女都是大学毕业,还有很多得的学位很高,创作不少。我的儿女除了你外,别无希望。兰儿,你为我争口气吧! 只要你好好读书,关于学问上的物件,你要什么,我会给你买什么。一切的一切,你只要去同方校长、方师母商量。他们将会照顾学膳宿杂各费,衣着他们也可以替你计划,请你一往直前,努力求学。关于家中各事,我将另有安排,你千万不要过问。我希望你对于自然科学发生特别兴趣。我是英国皇家动物学会会员,也对于植物有绝大兴趣。关于园艺，亦极爱好。你课余可对于吾国花卉加以注意。你爱不爱收集邮票，只要写信来，我将设法不断的寄给你。书籍、画片我都可以寄给你，可惜我不能寄给你一支很好的钢笔和一个很好的手表，这些只好等将来你读完了儒励（即九江儒励女中）升大学时再说。你可以常常写信给我，每次信中希望你多讨论些求学问题。每星期一次也好，每月一次也好，只要寄平信，我收到后总会给你写回信的。要是迟到一点，你用不着着急。我一生最喜欢的是爱读书的人，不问是亲是疏，我都一样爱好。何况你是我自己的女儿！这学期终了时，你得把你的成绩告诉我。希望你对国文、英文、科学特别注意。我到现在一共写了十九本英文书，宝哥（即长子蒋建国）到英后，一年半可以读得懂，我希望你将来也能读得懂我的书。做我的儿女，不能读懂我所写的书，岂不是笑话。兰儿，你得对英文设法用功。如果你的英文能可（够）写信，我可介绍你同英国女孩子通讯。兰儿，你要有什么问题不能解决，最好去同方校长、方师母商量。

　　此询

大好

父彝字　　十月廿日

注：方校长，蒋彝之义弟方应尧，时任九江光华中学校长，为蒋健兰义父。

致蒋健兰(1952年7月8日)

兰侄：

好久没有接到你的信，希望你母亲（即蔡芬，蒋彝长嫂、蒋健兰养母）和你都很好！你这学期在学校中的成绩怎样？我想是不会太坏的。我仍然希望你能设法去考升一个大学。多求得点知识，就是对自生、救人的能力充实起来。兰侄，你应该知道我这许多年来都在期待着，为你读书筹划着。只要你好好得点切实知识，那我也心安了。……

我希望你好好的照料你母亲，也得抽空去看看你姨（即曾芸，蒋健兰生母）和燕姐（即长女蒋小燕），我只希望你们能和好；为国家多多出点力做着事，才算尽了你们做人的责任，也算我为你们筹费读书的结果。我也希望你和燕姐注意到你们的终身问题，可恨我远在海外，没有能看到你们自身幸福。……

我现在年纪五十岁了，总有些想念大家。可是说起来是我的不是，我不该设法冒险跑到外国来，吃了这十九年的苦。可是,兰佺,你现在当知道,要是我的家庭好,我也不会那样下决心到外国来同鬼子鬼混。你和我及瑶哥(即次子蒋健飞)都会团聚在一起的。现在说也说不得许多,总是我有许多不是,你和燕姐能原谅我就原谅些吧!我只希望你和燕姐都好好自己去组织个很和乐、美满、幸福的家庭。

你母亲前替我问安。你看见姨也替我说声好。

叔铨字　　七月八日

致蒋健兰(1952年12月3日)

兰佺:

十月四日的来信,说你已被录取在武大的中国语文系。这真使我异常的高兴,也可算是我流浪海外十九年来所得的第一个快乐消息!要是我此刻在国内,看见你得着被录取消息的快乐情形,那我真会拍案叫绝了。话又说回来,世间事没有绝对完美的时期。我虽未同你面谈,但能从信中相语,已够我高兴了。你进入武大后,一切怎样努力向上的情形,这你自己有支配的全权,用不着我来多话。我只希望你有时间得多读、多看、多写作。研究文学是要富有想象能力的。想象不是从空虚处去幻想,是要本着事实去推想。我一生就想把我国人民各方面的实际生活情形去描写和绘画出来。可是我生的时代不好,没有能如愿做去,只希望你先充实自己知识和描写技能,以后再把他一字一句的记载出来才好。如果我能不再病,我愿意替你作插图!(下略)

你母亲前请替我问安。

叔铨字　　十二月三日

致蒋健兰(1953年6月30日)

兰侄:

谢谢寄来的照片。

你来的长信,早已收到了。我看过三遍,觉得你现有的知识一天一天丰满充实。你的见解也在那里长进,这使我感到愉快而自励的。二十多年前,我就主张提倡:"后一辈的人一定要比前一辈的人知道的多而好,这样才合乎世界在一天一天的向前进步的原则。"其实后一辈与前一辈毫无分别,只是出生的时日不同而已。因出生日近些,就赶上时代新立的知识,自比出生日早些的人接受起来容易。我一向反对吾国"敬老欺幼"的传统习气,过去处处落后,就是"敬老"的遗毒所致。现在都不讲那些,看见你来的信,指出我信中字句不合的地方,很对。我知道从前的主张,已在实行了,怎讲(让)我能不高兴呢?

(下略)

匆复顺询

近好

叔彝　六月卅日

致蒋健兰(1953年11月11日)

兰侄:

很久没有给你写信,真很对不起。每次提起笔来写,总有事打搅,把它搁置,一延再延,以至于今。现不能再延下去,先写个字儿问你好。你说你这年的成绩很好,我很高兴。我知道做现代国民,早认清本身责任,努力求知,努力服务,你对之决不会让步,但你我有一层血统关系,晓得你没有对"求知"和"服务"让步,自然会高兴。……

听说你母亲已搬回同你姨母住在一处,这使我安心。希望你和燕姐把时代不同的情形给她们两位做"过去时代母亲"的人解释解释,使她们也能看清她们所处的地位及责任。燕姐出嫁了,恐怕你对家的责任多些。但你仍在校求知,燕姐在九江,你们可商量一切好了。此询

安好

叔铨字　十一月十一日

致谭旦冏(1954年4月16日)

旦冏弟:

十天前收到寄来的古物照片十八张,先谢谢。内容日后张张细论之。前四天又收到四月一日手示,内附熊式一兄信,此即交去(因彼此住得很近,但不常见面)。过去少说(有的不能不提),多谈现在,并及将来。您说:"天真有时还存在,干起事来还是那股傻劲儿。环境如何困窘,仍不悲观。"这真是值得是我的朋友,可惜墨千去世了。我的干劲儿,您从前在国内不曾看见过的。只要说我丢掉那垩县官而不为,在海外赤手空拳打了二十二年的天下。现在

我的儿女都大了,不要我过问。这也许我比你好些。你当然结了婚,儿女有几位。有家确是一个问题,无论你干劲怎样强,不把家庭问题不放在心是很不可能的。你说你年虽近半百,还勇于求知,我呢,已五十加一,求知却真不敢后人。我在海外二十年,赖写作生活,不仅维持了我自己生存,还供给我的嫂嫂及我自己的家小。我前后共写了二十二本英文书,已出版者二十本。画不知画了多少画。做过伦敦大学东方学院讲师、伦敦魏[尔]康医史博物馆东方部主任三年。我对博物馆布置陈列极感兴趣。忽然晓得您现在总管"中央博物院",怎叫我不快活高兴。我们以后可以慢慢讨论博物馆诸问题。我还做了一件事,您也许很愿意做,就是我替英国最有名 Sadler['s] Wells Ballet(直接从欧洲俄罗斯歌舞剧而生的)(萨德勒威尔斯芭蕾舞团,英国皇家芭蕾舞团前身,成立于 1931 年)画过布景和设计服装。这舞剧是一九四二年开始,前前后后算是排演过三年之久,是用的意大利作家 Respiggi 的乐曲。只是舞蹈的本身发生问题,叶公超先生曾亲自往观。我于利虽无所获,但以中国人在西洋大舞台上画布景的还算是第一人。想当年 Foujita(藤田嗣治,在法国大获成功的日本画家)在 Montparnasse(蒙帕纳斯地区,巴黎艺术活动中心)极盛时亦不过尔尔。我的意思是要将东方艺术品怎样与西方艺术品和谐并题(提)。我这过去二十年整个花在研究艺术理论技能上,尤重批评。不但要知道吾国书画各体各派,有铜、瓷、象牙、石刻,种种都要明白,还得把西洋古今艺术源流弄得清清楚楚。书是读不尽的,可惜法文不大懂。英国现代最大的艺术批评家余以德爵士是我最要好的朋友,美国华盛顿国家艺术院院长也是我们的相识,他们都对我的艺术意见相当尊重。他们每见到新的创作和收到新的珍品(都是欧美艺术)很愿意我知道。这就是说,我们若专谈中国艺物而不与近代艺术论理相贯通,那只有考古价值而已。关于我国艺术怎样去整理,怎样去开发,我有很多意见。现在你又走在这一道,很愿意干,我们可以慢慢长谈。我国一向以艺术为雕虫小技,现在当国者何曾改变那种小视观念。其实吾国仍为世所重者全靠我古文化。我古文化之代表即艺品。不曾出国各处参观者不知如何敬重吾国过去古文化。不曾得有外国对艺真识者,也不知如何改进、改善吾国古物保存。您如愿意努力,我们将来合作,一步一步做去。您说我最好设法能来台湾住上两年,可供给我不少珍贵材料。谈何容易。一是两年生活费,一是如何进入台湾,问题都多着呢。张大千原富有,与当局以实名来往,卖画为生,不是人人都做得到的。去年我们在纽约会过面,我对他的技能很崇拜。但是他的作品,很少有几张能永久独立性。他的见解,以不通英法语言,仍是过去旧思念(想),不会有进步。为什么他画的山水,老画古人衣冠,毫无道理。一切容慢慢谈吧。我最近几月来忙得很,现正写《巴黎游记》,关于一切古今艺人都批评到。您从来在巴黎时,听到的、见到的笑话故事,请即详告一二为祷。我现又要一张王羲之字和一张苏轼字做插图,请即照王羲之《奉橘帖》(故宫藏)及苏东坡行书各一张,由航空寄下,费由我出。至恳至恳。又故宫藏五代荆浩《匡庐图》、北宋范宽《溪山行旅图》、五代秋林《群鹿图》、宋董元[源]《洞天山堂》(今人考证此画应属金代的作品)各寄一照片如何。余即续此。

　　颂　大安。

彝哑子顿首　　四月十六日

致蒋健兰(1956年11月1日)

兰儿：

这封信我真不知从哪里写起！我提起笔来想给你写信，真不知有多少次数，但总没有写成。原因是我没有能禁止我的眼泪直流啊！我现在眼中很少有泪水，流的时间太多了。

你四月廿六日来信，收到了两三个月了。收到头一天，真高兴。读了好几遍。因为我晓得你真的在大学里毕业了。你们兄弟五人——连建民哥（蒋苃之子）在内，我希望竭尽我个人的血汗来使你们个个求得实学，以补我从来没有人帮助之苦。谁知没有结果——只有你今年真的毕业了。怎叫我不高兴，怎能使我不高兴得泪流。我现想拉着你的手，好好看一下，也很想用我的手指，在你的脸上细细的横摸一下、直抹一下……

但是……我的手长了很厚、很硬的毛子的毛！我二十四年来不喜欢吃的羊肉、牛肉，也得带着鲜血硬吃下去。膻腥的气味常常从我口里和周身发出。我已经大半是毛子了。可是我从来没有想做毛子啊！

自一九三五年起,我就天天想回国,那时经济办不到,后来大战不可能。家中人骂我抛弃妻儿,九江人骂我不认六亲。有谁能明白我那时在海外饿肚皮,设法留点小钱寄回家,寄了还要骂。从来没有一个人问我为什么要出国,为什么再要读书,为什么我那时反对我们一群瞎子、卑鄙、肮脏的大家庭制度和卑污不堪的旧社会。我想法子来改变,个人力量办不到。我要革命,赤手空拳打不开旧势力的高压。所以我想尽办法才出国读书,以求将来可以救家救人。将来早就到了,谁知我已变成了毛子,走也走不动啊!

兰儿,那时你太小,不能想到什么。现在也许想得到。要是我那时随波逐流,跟着贪污下去,也许官儿比做县长大一点,也许我的头早不在我的颈上,也许我好酒、抽大烟,饿得不像人样。你想,你们现在会怎样?……你恐怕也不能想象那时做县长的苦处,要想做好县长更苦。……做县政想办好是得罪人,是与人结仇。我并不怕与人结仇,只要事情办得对。……

兰儿,你哪里知道,我从来不想做县长,偏偏做着了。我那时丢了不做,不再进行。家中人和亲戚都骂我,因为他们没有[了]饭碗,受尽多少人骂。凡是从前做县长的,都不是好人,所以我也是一个极不好的人!说什么呢?这是洗不清的。

兰儿,你是四个儿女中最成功的一个,怎叫我不高兴!怎叫我不落泪。我很想买点东西给你做纪念,使你能有时记得我。一因寄不出,二因你对我的印象根本没有什么,不记也好。你们兄弟姐妹四人,幼年天天听见家中大大小小亲戚朋友们都常常骂我,说我在海外有洋妖精,不顾家,不要家。你们一向对我的印象是不会好的,我说什么咧!

……

我仍是单独一人,自己烧饭吃,洋饭吃不起。自己洗衣服,拿出去洗太贵——你们想不到的。我做到那里就到那里,我能有法子回来就回来,催也无效。……

你说你已有了男朋友,那很好,我相信你们能互相研究社会问题,好好前进,为国珍重。

父彝字　十一月一日

致蒋健兰(1956年12月18日)

兰儿:

很满我意的女儿!(照理我不能这样说,但是人情总是人情啊!)收到你十一月二十日信后,我一面读,一面眼泪自己直往下流。真没有想到你还那样的想着我,我又何尝不在想你啊。你不要让"梦"再来扰乱你,我已对"梦"痛恨异常。你所喜欢的戏剧,尧哥所喜欢的实用艺术——广告画和拍摄电影,都是我所喜欢的。要是我们现在能住在一起,我们可互相讨论,互相供给交换意见,岂不快乐?

我觉得我国的小说及戏剧的好材料真多,将来一定有做成大名著的人。希望你对中国过去历史特加注意。戏剧中"对话"和"说白"是绝[对]重要而又绝对不好写的部分。吾国过去小说和戏剧不能发达,就是因为被"男女授受不亲"的礼教束缚下去。男女不能对话,怎能写得出好的小说和好的戏剧。现在应该不同了吧!

你说你的身体不大好,不知是什么病。人生最重要是身体安全和壮健,否则想做什么事都不能成功。你得好好运动,多吸新鲜空气,食物以有营养质为主。

你说你的男朋友比你大,那有什么要紧。其实照生理学讲,男比女大点好。因为两方成熟的年龄不同。年大年小不在乎,重要的完全在乎男女两方是不是"真爱",单单是"爱"不能维系永存的共同生活,还要的是"志同道合"。要是你们有真爱在其中,而且又志同道合,我的意思是你们应该照着原来打算,明年结婚就明年结婚好。不要去等什么两三年,"等"字最害人。我劝你们不要一等再等。

也许你们结了婚,可以彼此互助,互相照应,互相切磋。你们精神上会愉快,你的身体不适也会改变而向好的。这是我的意思,你同你的男友和医生好好的再商量。你们结婚是你们的终身问题,应当前前后后仔细考虑的。我远在海外,只看见过你写来的信,没有能认识你的朋友。你的朋友就是我的朋友,我想在普通的人生真谛上,这点是不会错的。

你如果结了婚,你母亲的生活问题是不是要发生,这点我希望你能考虑。我的情形不比从前。……我现不在英国,将来动[荡]的生活是很难讲的。只要我有办法,我仍会寄点钱给她的。你写信给我还是寄英国牛津。因我明年六月底会回去的。

关于我前信提到的"毛子"和"县长不是好人",说来太多,无从写起。你将来会慢慢地明白。我家中女子们没有一个是真正读了书的,所以处事看不清楚,也不想明白。就这一点,你就可以想到我从前未出国前的在家闷气生活。没有一个人能同我谈话,我说什么她们都不懂。

梅兰芳与我二十三年前在伦敦住过一起,但我同他不很熟。邵力子是伯伯的朋友,我只会个(过)一面。傅作义的官及"力"都大,有用有可用的地方,官大无小仇,官小仇却大。这是"毛子"问题很容易发生的原因。曹禺和老舍,一九四六年我们在纽约华盛顿见过。在北京办英文报的萧乾是我比较好的朋友。还有李儒勉、陶孟和、王崇武、韩寿萱,很多很多的都是从前很谈得来。(下略)

父彝　十二月十八日

致蒋健兰(1957年7月31日)

兰儿:

你七月二日来的信,收到已有一个星期。我看了三遍。看见你病了,我心中很难过!因为我深知一个人在外面生病时的苦恼。我已在海外流浪有二十五年了。那时你还只一岁光景。想不到我们现在在信中谈到出外作客中的情况啊!好在你在病中,有很多好朋友来看望你,来替你帮忙。这是很难得的。好朋友最难得,因为好朋友有时比自己亲人还好。

西医有时不如中医,这是我很相信的。我虽不是学医的——我中学毕业后,就想学医。但是没有能去北京投考协和医学院。后来在东南大学专习化学,仍想转学医。可是家中无钱,也无人帮助我。教了两年化学,不知怎的到现在来靠写书、画画谋生。这三十年来给我的变动太多了——我在伦敦魏[尔]康医史博物馆做个(过)中国部主任三年,那时我不得不认真念吴连德和王世忠合著的《中国医学史》,也把《伤寒篇》及《本草纲目》等等认真读完。我对于中国的疯症研究很有兴趣,可惜没有能回到国内遍求名师学习。又现在欧洲医学界对于中国针灸科特别注意,想研究这科的人极多。但是中国医书中对于这针灸科的著述很少,没有译成英、法、德文字的。我很想对这科写些英国文字,但知识不够,材料不多,深自以为憾。我深深希望国内有人对这针灸科特加注意,把各省各地有名的针灸师搜罗一下,请他们设法写述经验,招收徒弟。不要让我们这些国宝圣手失传啊!

你现在病有好转,已能吃小碗饭,我心稍安。也许你收到这信时已大好了。关于你母亲那边你能随时接济注意,我真谢谢。……

兰儿,你真运气,能住在我国那富有历史性的和赛过世界美的北京城里,日夜呼吸我们最富"人道思想"的中国文化气氛中。我真羡慕啊!我对于北京的印象太模糊,实在我对她没有什么印象。因为我们过去家庭的组织复杂,我没有钱能随便到北京去念书。可是我这三十年来天天想看望北京,想能住在北京了我一生。现在一时我没有法子回来,我既在海外,就得想法子把世界各国的风土人情都得看完才好。我还想去看北冰洋的土人——盎斯基姆ESKIMO(即纽因特人),住于北亚美利加极北之蒙古民族——现在钱不够,也许太冷,我受不住。但是,兰儿,请记着,我是在九江出世的,我一定要回九江去一趟,然后来北京住到死。当然死时,那许你能招呼我些日子。要是你结了婚,一定要住在别处,可就当别论。

谈到婚姻问题,你前次提到的朋友同你商量了没有。你们要是相爱很深,还是早时结婚好。你一定要早早写信告诉我,我好预备些礼物。只(至)少我可以画一张很好的画儿给你。你要我的画,我将不久寄给你。你要我的书,都是英文,恐怕你不能念。唉,我的著作,我的儿女都不能念。……

北京的西山,北京的北海,春夏秋冬四时的风景不同,你可以信中提到些么?我是想念北京。此询

近好

叔彝　　七月三十一日

致蒋健兰(1957年9月25日)

兰儿:

你八月四日的来信,今天收到。说你和刘乃崇定于十月一号结婚,我真高兴,眼泪落下来了。从今天算起,只有五天,你们就会成为终身伴侣,共同为你们、为大众、为国家福利努力。我很想能参加你们的婚礼,去亲眼看到你们高兴快乐的样子。但这没法子能办到。所幸亏你们想到,寄来五张很好的相片。我看到你们共游欢乐的情况,可以想到你们相爱之深。人生的快乐,整个建立在真实的爱上。有了爱作基础,一切事业和为国为人的志愿,依着主张的推进而使成功。我在这里为你们祝福。一往直前的努力,认真工作。我相信我会能看到你们。因我生是汉人,死也要为汉鬼。我这老骨头是希望埋在

九江夜猫垅山里的。

接到你六月份的信后,我复了一张纸。大概还没有寄到。也许是遗失了。那信我说到我希望你们能早定期结婚。现在你们已决定了。这信到达你们手里,你们会已结婚了一个月也未可知。上一封信收到没有不要紧,我在这里为你们祝福。

我这个月来到了加拿大和美国,采集了些游记材料,预备写风景游记。但因为护照上许多手续不完全的原因,我得回英国来。辛苦是辛苦,我的精神和工作情形都很好。虽然有时腰痛,但不怎样重要,靠靠就好了。我的头发白了一半,五十五岁不算老。

父彝字　九月廿五日

致蒋健兰(1959年9月10日)

兰儿:

不知怎的,一隔这许久没有给你写信。原因是我继续流动,设法写我各处游记。最近我在罗马住了些时,希望不久将来,我可写成一本《罗马画记》出版。只是我现在已经五十七岁,身体、精力都比从前差。我总想我能留下点钱,可以单独生活,闭着门户专门练习书法和绘画,一直到现在尚不能完全办到。我总觉得书画是吾国两件最伟大的艺术,应该就我个人的能力和兴趣去发扬光大。我想总有一天我能画出一点像样的作品。

……

我只希望你们很好,有机会写信来。你母亲前请替我特别问安。

父彝　九月十日

致蒋健兰(1962年1月30日)

兰儿:

去年九月九日来信,早已收到。那时我刚从希腊雅典各处研看西洋文化发源之古迹回来,相当的疲敝。天天想给你写信,总拿不起笔来。一因时间都被写作生涯占住。我老了,但个人吃喝穿睡仍得要自己挣扎的。一因过去廿余年天天有你们兄弟姊妹四人写信,……近两年来家信什么都没有了。忽然能接到你的信,看到你儿子的照片(可惜太小,看不清楚),也晓得你知道你娘和姨的生活很好,以及你和乃崇的工作不错,我当然很高兴。可是提起笔来写回信,不免思虑太多!并不是我专为感情所冲动,也不是我一向很悲观,或是乐观。只是我一生主张,既生为人,就得吃尽任何辛苦,为自己充实知能,为国家、为民族、为人类做点事,死了也对得住自己。我在大学时专学化学五年,得到第四名理学士学位。那时想到德国去继续学颜料及火药制造,没有考取省官费及公费,家里又没有钱让我出国,结果参加革命,从军、从政,都不是我心愿做的事。最后得你伯伯之助(我很感激你娘,但我无法远助,你和乃崇能替我照顾她,我是非常感激的。将来你会知道,我是没有忘记你们的),毅然决然到英国来。说不出许多苦处,我曾经想自杀……结果自信不会那样没有勇气,居然可以教教中文、卖卖画为生。同时也得专心研究吾国过去文化上之各种重要产物,搜集各种重要记载吾国艺术书籍(我有几部书,国内不见得有。从前郑振铎先生收藏最富,我的他都没有)。

我出国已经廿九年了,虽不能说有多大成功,至少在这廿九年里,只要有时间就习字作画,快三十年了没有停止过。这是我想尽方法图谋生存于海外原故,何容易有许多书及各种博物馆收藏做参考。

现在我发愿要把吾国最有名而最重要的绘画,遗留在海外的都临摹一份,将来完成后可以运回国去(徐悲鸿未死之前,与我来信讨论过好几次)。这个志愿能不能成功,我不去问他,只是向前做去。……

现在我有一句话要告诉你和乃崇,我现在已过五十九岁,照中国算法是六十岁。只要我临摹古画的志愿达到,我就回来。能活就活,不活也不要紧,我是汉人总回汉土的。但是古画太多,一人精力有限,也不是我能画各种画法,何况我又老又得谋生。万一我有什么事和病发生而死了,请你们记下出版我书的书店名称住址:(略)

要是你们得到我死的消息,你们立刻写信给那书局经理请他设法帮忙你们,怎样把我的藏书及画件运回来。我主张火葬的,别的可以不管。

你接到此信后,请详细告诉我你们的儿子的名字,他是我的外孙。我打算抽出一点时间来为他画些画,将来也许有用处。至少也可以做一种纪念。

我一生主张改革,遇事都要革命。所以我的画法虽是中国传统的,但在画意、画题及画的结构均主张革新。一九四三年英国政府曾印出我论中国画的文章。我说:我非古人,我为什么要画古人行动、服装……弱势历史画则可。吾辈为今人,应该画今人画,你说是不是?

另外,我正在做一种研究工作,搜集吾国历代戏剧资料,为唐宋元明清及近代的各戏曲著作。国内出版的各书,如鲁迅、郑振铎、田汉、曹禺、高玉宝等等,我都买到了。要是你和乃崇有新的、可以寄出来的戏剧书籍,请设法寄些给我。

……

不能再写下去了,有空会再写。请你替我给我的外孙亲个嘴,并问你和乃崇好。

父铨字　元月卅日

致蒋健兰(1962年2月28日)

兰儿:

你一月八日的来信,收到后又有好久了。天天想回信,总是忙。其实我并不特别忙,但因我一个人生活,自洗自烧,有时厌倦起来,老是东想西想,无聊的乱想,最伤神。所以我一停手,就得找事做。我去年年底写了一封比较长一点的信,……那封信里我告诉你我今年五月十九日就是五十九岁,照中国老算法是六十岁了。我想我迟早总是要死的。在我未死之前，我现在要做一种重要的工作：就是我国最有名、最贵重的绘画，遗留在海外各国博物馆的很多，我不相信它们都会归还我国，所以我决定设法尽量临摹。当然，我不能画各种画法，一个人力量也有限，何况我还得自我生活，自洗自烧，结果不会很多，但是我总尽量做去，做一件是一件。等到积起来有点数目，就设法寄运回国。也许我自己可以带回来。也许我忽然得病死了，我就希望你将一个地址抄在一个簿子上，……那是出我书的书局。要是你和乃崇忽然得着我死的消息通告时，就请你直接写信给我的书局总经理，请他设法将我的书物寄交给你。

你的儿子是不是名叫宗福，请你接此信后，设法寄一张大点相片来。

你说你今年暑假想回九江去看娘和姨大小，我很赞成。……你自己的身体要特别想法子保重。你怎么会得着肺病呢？要十分小心啊。

你的好意想着替我做双鞋，我出国太久了，只要是中国的东西，我都喜欢。何况你自己愿意亲手做。只是有一个问题，寄出国来是很麻烦的。……我很喜欢老北京式的双连（梁）鞋，从前叫做云头鞋。也许你没有见过。不要云头，这不过是告诉你一件过去用的东西。你不必操心去做吧。你的好意我已经知道了,就够了。有空就写个字儿给我,我能提起笔来写信,总会写的。不久我照张相寄给宗福。请你替我给宗福亲个嘴,也问你们两个人好。

父彝　二月廿八日

致蒋健兰(1962年5月14日)

兰儿:
乃崇:宗福可好?

今晨起来晚一点,可是碰着邮差送上一本《新中国的考古收获》。我打开一看,里面有你两人写的为我祝寿的字和一张民间剪纸,五孩捧桃及寿字,真使我高兴一大会儿。不久我的眼睛变成鱼眼,太水湾湾了。我出国来过过二十九个生日,为方便起见,改成阳历五月十九日。你们寄来的书到的今天,距十九日差五天。真巧,想不到会早到,算是你们算准了。头十几年,每到五月十九日总是不知不觉过去了。那是为着学英文忙、为着谋生忙、为着家计忙。你们那时小,都不能想象得到。后来慢慢好一点。……忽然你们从国内能记得我的生日,怎叫我不水眼湾湾呢!

话又说回来,你们选寄的《新中国的考古收获》是一本我尚未看过的书。我已看了头二十页,希望能早看完。我从前订过《考古学报》一年,不知怎的停寄了。南京博物院院长曾昭燏女士是我们英国同时的朋友。那时我对于吾国古铜器很感兴趣。但我无钱去学,所以我到现在三不像、四不像的。总觉得没有专长,可惜可惜。

谢谢你们的好意。

父彝字　五月十四日

致蒋健兰(1962年11月11日)

兰儿:

最近来信,收到后又有不少时日。天天想回信,总抽不出时间来。因为我的写作时时刻刻要把心放在上面。在想着或写着[的]时候,都要专心一意,不能随便迁动。否则思想一乱,又得要很多时间才把散乱的收集起来。我天天还得自己做饭吃,洗洗衣裳,没有法子。好在我早弄惯了,三十年来没有改变,也就不在乎了。

……

说到你母亲的眼睛,我真替她惋惜。我总希望你们可以把她接到北京来同住和就近招呼诊治。我是十二万分的感激。所需费用,我会想法子寄来,请你们不要性急,能寄就会寄的。放心吧。

福儿的个性及兴趣,得慢慢养成,欲速则不达,随其自然发展。你可以告诉他,我把你从前寄来他的那张照片,天天带在身上口袋里,常常拿出来看一看。我总想给他画张小画儿,现在还没能做到,总有一天做到的。

匆复,并问你和乃崇好。

父彝字　　十一月十一日

致蒋健兰(1963年6月6日)

兰侄:

你所寄来的各信都收到了。一因太忙于为书插画;二因到希腊古雅典城住了一个多月;三因年到六十,身体虽然无毛病,但比从前容易疲倦。总想提笔写信,接着要自己做饭吃(我虽在国外住了这么多年,洋饭还是吃不惯)。饭后休息一会儿,就打起雷来了(指打鼾)。好在只有我一个人在空大的房里，否则打搅他人。醒来想写信，又不愿意随便，结果一直没有写。

真巧，你四月三十日寄来的信，却在五月二十日到我的手里，只差一天。迟了一天，并不算晚。亏你记得我的生日，也能抽出时间来计算。……其实我对于我自己的生日从来没有注意。可是这是六十岁，所以那天我画了一张小画给福儿做纪念。现在附在这信内，请你交给他。以后我将慢慢多画些寄给他。只要我身体好总会画的。

只是六十岁了，以后的生活很难说。万一有什么事对我发生了，你们是会收到电报的。我决定火葬，骨灰寄回。请你们小心把它分散在庐山大林冲舍身崖下。

人总是要死的，先给你们说说明白。你和乃崇都不知道，你伯父和我从前所做的事，我们自己问心无愧，没有贪污置产。所以你们大家不受累。但是我们不知道有无仇人子女。

你和乃崇能把你母亲接到北京，我会最感激。八月初我可以再寄四百港币，十月中也许有可能。

你对新画意见我赞同。半丁老人我很知道。但他的作品不能同齐白石比,因他无创作新意。老派画我都画,但是我总要画的新奇,结果到现在无甚成绩。

上次寄来的鞋子很可穿。要是能寄一双双梁鞋来,我会更喜欢。不一定要云头。我怕你们手头不方便,要是可以,就请你们替我买一本唐永泰公主墓壁画、李公麟圣贤图、河南空心砖拓片寄来。书价当即寄上。

希望你们都好。

叔铨哑子　一九六三年六月六日

致蒋健兰(1963年9月7日)

兰儿:

八月十九日来信收到了有几天,收到时读后,我真高兴。但是我没有立刻作复,因为是医生看到我太疲倦,硬要我停止工作,把我车到他的乡间家里,整整的睡了四天。这并不是我的身体发生了什么毛病,只是疲敝不堪。因为我最近赶画了贰拾张很大的画——四尺长,二尺半宽——很费力。预备不久开一个个人展览会,也许可以出卖几张。我现在的画卖的价钱很高,并不一定有很多人要买。但是外国收藏家的习惯,有钱的人只买高价的作品,要是价低,照他们的思想,作品不一定好,可笑。

你八月十九日的信使我最高兴的是,你终于把你母亲接到北京来住在你们附近。我现在不能写很长的信,请你立刻告诉姆妈说我知道她居然肯到北京,我真高兴极了。使我近二十年牵挂的心放下一大半。并请告诉她老人家说,她的一切住食衣服及各种用费,连医药费在内,都由我全部负责担任。只要汇兑不出问题,我会一点的、一点的慢慢寄回来。

你们大概一点也不知道,要是我没有你姆妈和郭家大姑(蒋彝之姊),就不会有今天的我。那么你们呢……我不想提起许多旧事,只要你们知道,我四五岁丧母,十五岁丧父,从不知道什么亲属温爱,跟着祖母睡。那时祖母年已七十,叔婶又狠心,堂兄弟姊妹老是欺侮。在你姆妈没有来我家时,只有郭家大姑常常偷偷地给我几个铜板作零用……后来我读书上学种种费用都是你姆妈替我力争才办到……那时我每天能有一块酱干和一碗蒸蛋吃就很满足,所以我自小就孤独惯了,从不肯同人说话。他们都说我害羞,姆妈和郭家大姑常常笑我是个闷气生。我小儿时放学后总替她看小孩,所以她们好去打麻将……你只要把这些话说给你姆妈听,她一定会发笑的。当她发笑的时候,你就告诉她说我没有忘记过去的一切。她的一切费用,我必负担,请她放心。

因为我自幼孤独,长大也没有同人说话、研究、讨论的可能性,所以只有独自一个人工作[的]兴趣和少少的安慰。这么一来,我的兴趣一天扩大一天。等到我居然考取了东南大学,我对什么都想学。我最初学科学,我的化学课程总考第一。后来我学弹七弦琴,学打拳,学舞剑,学耍三节棍,都没有学好,因为都要钱学的。我想转学到北京,没有钱,没有人帮助,所以没有办到。我现在从一九三五年起要教外国红毛人说京话,真是天大的笑话!我希望你和乃崇能特别注意福儿发音咬字最好。我想在我死后十年,中国北京话是最普遍通用的,也是世界上最重要的语言。这里寄给福儿花脸二张,可见我的兴趣。我又很高兴你把福儿带回九江,见到许多家人、亲戚。你这次一定没有工夫带他去看我最想恋的庐山。等福儿能进中学的时[候],一定请你带他或劝他去看看庐山的舍身崖、御碑亭、大林冲、天桥、芦林、黄龙寺各地,都是我从前常常乱走乱看的地方。

可惜我那时心情异常恶劣,看到无路可走,不能再做县官,要是不能出国,就要出家。那时又是你姆妈和伯伯亲向各方邀会凑钱把我送出国来。我虽出国,也等于出家三十年了。话说回来,我没有白活着三十年。从一九三五年起,我能抽得出点钱总会寄回的。那第二次世界大战时,我不知被欺骗和黑市损失了多少。那时要没有荣姐(即蔡锦荣,蒋健兰之表姊)帮忙,跟我来往信件,我真叫天不应。那时你们都小,我没有一个人我可以通信告知怎样怎样。唉,不提了。

说到《庐山》一书,我最近从香港买到一本,已看过很多次数。要是你那边一本,可以有人要买,就将原价或减价出让;要不然仍请你寄给我,我可以劝外国学校买的。这本书里看到很多新气象,我很高兴,可惜有许多我喜欢的地方没有登载。我那时做县长的时候,对于庐山的革新计划很多,可惜那时孤掌难鸣,做官的都不是做事。我有意要把九江从新坝一直沿马路上庐山的两旁开辟为商店,迁引民众在两旁居住,那么九江商业可以发达……我想将来通庐山大路两旁一定都是铺子……可惜也许我此生不能见到。你问你姆妈,我幼年常常一个人硬走到桑树岭、十里铺、妙香铺,当天来往。有一天我逃走到夜猫垅,在我的母亲的坟墓前恸哭了一场,没有一个人知道。

(下略)

此间问你们好。并请替我给福儿亲一个嘴。

叔铨哑子　九月七日

致蒋健兰(1964年3月7日)

兰儿:

两信都收到,知道你们大小都好,我很高兴。……

你最近来的一信,告诉我许多过去的事情,我从前总以为可以想到的,经你一说,我更加明白不少。我一生就喜欢"有话直说"的精神。我从小就带有反抗旧礼教的精神。但那时家中人腐朽不堪,没有一个人能明白我。我没有一个能同我说话的人。我的妻子(你的生身母)不但没有能同我商量互助的能力,还要恃娇闹意见,和你母亲、郭姑不好。我不知道劝告了多少次,我并且设法亲自教她念书差不多一年多,结果无法可想。我不能怪她,只怪旧礼教!那时我上天入地都不可能,只有出国、出家两途。只亏你伯伯劝我、助我出国,没有出家,也等于出家这三十年了。我不希望你们给我同情,更难想得到你们照顾。……我只希望你现在能明了你自己的任务和做人应有的责任。过去我们家中没有几个读书人,所以夫妻不和、妯娌不和、姊妹反目,闹得无理、无法可依遏止……现在你知道夫妻们是会天天在一道,要能明理懂事,可以互相讨论、商量事体,也可以互助合力。你当能知道乃崇对你和你母亲总算不错。你当体念他的勤劳,遇事和他商量,也时时刻刻帮助他、照顾他,不要让他病倒才好。你当然是很爱他的,我用不着说很多。

父铨字　　三月七日

致蒋健兰(1964年5月17日)

兰儿:

两次来信都收到。总想早复,没有时间。因为我最近到各处讲演中国书画。只要我被邀请,总会去的。不但是可有讲演费,并且可以使多数人知道我写的书,也许会去买得看。写了书没有人买,那就很难。同时也可以介绍中国文化,虽不深刻,但普通人士不能明了东方情形,使他们能明了一点,总是好的。因此我的时间就不容易支配了。好在我现在只差三天,就过了六十一岁,仍然能跑路,能吃能喝,但不乱吃乱喝。我现在还不要戴眼镜看小字书。请告诉你姆妈,我想她一定高兴听到的。

你最近的一封信里说你和乃崇买到一部杨柳青的印画寄给我,为我六一祝寿,又说杨柳青原是乃崇的家乡,我真高兴,天天望着那本早早寄到。我从小就喜欢民间风俗画,常常偷着买一两张。但那时我无母亲,父亲不常在家,无钱可以买,因为那时旧礼教很凶恶,我们做小孩子的,只能读《四书》、《五经》,死背诵,什么"勤有功,戏无益"的。后来我进了大学,因为要生活有着落,所以读数理化,考得很好,可以做中学教员。所以我也在陇海路的海州极北部的海州中学教过书,也偷偷地到过北方大城看过。那是限于经济,所以不能多玩。你的母亲虽然认得些字,对于我那时大学生活,是一点不知道,也不曾过问。我也曾到过中国极南部的海南岛上教过三个月的书,写过一篇《海南岛》的文章,登在一九二四年的一期《东方杂志》上,是我第一篇文章被登载的,得到二十四块钱的稿费。那是我一生最快乐的几天。家中没有一个人能知道。你伯伯那时在广州忙乱得很。我只好自贺自。我那篇文章是提到海南出产怎样富庶，希望国家当局注意开发，可是没有一个人注意。那时我很瘦很弱，自己取一个名字叫蒋瘦颠，那篇文章就是那样签的名。你和乃崇要是有工夫，可以在北大图书馆找出来了看看。至少你们可以知道四十年前的我思想很前进，很想吾国致富致强，可是没有一个人知道我、了解我。要是我在现在时代，我的思想是会被采用的。话又说回来，时代是前后不能相同的，是要慢慢进步的。我现在希望你若有点空时间，请静坐一下，好好的细思前前后后。要是十四年前，你伯伯还在世，要是我没有出国，还等在家里赋闲，一些情形在老朽的旧时代忽而转到极新时代，会有许多意想不到的事发生，也许你碰不到乃崇。所以我们虽然没有能见着面，我总是从好的方面着想。你们现在的生活，照你信中所说，总算是很圆满的，这使我非常高兴。乃崇对你很爱，很随你的意志去安排家务，你也很爱他到高点。我想你得遇事同乃崇商量。夫妇是终身伴侣。我虽不是一个老腐败，但是有许多事是我的思想能力不能想象的啊。

……要请你好好照顾你姆妈。可是你不能完全照顾你自己的姆妈，乃崇的父母、亲姊等你也得照顾。这是你的事,你自己当知道,用不着我写的了。

真的,我不知不觉的过到六十一岁了。因为我可以取得各种兴趣的艺物来占有我的时间,所以我不甚感寂寞。现在我急切盼你们寄赠我的杨柳青印画,又会使我快乐不少时候。最近我买到一本《北京游览手册》小本,告诉我很多新发展。要是你和乃崇在旧书摊看到有关于北京记载的旧书籍,请替我买下寄来,价当照付。

我对于"明朝的北京"很想研究,但我很恨清朝。我现在要请你和乃崇抽空去到祈年殿前的天坛,去数一数天坛上大理石做的三个圈子上小柱子。据说一共三百六十柱,合一年日子。又有大一点的合十二个月及二十四时等等,是不是,请下次来信告知。

匆此问好和福儿好,并待候你姆妈安。

叔铨字　　五月七日

致蒋健兰(1964年10月1日)

兰儿:

好久没有能给你写信,很对不起,可也有原因的。

第一是我看看我快要六十二岁了,虽然我目下的身体很好,也无病痛,吃喝如常。但是一天一天地增加,身体是照生理学说会一天一天减少健全的。总有一天是要离开这个世界的,谁也不能说是哪一天。所以我在五月起,决定自己多多创作些书画,传给你们和福儿等。总有一天可以达到你们手里的。我的画现在很可卖钱,比较我临摹流落在海外的古画情形好。临摹古画我发觉了很多困难,没有经济基础,我不能随便跑到各处去临摹。同时收藏家和博物馆的人并不能随随便便的让我临摹,有许多条件。还有画面尺寸太大太宽,我一个人对付不了,又没有像中国画台的那样大桌子。这许多问题叫我改变方针,决定自己创作大画件,能卖就卖,不能卖,将来总会寄到你手里的。

第二原因是我想在未死之前,多多看世界新奇古怪的事。最近念了许多关于华侨在墨西哥、秘鲁深山里与古印第安人居住、屯垦的事,我就决定去看看。那里发现了许多古印第安人的文化古迹,对(使)我发生很大兴趣,将一方面做研究。我在那里住了两个月,有一处在一万一千尺的高山上。生活虽苦一点,可是很有兴趣。最近才回来。这是没有早写信的原因。

上两周我又托友寄了港币四百元,想已寄到。你最近来信我也收到。我对于你身体的虚弱很是担心。我希望你能听医生的话,能设法请假,休息、就诊。至于用费,我当设法寄给你。我现在打算每隔一个月寄点钱给你,只要你那边接到没有什么问题。

兰儿,你当能自己晓得,身体健康,才能做事有效力(率),才有为国效劳的成就。要是身体不好,做事迟缓,有时停下不能做,这不特不能为国效劳,还要连累别人做事迟缓。

譬如说崇儿担任的工作当是重要的。但你是他的妻子,你一病倒了,他的工作不就立刻得停顿下来?这结果是与国家有利还是有害?

兰儿,你得仔细把前前后后想一想,不要你自己做事做的结果就是为国家,你帮助崇儿减轻忧虑,而创生出更有力量做事的效果,也是与国家大有利的。

我虽年近六二,我的思想最前进。我四十年来到现在,总觉得中国男男女女不能真正懂得"爱"字的真谛。互爱是互助,互助不变才能达到"真爱"的乐境。中国女子读书的还算少数,她们以为读了书,读通与否不去问,就得要男子服侍她,把从前男权时代忽而改转来,这不是好现象。

兰儿,你是爱崇儿的,你得处处替他着想,你得要时时刻刻帮助他。不一定是要帮做文章,只要减少他的忧虑才是真帮助他。你不能老是顾虑到母亲。我们是新时代的人,要是我回来,你天天来照顾我,而放弃崇儿、福儿,我是不赞同的。

就此问好。

父铨字　十月一日

致蒋健兰(1965年7月25日)

兰儿:

实在对你不起,好久没有能给你写信,为的是忙于赶完一本新书,讨论中国宗教问题。我觉得道教、佛教都不配称为教,耶教要不是由于外来经济的助力,恐怕早就消灭了。各方找材料来补充我的意见,东找西找找不完全,所以够忙苦了。

最近花了一个多月的工夫,每晚仔仔细细的把溥仪写的《我的前半生》,即《前清宣统皇帝自传》,共三集,一气读完。晓得他自幼宫中生活,以及伪满时代的糊涂和他那种种假念佛及放生的无聊行径,证明了我对于中国佛教的无意义及愚人之处[的评价是多么正确]。读到他第三集,叙述被改造情形及最后结果,使我惊佩新政人员教化之大成功与奇迹!真是吾国兴运,吾族发展之大光荣。我自信很可以写点叙述、描写、动情的文字,但是从来没有读过这样写的简洁不乱而又不啰嗦的三厚本自传(这三本还只是前半生啊)。想不到溥仪可以写到这样好的文字……

这三本除了在史实的价值以外,在文字价值上可以永传。因为这三本中没有过去古典、六朝花絮,以及旧派文人的咬文嚼字和簪花扑蝶的无聊语气。他写的句句切实,不加琢磨,很少形容词,处处真情流露,直入人心,确是将来永远有人要读的几本书。这三本书可以代表新时代文字,没有腐儒之臭,也无西洋膻味,使我感动极了。

我现在决定了,在我现在在海外还可以找钱的时候,就尽量竭力去找。除了自己必需之外,都设法寄回,增入外汇,不无小助。要是你们能留着,就留着,将来许可能买一间小房子。要是你们够用,就给点给比较生活不容易的人。一切由你和乃崇看情形去做吧。要是我知道无法找外汇的时候,我得回来做汉鬼了。同时我将多多作画,我相信我的画在我死后是会有点价值的。这个我虽不敢说一定,但我可以如此想。

你替我做的衣服和双梁鞋很好,真费了你的心,我很感激。一个月内,我将会再寄点钱给你们,你母亲前千万替我问好。说我人很好,也很想念她。只是我很忙,希望能多找点[钱],可以多寄点回来,并且说我们将一定可以再见面的。

福儿现在好吗?请叫他给我写个字儿来。这里一张画是给他的,希望他能游泳像游鱼一样。

问你们大小都好。

叔字　　七月廿五日

致蒋健兰(1965年12月24日)

兰儿:

十一月十六日来信收到又好久了。我读了两遍,晓得你又有身,很高兴。因为我觉得人生一切,要听其自然,不能勉强,也不必反抗。多一个孩儿,当然对小福有好处。若专从这方面想,那未必尽然。总之教导孩儿们,是做大人的责任。各人的方法不相同,多少也因之而异。总之这是很好的消息,我希望你明白自己身体不强,要特别小心保养才好。……

小福这次寄来的"扫叶"的画,有很大进步,请告诉他说我很喜欢。你和乃崇情爱至深,生活美满,这使我感到快乐。我自己一生吃尽婚姻不美满的痛苦,致使你们和我分隔重洋,我心中非常难过。但是晓得你和小燕的婚姻都很美满,总是好事。……

现在请你和乃崇替我设法收集最近政府所采用的种种教外国人学习中文的方法书籍。我上月碰见两位印度人,他们都在北平语言学校读过书,说的一口北京话,真好。我相信你现在也说的是北京口音吧。只要是关于学国语及国语教科书等等,请替我买下寄来。……

希望这信到你手时正是阳历年。请替我向你母亲问安并拜年。我也给你们贺年。

父铨字　　十二月廿四日

致蒋健兰(1966年2月20日)

兰儿:

你的信收到好久了,总想回信,没有能做到。原因是忙,真正的原因是我现年已六十二,虽然没有什么病痛,可是做事的效力不如前。做了两三小时候(后)就感到疲倦要睡,打不起精神来。这不是好现象,我现在每晨练习太极拳15分到20分钟,希望慢慢好起来。我也希望你设法学习太极拳。你们在北京,可以有好教师。只要有恒心,这是与身体有很大利益的。请你去学时,也带小福去学。他将来一定要学好,胆子就会慢慢强大起来。我也希望你和乃崇能教小福学游泳,这是做人一生最重要的工具,我总想学,一直到现在还没有学到——你也许知道,我的父亲,你的公公是自己投水死的,我有时想起,总是泪流满面。我一生遭遇太多了,你们是不会知道的,也不必要知道的。我现在还是在看机会,走到哪里算哪里。总希望这骨灰能洒在庐山牯岭上才好。……

无论如何,我们总得向好处想。特别问刘家都好。

叔铨字　二月廿日

致蒋健兰(1968年6月7日)

兰儿:

这两年的信都收到了。很对不起,没有能写一次回信。原因是我这两年行动得厉害。我到过日本、澳大利亚和新西兰各处。原定是收集研究材料,我对原始民族的艺术生活很有兴趣。只是年纪来了,脑力精神都不够用,总感觉到不舒适,也病了两次,现在却完全复原了。这点请不用告诉你母亲。我对于你身体的不健强,很是挂念。最好是能设法修(休)养,这是惟一的方法。听说福儿长大了,身体很高强,可喜可喜。我国过去人士总是曲背弓腰,我自幼就反对。我今年已是六十五,走路仍是挺直腰向前走。现在看书作画,仍不需要戴眼镜。很多人看着我这样很惊奇。我希望我仍能这样再过十年才好。这将来的十年里,我一定要创造出一种新的画格,写作一两本重要的书,才算这一生没有空过。我从前做孩子时及做学生时,从不梦想到在海外会生存这三十多年。在海外鬼子丛中谋生存是很不容易的事。你们当可以想得到。我这样孤独了三十多年,惟一的是自己保重自己身体。要我自己不照料我自己,万一什么事发生,举目无人是有许多不能想象的。我一生没有得到过家庭幸福。想不到我们会这样分离的远远的。有时我瞑目想想,总是敲打自己的头,不敢让我想下去。兰儿,我要请你好好保重自己身体,好好照顾母亲及福儿、群儿,乃崇你是会照顾他的,他也会帮助你。你们很相爱,我可以看得出来。我对于[以]前中国儒家思想很不赞同。一位(味)讲空话,连夫妇情感都不必基于爱上,所以过去乱得不像样子。现在你们是比我好多了。……

请替问大家好,你们五人好。

父字　　六月七日

致蒋健兰(1968年10月12日)

兰儿:

九月十四日来信刚收到,这次比较慢。我得立即给你复个字儿,因为我得出外讲演中国艺术,不知道什么时候可以搁笔。你信上说你的病现在好了,我当然放心点。但是照你所说病的情形,使我牵挂。我希望你得仔细点。忙不要紧,只是做事不要没有秩序。就是说做事一步一步地做事,不要太操急,也不要易于发烦。我自幼说是长不大的孩子,身体异常衰弱而多病,又没有人十分照顾我。所以等到我能自立后,别的事我都不注意,只是对于身体健康相当注意。我从前很想学打拳,现在还练太极拳,并不是道地货色,但是练习运动筋肉,总是好的。这点希望你能抽出点时间做做运动。我希望福儿能喜欢打拳。请你告诉小福,我画了好些花脸,将慢慢寄给他。我只恐怕寄不到。

……请告诉乃崇不必抽空写信来,我很了解,彼此心照就是了。并请告诉你母亲说我很高兴她很挂念我,我也很高兴她现在知道我常常挂念她,这就很好了,不一定要能在一下子见着。因为时代不同,我们各个为着生计及事情都不能常在一处的。……无论如何,只要我的身体好,能继续干,最好还是继续做去,可以照常寄钱回来。等到我不能做事,也不能寄钱,那就回来靠你们了,好不好。……最后给小福说:"我爱念我的家人,也爱恋我的家乡,更爱好的是我的甘棠湖和庐山。"……

  问

大家好

叔彝字 十月十二日

致蒋健兰(1972年9月16日)

兰儿:

  八月六日来信,又收到了。……我在澳洲教中国文艺课,名为中国文化史、中国文艺象征学,也教中国书法与绘画。我觉得西洋人要学画我们的画法,他们才真能了解我们的绘画。兰儿,你真说得好,要是有你在我的身边,你会帮助我。真的,我需要助手。要是有你做助手,我更会产生多的作品出来。我在海外快四十年,把从前学的、所想的都赤手空拳、孤独的埋头硬干。到现在我写了二十四本英文书,都是介绍中国文艺。我也教西洋人念中国书、说中国话。今年三月间,有五个西洋学生到北京,他们都经过香港,特别看我。十月间,我又有两个英国老学生到北京来。国内字体改用简字,我就教简字。国内出版什么书,我知道就买。湖南长沙出土的文物,我都读过了好多。你说寄的书没有收到。但我在香港买到《文化大革命前的出土文物》及《丝绸出土》及章士钊先生著《柳文指要》、郭沫若先生著的《杜甫与李白》同他写的铜器。

　　我从前在家中,都叫我闷气生,不大说话。因为没有人可以同我谈得来。我一肚子想做的事、想写的书、想劝人、想救人,只有我一个人闷干。我还有二十部书想写,但是我的年龄已是六十九过了,不知能办得到办不到。我不愿意再有挫折。……

我现在来澳洲教书一年，因为他们供给我的住处很安静，也吃得好伙食。更好的是特别给我很多时间看书、写书并作画。我对外没有什么应酬，不愿意多见人，也不多说话，只有自己硬干，疲乏了就睡。

兰儿，你们都不知道我的过去，也不知道我是一个什么样的人。你们没有一个能推断我个人做人的心情。我始终想维持我同我的儿女关系，所以我没有做别的思想。现在老了，总觉得要有人在身边才好。但是我不好乱动，一乱动就要花时间，就会减少我的工作效力（率）。我想目下还是由英国牛津转信为最妥。因为澳洲尚有很多问题没有解决，我不希望他们对我的工作加以特别异外的注意才好。

兰儿，我对于你的工作很喜欢（指业余为别人针灸治病）。我要劝你把你经过诊治病人的情形，都详详细细的记载出来。将来也可以印成书来证明个人能力所可能做得到的成绩。我从小就想著书立言。我介绍中国文艺、绘画给西方，只想尽我个人一份小能力罢了。我希望你们的两个小孩子都能将来写书。我写了这么多的书，我的儿女没有一个能念完一本，真有点奇怪。但我不能管许多了。我写作兴趣很浓厚，总是不断的看书同继续写，不愿意停留一

天啊。耑复顺问

　　你们大家好

　　　　　　　　　　　叔字　　九月十六日

致蒋健兰(1973年9月30日)

兰儿：

最近由罗忼烈先生转来的信,已收到,谢谢。你说七月前寄出一身衣服,想是寄由英国牛津房东转。现在尚未转到,不知何故。所以我写一信去问那房东,顺便就请她转寄此信。

钱收到很好,我不久再寄点给你,请分寄燕姐和郭家大姑。我好久没有大姑的消息,她扶养我长大的,请告诉我她的消息。你替我想得很对,我虽刚过七十,精神很好,身体很健壮如常。我二月间在澳洲曾游过沙漠荒地,也爬上过高山,也不觉得吃力。有的同伴吃不消。我决定从现在起,把我所想做的一一写出来。最近飞到华盛顿,参观一个大美术馆。他们公展中国人物画五十九幅。他们请我去。我写了一篇很长的文章批评,使他们洋人知道赏鉴我国绘画的方法。

衣服寄到后我再写信,希望你们四位都好。

　　　　　　　　　　　　　父字　　九月卅日

致罗忼烈(1973年12月31日)

忼烈兄:

　　又有好几天没得消息,希望府上大小过节过得很快乐。今夕是除夕,明朝又是新年,谨再申贺意并为祝福!旧历新年到时,谨替我多吃一碗面,以为延年之意,如何如何?

……

　　策纵兄诗兴、词兴甚浓,他的《沁园春》叫我正拍,弟读来颇觉不很顺口。不知足下读之如何?此公虽处极新环境,也多新意,只是喜欢用典。弟觉得诗词中典太多则失去真性灵。兄或不以为然。

　　　　　　　　　　　　弟彝　　一九七三除夕

致罗忼烈(1974年1月22日)

忼烈兄:

　　(上略)

弟五十年前一小文《海南岛》承盛意过誉,未免有点担受不起。那样文章现在再写许很难也。人生到哪时说哪时话。此种与时俱进,势所必然。弟最近得澳洲一书局来信,对弟写《澳洲画记》兴趣相当浓厚。请其与此间书局合印,或可减少印费。故此事较前有发展。弟得认真赶写、早成,以免夜长梦多。弟回来时,纽约华美协会所办之中国文化学院要我回复前授之课,因初归心不定,故未去教。昨天该主任因春季又将始业,特来商请。弟又因赶写澳书不愿教。今晨得夏威夷大学敦聘任本年昆期学校教课,弟尚迟疑未复也。

(下略)

耑此敬颂

阖府新年大吉大利

弟彝顿首　元月廿二日

致罗忼烈(1974年9月17日)

忼烈吾兄:

刚从波斯(士)顿归来。……

我最近在一大堆信件中,找出一封使我痛哭流涕、心恸欲绝的信,就是我大外甥女郭丽文写的。她报告她母亲——我的胞姐——已于去年八月去世了。正是我由澳洲飞回的时期,可恨她为什么不早给我通信!

我自幼五岁丧母,全赖我这位胞姐一手扶养长大。无母的孤儿,要是没有这位胞姐,我是不会能长大到现在的。我从前在大战时都想法子寄些钱去,战后失掉联络。每年问健兰和小燕都无肯定答复。现在才知道她孤零零的过去了。胞姐自廿八岁守寡起,比我大七八岁,受了吾国旧礼教的高压,不曾再嫁(我本人也是旧礼教高压下的一人,被逼中表成婚)。她有一女二儿,也因战乱四处走散。蒋介石自私刚愎,弄到自己无葬身之所,使我们这些无仇无恨的群众,颠沛流离,罪无可逭。我在极端伤悼之中,不能不骂。要是主国者得法,我也不会留在海外四十多年了。

现在要恳求你和凤嫂费神代汇港币壹仟元。⋯⋯此款务恳设法寄去。因为丽文想把胞姐的棺木运回九江,需费用不少。千恳万恳寄去为祷。

我现在又开始工作了,忙得很。一方面想赶完《澳洲画记》和插画。十月八日华美协会开课,我授

"中国文化"课。十月十五日我得飞往印地安那大学讲演"中国诗与画的创作爱力"。时间太紧促了。澳西大学来信要我一九七五年三月一日非到不可。这样更苦死我了。我不知怎样办才好。要是我二月底飞澳,我能停留香港一两天,我会停下来看你们的。

  耑颂
阖府百福

弟彝顿首　九月十七日

致吴世昌(1975年4月23日)

世昌吾兄:

  弟于四月十六日抵京,即欲奉访。但中国旅行社排列旅程,先由大同看云冈石窟及大小华严寺;旋来西安参观永泰公主墓及武则天墓、大雁塔、半坡遗址、碑林及华清池等处。将于二十六日返北京,留二星期。很想一拜尊寓,及候候二位令嫒。弟在北京住处可问中国旅行社也。耑颂
俪安

弟蒋彝顿首　四月廿三日

注:吴世昌,中国社会科学院文学研究所研究员,红学家。

致罗忼烈(1975年7月11日)

忼烈吾兄:

手示敬悉。所谓策纵句有反动意,未免过火。要之各人处境不同,意衷为牵。弟未留稿,不知云何。凤便望将两诗同抄下为祷。

最近因初归,各友纷纷赐食。有点贪嘴,以致肚内发怒,不受节制。卧床三日夜,为四十年来所仅有之事。今日已痊,乃设法清检书物,预备赴澳行装。忽尔发现杨联陞一九五六年致弟一信及顾毓秀诗,特寄上使兄喷饭。杨信读来颇有奇趣,因彼乃于一九五八初发神经不常之症。一九五六时彼固多谈笑也。

那年弟忽被哈佛大学邀请PBK演讲,出乎一般国人意料之外。因此PBK会每年行毕业典礼时举行共讲,胡适曾屡欲被请而终不果。弟乃为东方人士被请之第二人,第一人为泰戈尔。故弟讲前及讲时杨兄甚为弟卡卡。弟讲题为《中国画家》,为一台北杂志宋颖豪译出,译文颇佳,附上一阅。弟那天讲后,忽有人赠拙文三十五元,故当即请杨兄嫂吃了一顿。杨信所指即此。但弟原信所写何事,则早已抛在九霄云外了。

弟只近年写写中文,但不多。很想留下将来出一集子,不知可以。敬请将此《中国画家》译文设法留下,能 Xerox(复印)一份更好。蕉舍(即顾毓琇)书法及印章多商贾气,有点干涩。吾兄于意如何?

半世纪后忽东归,从此人间事事非。

何来返老还童术,愿共新天映日晖。

返纽约近二周,心情莫知所向,容再细陈之。

嵩颂

阖府百福

弟彝顿首　七月十一日

附:杨联陞致蒋彝(1956年6月27日)

哑兄:

小包昨早寄到,信则今才到。

您回想十二天的生活,说"虽然我心中老是感到不应该那么着",我不十分明白。我的第一联想是我"不应该"主张吃洋饭,敲了您那么些钱!我的确有过这种自责之心,但时间并不长。因为我是主张"自奉甚俭,待人不薄"的。这次既然"我"变了"人"(反

"客"为主),又怎么能坚持经济原则呐。何况老兄给人的印象,三十五元是"意外之财",不可全入腰包。请客比吃药化掉(这也是迷信)自然好得多了。

古人说:"福不可享尽",此是对个人而言。至于天下之"福"——天下之"名"、天下之"利"、天下之好山水,本自无尽。而鼹鼠饮河,不过满腹,各自随缘消受些罢了。中国伦理重名分、身份、分际,最怕过"分"!但是"分"是谁定的?"不应该者",恐是自觉过"分"——否则就是觉得浪费时间、浪费精力、虚与委蛇等等。但足下既是"风雅闲人"(新封号),也不该有浪费之感吧。(此处有一友人,极用功,往往小坐即去,说要回去看书、做文章。精神固可佩,其精神之固执亦可佩也。)

"盛名之下,其实难副"倒是一件可怕的事情,因为这也是过分,而且自己很容易量得出来的。Phi Beta Kappa 讲演,是一大考验。老兄自己重听广播,亦当点头。则小弟说好,绝非朋友捧臭脚可知。唱过一出重头戏,如庖丁解一大牛。踌躇满志一番,也是人生应有之享受也!

BOLLINGEN 信,这次在我也出于意外。因为就情理推断,可能已很大了。不过此项计划,我最初就觉得可疑,因为今日美国之美术博物馆与弄中国画的人,情形与喜龙仁当年调查时已大不同。您所谓情形复杂者是也。真正做起来,怕也要得罪人。因为大家眼光可以不同,而中国画之真伪又实在难辨,所以不做也好。

您说"忙了三十年,想有点归宿,尚不可能"——我欲为之泪下。不过"行者"尚未走遍天下,岂可便有归宿。自己当自己的老板,已经三十年,而招牌只此一家,而且门面不小,岂可不自得意。所难者,孤家寡人做惯,没法子退休做老太爷。而由英到美,生活又加了速度,于神经过敏之人不甚相宜,还是诸事马虎些好。

……

令郎坚果(即蒋建国)处,请勿通知。因为我最怕做"长辈",一切都太拘束。我如有必要时,自会去找他。虚礼一概免掉最好。

您七月中西行,也希望一切如意。遇到熟人,都请致候。

即请

时安

弟联陞顿首　六月廿七日

致刘乃和（1975年10月30日）

乃和同志：

今年四五月间能在北京晤教，至以为幸。最近读到《论帛书所记"张楚"国号与西汉法家政治》一文，甚佩高见。但只有陈胜而不及吴广何也。兹献丑一诗，本拟大写，恐太大不能张之耳。

另附一信请代转寄胡厚宣先生及转叶蕕渔赠弟甲骨文诗。问好

蒋彝　十月卅日

注：刘乃和，刘乃崇姊，北京师范大学教授，历史学家。

致吴世昌（1975年12月31日）

世昌兄嫂：

三十年后，今春五月居然能在北京拜教并蒙赐食，曷幸如之。弟八月间曾发现大肠生一小瘤，当即设法割治。住院一月，现已完全复原。将于明年三月中旬飞

往澳西大学授课四个月。容至澳后再奉闻一切。九月后曾寄上照片一束,不审收到否。念念。耑此敬颂

阖府春禧

弟蒋彝顿首　　一九七七除夕

致於梨华(1976年4月30日)

梨华女史:

　　日前承

盛意照拂,至深感激。五月七日晚弟早有约,不能恭聆金博士讲演为憾。兹特函邀台端与金博士于五月七日上午十二时在全家福吃油条豆浆等,望能赏光。

弟蒋彝顿首　　四月卅日

注:於梨华,美国纽约州立大学教授。

致侯桐(1977年1月13日)

雨民吾兄:

　　行前承

赐电话,至感友情,谢谢。闻去年十二月底已抵北

京,想晶照嫂及令媛、令孙等重叙天伦之乐,满家融和,可敬可羡!弟在海外四十三年,过的是自烧、自洗、自补衣的孤独生活,但从无怨语。虽有二儿在此,但居处太远,弟以工作为乐,故未他往也。国内情形想多好转,为国民者总求稳定,继续向前繁[荣]。一月九日,美东华侨举行周故总理逝世周年追念大会,约弟致词,乃说了十余分钟的话。听者认为得体。弟意是北京政府继承得人也。

兹有一事请兄赐知,健兰是最常来信的一个,可是在去年十二月廿日来信后,即未再来信。弟曾汇了点小款给她,亦无回答,不知何故。

足下返京后,是否已见到,此信到后,请即电话健兰,叫她写信给我,好不好?

李文泉兄迄今未将申声书赐下。弟今年七月至十月初返国观光事,务恳力助其成。因弟新书非有新材料、新照片作插图,不足引读者注意。又弟对于各少数民族问题亦须研究。再者,弟之久瘫在床之老伴也同弟一样,是七十四岁,问病日加沉重。弟望能再见一面,作死别也。耑此敬颂

春禧

弟彝顿首　一月十三日

注：侯桐，字雨民，夫人李晶照。对外友协副会长。时任中国驻联合国代表团经济顾问。

1975年蒋彝与侯桐在美国

致叶君健(1977年3月28日)

君健吾兄：

最近接到健兰三月十五日来信说到您对我再度返国的事很关心，对我要写的新书提出不少意见和办法，我极感激。现将我要写的书名及其拟写内容如后：

书名　China's Vision Through Her Art and Crafts(通过艺术和工艺看中国)

Ⅰ. Foreword(前言)

Ⅱ. The Beginning of Chinese Civilization(中国文明的起源)

Ⅲ. The Making of Chinese Bronze Vessels(中国青铜器的形成)

Ⅳ. The Function of Jade in Early China(早期中国玉器的功能)

Ⅴ. The Invention of Chinese Language and Its Development into Calligraphy(中国语言的创造和书法的发展)

Ⅵ. The Development of Chinese Painting(中国绘画的发展)

Ⅶ. The Start of Chinese Buddhist Sculpture(中国佛教雕刻的开端)

Ⅷ. The Manufacture of Chinese Ceramics(中国陶器的制造)

Ⅸ. The Production of Chinese Minor Arts(中国非主流艺术的产生)

Ⅹ. Conclusion(结束语)

本来这书可定为Chinese Civilization Through Her Art and Crafts(通过艺术和工艺看中国文明)。

但这本[书]是在一部丛书 World Prospectives(《展望世界》)之一,不得不牵(迁)就一下。

过去三四年来,因为英国 Lord Kenneth Clark(罗德·肯尼思·克拉克)的 Civilization(《文明》,中译名《文明的轨迹》)一书轰动欧美,几及全世界。他[的]书现仍畅销。同时他亲自作分期广播,听众极多。整个书中是论及耶教(即耶稣教,指基督教和天主教)向各方开展的历史及其成果。以西方各种建筑、雕刻、绘画为证物插图。我反对他专用 Civilization,不用 Western Civilization(西洋文明)。

说也难怪,耶教势力不仅充满欧美,兼及非亚,且在高丽、日本势利(力)亦不弱。过去老文化如巴比伦、埃及、希腊都不存在。他讲起来材料各国都有,用之不尽、取之不竭。谈到过去各种古文化,只有吾华文化继续不断地存在。所以我甚愿意写这本书,好好证明吾华文化之不同于西洋文化与其所以长久存在、继续不断的理由。

我说西洋耶教文化是一种 Positive-pushing-forward-Civilization(主动向前推进的文明),Chinese Civilization is a self-contented Civilization(中国文明是一种故步自封的文明),从不推动向外发

展。吾国历史从未遣派 Missionaries(传教士)的事实。日本接受佛教是由高句丽佛徒介绍去的。因他们非读中译《大藏经》不可,所以日本在唐时遣送不少学者到中国学习,并请中国高僧如鉴真和尚等……

Civilization is an abstract word(文明是一个抽象的词)他必须要从他创造出来[的]文艺成果去讨论。所以近年来出土文物很多,讨论起来更有力也。

毛主席语录有"中国的长期封建社会中,创造了灿烂的古代文化。清理古代文化的发展过程,剔除其封建性的糟粕,吸收其民主性的精华,是发展民族新文化、提高民族自信心的必要条件;但是决不能无批判地兼收并蓄"。我这书就要秉着这原理做去。

我现有下列各书:(一)《中国古代石刻画选》王子金(云)编;(二)《四川汉代画像艺术》;(三)《战国绘画资料》;(四)《唐代的战马》;(五)《山西石刻艺术》;(六)《云南节竹寺塑像》;(七)《中国古代陶塑艺术》;(八)《陕西唐三彩俑》;(九)《云南晋宁石寨山古墓群发掘报告》二册;(十)《石鼓文研究》,郭沫若著;(十一)《天津市艺术博物馆藏画集》;(十二)《全国基本建设工程中出土文物展览图录》,郑振铎编;(十三)《中国古代名画选集》,郑振铎编;(十四)《中国版画集》,郑振铎编;(十五)《麦积山石窟》;(十六)《乾县永泰公主墓壁画》;(十七)《李贤墓壁画》;(十八)《西安半坡》;(十九)《中国古青铜器选》;(廿)《龙泉青瓷》;(廿一)《大汶口》;(廿二)《永乐宫壁画》;(廿三)《新疆出土文物》;(廿四)《马王堆一号汉墓》二册;(廿五)《新中国的考古收获》。

此外我有 1973、1974、1975、1976《文物》及《考古》。除上述,没有的、新的我都要买。请告诉好了。至于政府文物管理部有各博物馆长及负责人,我都想见到。兄介绍与沈从文先生一谈。

弟 蒋彝 七七 三月廿八日

致罗忼烈(1977年5月11日)

忼烈兄:

前书寄达。迩来兴居想佳,甚念念。

弟云自墨尔本归,又将飞游新金山。不久须往特斯曼尼及朴尔兹城作三次公开讲演。游兴尚浓,精神亦佳。人生生之如斯如斯。

因弟行将返美,求书画者日多。弟以书应之。兹特挂号寄上六幅。请设法向李昆祥庄(裱画庄)裱之。最好请能于六月底飞寄此间。弟可当面赠交。今后澳陆家家悬哑书,或亦华化西风之一道欤。

尚颂俪安

弟彝 七七 五月十一日

致殷志鹏(1977年6月12日)

志鹏老弟:

本月十一日得见你和小康(殷志鹏长女殷康,时未满五岁)伴餐、伴游,至快至感!兹寄上 Mrs. Herdan 小书两册,另一册可转送他人。韩登夫人一九三五年从我学中文,后赴武汉大学傍(旁)听一年,对中国很兴奋(应写作"对中国很有兴趣"——殷志鹏注)。她译了全部唐诗三百首!

在我们谈话中,有一点我愿意提醒你:我国没有所谓三种"官话",只有三种重要"方言",如"京言"、"粤语"和"吴语"。"官话"只有一种。"官话"是自清初兴起的,因那时广东、福建、宁波、绍兴各地人要进京过(赶)考。在他们去京前,非先学好"官话"不可,否则行不通。就是他们不能同考官及其他[人]通话,所以他们必得学考官的话,就是"官话"。这"官话"一名词早已不用了。民国十五年以后,统称"国语"。英人在鸦片战争后议和会报告书称中国代表为 Mandarin;那些代表说的话,就是 Mandarin 话。Mandarin 即"满洲人",乃"满大人"。现在北京不用此语,也不用国语,避免与台湾冲突,所以现在通称"普通话"。希望你以后要向西人如此解释,也要和年轻国人解释。台湾生长的青年,不知道过去中国人有辫子,真是笑话百出。你可为文正之。

这里画给你所谓 oriental type 的英文 26 个字母。如你写文章,你可说:听我说是一位英国印师,在与吾国义和拳战后,他认为中国人都是用大刀杀人的,他就创造出这种字体。许多中国人不明起源,争相采用,所以他发了财。其实,中国店号用中国书体多好!你可说我希望以后中国公司不要再用才好。

蒋彝亲自制作的大刀体英文美术字

又"可口可乐"是我一九三五年在英伦大东方学院教书时翻的,现在东南亚连日本也用之。

愚蒋彝拜
一九七七年六月十二日

注:原载殷志鹏著《九歌文库》451《师友文缘》。

致蒋健兰(1977年6月15日)

兰儿:

今早收到你六月五日信后,就立刻复了一纸,并致侯伯伯(侯桐)一信,马上发航空加快寄上。希望收到后即设法送给侯伯伯。我已写信给李文泉同志,过了三天我会到联合国办事处去看《东方红》,可以见到李同志。请告诉侯伯伯,仍请侯伯伯转请肖明同志通知李同志为我签证。我的美国护照没签证什么事都不能开始办。因为只有一个月多点,有许多事一时办不了的。请告诉侯伯伯,并替我问他们好。

今早的信中,请你们再请徐之谦再刻十四字方章,是"游遍世界半世纪,年年魂梦绕神州"。我一九三三[年]到英国,学了三年英文,可以随便讲话,我就开始游历。最初教中文薪水不多,所以只在靠近英国各地游历。随后就每年必出游三个月。我乘过船渡太平洋、大西洋、地中海、红海、黑海、希腊、埃及。全五大洲,北美、南美、澳洲三次、日本五次、欧洲各国不知道多少次。也许你听见侯伯伯说起,我在杀人头的北婆罗洲住过一个月,又在吃人肉的新几尼国(新几内亚)住过一个月,我什么也不怕。我遇过各色人种,有的非洲土人及澳洲土人面黑、全身为黑炭。各种奇形怪状的装饰我都看过。我现在年老些,走路恐怕迟钝点,但是我个人单独旅行的经验很多,请告诉侯伯伯和肖明同志,放心好了。中国人在海外没有我游得多。

父字　六月十五日

致罗忼烈(1977年)

忼烈吾兄:

　　昨天收到寄来的有圈的黑领结,真快,真好。谢谢。

　　最近策纵兄要我飞到他校讲演两次,只出路费,弟不能不去。所以未能给你复信,等十二月回来再详写。

讷夫兄（贾讷夫）尚未来信告知尺寸。我从前写毕加索死了，是预备着人骂的。贵友未骂，颇以为奇。从前稍有洋气也被人骂洋奴，现在对洋画发疯，不被人骂而骂人。有点莫名其妙。

陶乐幽想已过港赴台。此人很忠厚，而能奋斗自主，甚可佩也。

我本写了一文，论马哥波罗（今译马可·波罗），想交《大人》发表。既已寿终，亦无可如何也。《明报》一文，不知下月能发表否。我曾介绍钱歌川一文，闻已属《明报》十一月发表，请查阅赐知。

最近因与纽约书局闹别扭，他们对澳洲一书（即指《澳洲画记》）无大兴趣，颇苦耳。

耑此，余再续。即颂

俪安

弟彝顿首

致蒋健兰（1977年7月1日）

兰儿：

刚刚收到寄来了《中华人民共和国出土文物选》一册，1976年版，及各瓷明［信］片三十张，谢谢。该

《文物选》书中有秦兵俑两幅,有用。想将来还有不少会印出单行本的吧。至于瓷器明[信]片,我有很多。以后请不必再寄。

乃崇在包裹封面上的字,写得很好,是不是经常设法练习。最好选出一种自己最喜爱的北魏之碑一幅,每天练习一小时。不要贪多,只要把一二十个字练得熟烂,将来用途必很大。

我因年轻时不知自习,那时又无钱找到好碑帖,所以写来没有真正自己创造的体。我遇事总想自造。总因生活及战乱奔跑。到海外又得死读英文,虽能自食,终以无特长为恨耳。

1977年9月16日蒋彝与蒋健兰在杭州吴山

侯伯伯的信已由赵明德同志[转]。我现在仍是静候批证。加以书局为难,心情闷得很。只好等了。

匆复问好

父字　一九七七年七月一日

致李晶照(1977年7月5日　明信片)

晶嫂:

好久没问安,希望一切都好。

六月一整月,我到澳东各地讲演。七月一日回来,才看到雨民兄(即侯桐)的信,很快乐。

我赶回澳西来,三千多英里,是要来欢迎中国羽毛球队与此间球队比赛。我联合当地华侨举行欢迎大会。七月二日正式比赛,结果三与二之比,中国胜了。我看到很高兴,因这是我在海外四十三年所见到的中国球队同别国第一次。

弟彝　七月五日

年轻的采访者

(《波士顿画记》插图)

许德珩题辞

浔阳江上多奇士 愤世嫉俗多游遨
世界喔叱未能诚善尽君情动 不远万里
饿心在手 已七五 题国欣欣然 题国南北
进山山水水记情殷之 罗中国山和水而不
与今贵辨群公违 其寿八十 载怀矣风度
似飞云

邑人蒋彝入宝书展诗哉 许德珩

李政道题辞

> 咏知下停
> 称全球运天山
> 君作继居庐
> 引著足永

> 记念老友蒋军教授逝世五週年写
> 李政道
> 八二年三月廿二日

注:许德珩,全国人大常委会副委员长,全国政协副主席。

李政道,美国哥伦比亚大学教授,博士。

哑行者告诉我的趣闻

殷志鹏

哑行者蒋彝先生(1903—1977)的一生充满了神秘的色彩和奇特的事迹。凡接触过他的人,都会不期然地在心中留下深刻的印象。在笔者和他交往的13年中,曾听他谈到许许多多有趣的事情。这些事情对熟识他的人来说,一定是不足为奇。但对大多数的读者而言,我认为还是值得一提的。

一、"荣誉博士"衔有多少?

1976年3月7日,蒋先生在香港大学接受该校颁赠的第93届荣誉文学博士学位。

承蒋老生前口头相告:这是他的第五个荣誉博士学位。以前的四个,包括美国两个,澳洲一个和台湾一个——他拒绝接受,可证蒋老不愿与国民党打交道的决心了。

二、"百万里旅人"的头衔

由于蒋先生喜游历、善绘事、能诗文,所以每往一处,必赋诗、属文、作画,以期给世人留下永恒的纪念。因为广游远历,他就被选为"百万里旅人俱乐部"的会员。享有此项殊荣的世人,大概是凤毛麟角吧!

三、做了"舞台设计师"

蒋先生于"而立"之年,单枪匹马,赴英奋斗。他在留英期间,为了生活,几乎能做的事都做过。例如:他做过舞台设计师。第一次,他被请去为一出芭蕾舞剧设计。他从舞台布景到演员服装,一手包办。结果,相当成功。该剧在伦敦前后演了两年之久。

第二次,他又被请去为一出阿拉伯舞台剧设计。他克服了舞台和一般服装的困难,最后在设计轻纱舞装时失败,因为这些轻纱舞装是裸女们所穿的。

四、"一千美元"的教授

他从英国来美,接受哥大教职时,哥大仅给他一千元薪水。当时,一个人生活费,每年至少要三千元。

有一位英国工业巨子,劝他不要来,愿意供他一生所需,希望他留在英国专心著述。他面临这种选择,苦思多日,最后还是选择到新大陆来创业。我曾对他说:"以你目前的成就来看,你当初的选择是正确的。"

他也直言不讳地说:"当然正确!可是在那个时候,有人愿意供给我一生所需,的确是个不寻常的 offer 啊!"我颔首同意他的说法。

五、以书为友,以笔为妻,以画为伴

蒋先生的成名著作,当然是他的"哑行者丛书"。现在一共出版了 12 册。他的第一本哑行者游记,叫做《英国湖滨画记》(原题《湖区画记》)。然后依序为《伦敦画记》(原题《伦敦杂碎》)、《战时英国画记》(原题《伦敦战时小记》)、《约克郡画记》(原题《北英画记》)、《牛津画记》、《爱丁堡画记》等。

据说这些画记问世后,英国各地的读者纷纷来信,愿与作者交友。其中有不少是豆蔻年华的少女,有的竟然愿意每天来陪作者散步的。

当时,作者正逢盛年,长年独居海外,应该有结交异性的需要,但是,蒋先生专心著述,以书为友,以笔为妻,以画为伴,无暇他顾。这真是哑行者的过人之处。

六、教授与皇帝

据蒋先生说,写游记的一大限制,是语言。不懂当地的语言,而要写当地的事情,一定会吃力不讨好,而且说不定还会发生大谬!

他写《巴黎画记》时,曾在巴黎居留一年,学习语文。这实在是太不合算了。有了这次经验之后,对写《罗马画记》或《柏林画记》,就不愿轻易尝试了。

除了语言之外,还要考虑销路问题。有一次,埃塞俄比亚皇帝(已过世)请蒋先生去阿迪斯·阿巴巴(Addis Ababa)写一本当地的画记。他考虑再三而作罢,因为写好了,又给谁看呢?

七、在哈佛大学演讲

1956年6月11日,美国哈佛大学"优秀毕业生荣誉学会"(Phi Beta Kappa)请蒋先生去演讲。他受宠若惊地在哈大发表了一篇以"中国画家"为题的演讲。

他对我说:"这个学会自1776年开始,曾经邀请过美国及世界其他各地名人演讲。在东方人中,大概除了印度诗人泰戈尔外,就是我了。"言下颇为得意! 说着,他就把金质纪念章拿给我看,并问我:"你在哥大读书时,知不知道有这个组织?有没有参加?"

我说:"这些用希腊字母做会名的玩意儿,听倒听说过,可惜提不起我的兴趣!"

(我浇了他一些冷水,他大概心里也有数。)

上面提到的几件趣闻与琐事,是我笔记中的一部分素材。如实地整理出来,藉此略表忆往念旧之情。如此而已!

1978 年 1 月 31 日纽约

注:原载《九歌文库》451《师友文缘》。

蒋彝成名的经过

钱 歌 川

记得 1977 年 10 月 21 日,看到《纽约时报》报道,惊悉相知 42 年的老友蒋彝,10 月 17 日在北京去世了。后来中文报上说他因旧病肠癌复发,蔓延到了肝肺,终至不治。我知道他曾经入院行过一次手术,未料肠癌割除后并未断根。他突然离开人世,使我黯然神伤,悲悼悒郁。他和我同年生,比我略小,但他总以老大哥自属,视我作小老弟。

我在 1936 年秋初到伦敦时,他搭乘我从车站坐来的出租汽车,送我去预先租定的下榻处。从那以后,我留在伦敦的三年间,日常相见,来往密切,有时谈到夜深,好像联床夜话一样。两人同是摇笔杆的,志同道合,自然要发生深厚的感情。但以前在国内全不相识,彼此连姓名都不知道。当时和他同住在一块儿的,还另有两个老表,一为熊式一,是在上海见过几面的;另一为王礼锡,因为同在上海出版界工作,最为熟识。

蒋彝比我早三年到伦敦,我去时他已在伦敦大学东方及非洲研究学院教中文,又出版了一本名叫《中国人的鉴赏力》(*The Chinese Eye*,原题《中国画》)的书,生活蛮有办法似的。而我则相形见绌,带着微不足道的一点个人积蓄,想要赖以在英游学三年,资斧用罄,就得归国,想留也留不下去的。好在我也无意在外国久居,总觉得一切都是本国的好。尤其抵抗侵略的抗日圣战爆发,我更想要早日回去亲身体验那个大时代,为国家效点微力。当时的世界大势,希特勒他们必然挑起世界大战,我与其在外国遭受战祸,宁愿回到祖国去参加战时工作,共同抗战。

果然,我离开欧洲不久,就爆发了第二次世界大战。德国空军猛攻伦敦,蒋彝的住处也挨到了一个炸弹,幸好他命大,当夜他去了牛津,被他逃脱了。想到我在重庆每天躲警报的防空洞,也曾被敌机投弹炸毁,幸我那时因警报老不解除,不耐烦地走出洞来,在街头遛跶,未被炸死。可见在战时无论处身中外,随时都有送命的可能,前方后方同样危险。

我和蒋彝在伦敦时,虽则日常见面,无所不谈,但他却从来没有对我说过他在国内做县太爷时的情形和在国外艰苦奋斗的经过,直到最近读到他在1975年第一次回国,逗留60天的记录《重访祖国》(*China Revisited after 42 years*),也是他一生最后的一部作品,才知道他个人的那一段成功秘史。

他在该书第二章"在英国"的开头,就说他无力负担请资深教师来教他的英文,只好自己来研读日报。这使我想起在他去世的前一年,请我到纽约百老汇路全家福去吃饭,在座大半是他的洋学生。席间他说到当初学习英语的困苦情形,每天看报,报上常登火烧房子的事,有时说 burnt up,有时又说 burnt down,到底是 up 还是 down 呢?却把他弄得糊涂了。我说 It has had their ups and downs of course(那当然是有它的浮沉的),如果我们着眼人生的话,这些 ups 和 downs,就不足为奇了。

蒋彝和我一样,只带了有限的资斧前往英国的。不过,他的运气很好,由人介绍而认识了洛克特爵士(Sir James Stewart Lokhart),原任驻威海卫的英国行政长官及香港总督。他在我和蒋彝出生的1903年,就出版了一本中国成语的书,是英汉对照的。那些成语他似乎都能脱口而出。此人我也见过,我到伦敦不久,他即请我去他家吃茶,我送他一部中国新出的太平天国的书(因为他是研究太平天国史实的),和我自己写的一本关于北京的小品文集,他马上翻开来高声诵读,他的中文能说能看,委实不错。可惜我去英太迟,没有和他见过几次面,他就死了。他对我虽毫无帮助,对蒋彝和熊式一的助力确实不小。熊式一英译《西厢记》,和他字斟句酌,获益不浅。蒋彝能够到伦敦大学东方及非洲研究学院去教中文,就完全是他介绍的。有了这份教职,虽然待遇不太好,他就可在伦敦住下去了。不仅有了固定的收入,而且长日和许多英国学生混在一起,英文自然大有进步了。

有天他突然接到保护树木和造林协会的创办人倍凯写给他的一封信,说他们1934年要在伦敦举行一个世界树木绘画展览会,想请他绘一幅中国的树木参加展出。蒋彝便画了一枝竹子送去,意想不到地,《伦敦标准晚报》在展览会开幕的那天,居然看中了这幅竹子,选来刊登在报上。受到这种鼓励,蒋彝写画的兴趣提高了。他到公园中去写生,画出一些水禽,他的一幅题为《春江水暖鸭先知》的画,被《伦敦新闻》用作插图刊出后,便有许多人写信给他加以评论,证明这幅画发生了相当的反应。

到 1924 年尾,徐悲鸿和刘海粟各自带了一批现代中国绘画,到伦敦来开画展,逐渐引起了英国人对中国艺术的兴趣,于是一些著名的研究中国艺术的英国人,联名去函中国政府,要求把历代的名画拿到英国来。于 1935 年 11 月到 1936 年 3 月,在伦敦皇家美术学院展出。此举获得中国政府的同意后,英国报纸便大事宣传。许多出版商认为这是一个大好的机会,可以做一笔生意。如果能在展览会期间,有一本介绍或解说中国绘画的书出版,大家一定要买来一读的。麦修恩出版公司的年轻主持人怀特,更进一步认为如请一位中国人来写这样的一部书,必然会更加引人注意。于是有人推荐蒋彝来承担这个任务,怀特很快就和他约会商谈。但蒋彝却辞谢了,说他的英文不能胜任,但怀特并不放弃,说只要他先用中文写好,然后译出大意,他便可以润色,而编定成书以出版的。

恰好此时蒋彝的中文班上,有一个牛津大学的女生,愿助以一臂之力,担任编定润色工作。这样一来,事情就好办了。因为她正在学中文,有些蒋彝不能用英文表达的中文意思,就可和她仔细推敲,找出一个恰当的英文字句来。等到全书脱稿,送给怀特一看,他大为满意,即时发出排印。

这便是蒋彝在海外出版的第一部著作,解说中国绘画的《中国人的鉴赏力》。1935 年 12 月 20 日初版发行,正赶在中国艺术展览会开幕的前夕。那书果然畅销两个月内就再版了。不但出版家怀特和他从此变成了好朋友,而且结识了更多的文艺界知名人士。许多爱好搜集中国艺术品的人,更对这本书感到有所助益,而对他另眼相看。因此蒋彝在英国一举成名了。

蒋彝既与怀特有了交情,可以说在英国有了他个人的出版者。他鼓励蒋彝继续写书,交他出版。于是《童年回忆录》(*A Chinese Childhood*)(原题《儿时琐忆》)和《中国书法》(*Chinese Calligraphy*,原题《八法南针》)等书,一部接一部地相继问世,由画家而兼作家了。

蒋彝字仲雅,后来用同音字写成重哑,含义是戒多言。进而又仿孙行者的说法,自命为哑行者,英文译成 The Silent Traveller。他的第一部有插图的游记,是描写英国湖区(The Lake District)的。出版家认为这样的书不会有销路,不肯接受出版,尤其是对"哑行者"一名表示异议,因为他们担心一个一声不响的中国人,在英国到处走动,难免不引起苏格兰场(英国警察厅刑事部)的怀疑呢。

可是最后出版家让步了,答应冒险来试印这本小书,但不付版税,蒋彝被迫同意。想不到书印出来,一个月内初版全部售罄,再印二版时,版税也照付了。

这便开始了他的一套"哑行者丛书",在《哑行者在湖区》(原题《湖区画记》)之后,20 年来继续出版了《伦敦》(原题《伦敦杂碎》),《战时》(原题《伦敦战时小记》),《约克夏谷》(原题《北英画记》),《牛津》(原题《牛津画记》),《爱丁堡》(原题《爱丁堡画记》),《纽约》(原题《纽约画记》),《都柏林》(原题《都百灵画记》),《巴黎》(原题《巴黎画记》),《波士顿》(原题《波士顿画记》),《旧金山》(原题《三藩市画记》),《日本》(原题《日本画记》),一共出了 12 部。我知道他也写成了一部《哑行者在澳洲》,不过没有出版罢了。他的书有一个特色,就是都有作者自画的插图,令人读来更加绘影绘声。

蒋彝是个意志坚强,又极为努力的人。他除写书之外,没有一点别的嗜好。好些金发碧眼的女人在他跟前流泪,他也没有落入美人陷阱,不让任何人妨害他的工作,所以他的成功决不是偶然的。

注:原载《海洋文艺》1978年第八期。

钱歌川,1964年后在新加坡各大学任教,后移居美国。散文家、翻译家、语言学家。

蒋彝的诗、文、画

曾石虞

我和蒋彝是1922年认识的,那时我们同是南京国立东南大学(现在南京大学的前身)化学系的学生。我们当时功课繁重,他是个很用功的人,他常常是每天起得最早,睡得最晚。我们都忙于学习,虽然同居一室,也很少有时间闲谈。他常说:"我们是在进入科学王国路上的静默的旅行者。"他就是在这静默的努力中,克服种种困难前进的,他的成绩常是优异的。但是他毕业以后,却没能从事他所学的自然科学工作,而去做了县长。他出任当涂县时我曾经去看过他,当我在他办公室见到他处理事物那么从容不迫,我非常惊讶,我想象不到一位学化学的大学生,居然能把一个县的行政工作搞得这样有条不紊,我只能得出这样的结论:他是个很有才能的人。

他1933年去英国后,我们没有通讯,直到1935年我到柏林,才又开始联系。他寄给我他的第一本著作《中国画》,我又一次感到震惊,他出国只有两年多,就能用英文写书,而且写得那么好,实在令人佩服。抗日战争爆发,我从德国回到祖国,中断了和欧洲的所有朋友的联系。前几年由于一位朋友的帮助,我们又得以互通消息。他成了一位享有国际声誉的学者,他的书和画在欧美,以及亚洲的许多国家都很受欢迎。他的《金宝与花熊》在英国出版,日本翻译成日文;他的《日本画记》在美国出版,日本又再版了。

我读到他的几本"画记",非常引人入胜。他写的是他所访问的国家中的新鲜事物、风土人情、风景名胜,但他经常在书中引用诸多中国经典书籍中的故事、哲学家的思想、著名诗人的诗章和中国人民的格言、风俗习惯来加以比较,很有趣味,而且发人深思。他是要使西方人更多的了解文明古国——中国民族固有的文化和所取得的成就。他还通过对他所写的这些城市中的宏伟屋宇、纪念性建筑、风景区的描述,使读者对这一切的创造者的智慧和创造精神产生景仰和敬佩,从而受到鼓舞和熏陶。他书中许多他自己做的生动的插画,不仅使读者获得美好的享受,而且图文融为一体,别开生面,独具一格。

他还寄给我一本他出国最初两年中在英国所写的一百首中文诗《重哑绝句百首》。我在前些时候,跟他亲近相交的日子可不算少,但我从不知道他还是位诗人,读了他这诗集,情不自禁要说几句。这本诗集所涉及的题材很多,有描写对他还是陌生的国家的风景,有咏叙对他看来是奇特和可笑的事件,而更多的是对祖国和国内亲友的眷念。比如《神州》:

尘沙吹做九边秋,隐隐笳声入画楼。

落日西风最萧瑟,有人收泪看神州。

充分表现了他对灾难深重的祖国的爱恋和忧怀。又如《却忆九江》:

每惭父老说微功,偶抚创痕涕泪中。

合眼乡关推不去,西风到处有哀鸿。

不仅表达了他思念家乡之情,同时又表达了他对祖国遍地哀鸿的深切悲愤。再如《东望祖国怆然有感》五首之一:

大错真能铸九州,灯前歌舞尚风流。

中华史上无降字,只有将军号断头。

更是铁骨铮铮,大气凛然,他的诗感情深厚,格律严谨,情文并茂。

他的诗、文、画都表明他是个进取者,正是这种精神使他能取得这样大的成绩,身跻于世界名人的行列。

注:原载《九江文史资料选辑》1982年第八辑"海外赤子蒋彝"专辑。

曾石虞,国防科技大学教授。

忆青年时期的画友蒋彝先生

萧淑芳

1938年,我刚到英国,由于朋友的介绍,认识了蒋彝先生。当时我只有二十几岁,我到他家访问,他独身一人,生活非常俭朴。他的房间里到处都是书和画,他给我的印象是不苟言笑,非常用功,内心却是十分热情的。

蒋彝先生是1933年到英国的,听说他出国时,英文并不怎么好,而我见到他时,他已经用英文写了好几本书,不但文字流利,而且自写自画,别具一格,很受欢迎。我们都是画画的,我虽然学的是西画,但也喜欢国画,我跟汪慎生、汤定之两先生学过国画,还向齐白石老先生请教过。蒋先生也画国画,我们很谈得来。当时他正在写他的幼年生活《儿时琐忆》。我在伦敦开过一次画展,蒋先生看过我的画,他劝我也出一本书。我说:"我没有经验,我弄什么好呢?"他说:"你画的小孩儿很有意思,你可以回忆一下,画一本中国儿童游戏。"在他的鼓励下,我开始画起来。蒋先生当时一面在大学教课,一面自己还要写作、画画,但是他非常热情,和我研究题材,交换意见,帮助我编排,又为我这本《中国儿童游戏》作了序。可惜现在这本书连我自己也没有了。

在我们相交往的过程中,我也看了一些他的画。他的画涉及的面很广,山水、人物、鸟兽、花卉,他都画,他画的插画特别有意思。他这个时期的画,主要是中国线描勾画。那时在国外画中国画的人很少,他的书、画和讲课内容,使西方人对中国艺术确有较多的了解。这不能不说是他对祖国文化传播的贡献。

1939年我回国了,开头我们还有通讯联系,后来就中断了。1947年吴作人去英国讲学,我特意嘱咐他要去看看这位老友。他曾委托我替他办两件事情,一是请白石老人为他作画;一是他自己设计了一个很精致的画箱,砚台、笔、颜色碟、颜色都分层放着,又漂亮又实用,要我请人替他做。这两件事我都办了,白石老人为他画了好几张画;箱子是红木的,面上刻着"蒋彝画具箱",做得好极了,但一直没能得带给他。他曾经来信让我用,我也没舍得用,我总希望有一天能够交到蒋先生手里。"十年浩劫",这只画箱也遭了劫,总算保留了两张白石老人给他的画。1975年他回国探亲,分别了30多年,在北京我们又见面了,真是高兴。我把画交给了他,画箱没了,我只好说是别人去做样子了。他爽朗的大笑一阵,他说:"你还记着这件事哪!我都忘记了。"可我心里却是有些内疚,受人之托没能忠人之事。

蒋先生回到纽约后给我们寄来了他的《日本画记》,我感到他的画风比在英国时有了些变化,他在中国画的基础上,吸收了西洋水彩和油画的画法,形成了他自己独特的风格。这是他在事业上的又一发展。他还和我们谈起要写一本关于中国艺术史方面的书。蒋先生在外几十年,无时不想念自己的祖国,他总是想着要为祖国多做一点事情,这是老一代知识分子出国后的共同心情。没想到1977年他第二次归国访问就病故在北京了。为他的逝世,我们都非常悲痛。我去参加了他的追悼会,向他的遗体告别,作人那时去日本,不在国内,没能参加。这次为蒋先生举办遗作展,我们感到无限欣慰,同时又勾起许多怀念,匆匆写下了这几句。

注:原载《江西美术通讯》1982 年 5 月。

萧淑芳,画家、美术教育家,中央美术学院教授。其夫吴作人,著名艺术家,美术教育家,历任中央美术学院教授、院长及中国美术家协会主席等。

蒋彝其人其诗

吴世昌

1975年4月,去国42年的蒋彝(仲雅,重哑)先生,第一次回到北京。彼时我和他阔别已十多年。七十多岁的老人,肩上挂着一个照相机,穿着夏季的轻装,还像一个中年的旅游者,虎虎有生气。他带了女儿小燕、健兰来我家吃饭,健啖如故,健谈也如故。那一次回国,他与家人团聚,又见到了不少老友,特别看到新中国的面貌,感慨颇多。他在北京,拔去了多年为患的病牙,又在江西换上了假牙。他非常满意中国的牙医,他说,如果在美国,这笔医费至少要二千多美金,而在国内所费则微不足道。

隔了两年,我又接到通知,蒋先生又在北京了。我晚上到华侨大厦去看他,他还不休息,正在整理他为《中国艺术史》准备的材料,他说他已经75岁了,耳不聋,眼不花。"你看,"他举起手中毛笔,"我写这样的小楷,不用戴眼镜的。我将到各地去参观访问文物古迹,要是身体不济,还能到处乱跑吗?"

但是,过了两个月,我又收到一个口头的通知,真使我大吃一惊,几乎不相信我自己的耳朵了。通知竟是说:"蒋彝先生的追悼会将在10月25日在八宝山革命公墓的礼堂举行。"我怀着十分悲痛的心情参加了追悼会。后来才知道,前两年他在美国曾动过一次手术,结果很好。出院时医生给了他一封密封的信,并嘱咐他说,以后如再发病,可将此信交给主治医师。这次又发病了,他拿出了信,医生拆开一看,才知道他上次在美国所犯的是癌症。这次复发了,终于不治。他的讣告在《人民日报》和美国《纽约时报》相继刊出,可见国际间对他的重视。

我认得蒋先生是在英国牛津。他本来住在伦敦写作,第二次世界大战中伦敦受到德国飞机和导弹的轰炸,死伤甚多,他才"疏散"到牛津,以后就定居下来,因为他先前在伦敦的住所已被炸平了。我1948年初到牛津大学时,就听说在牛津有三位中国作家,都是江西人。当时距开学只有半个月,初到一个人地生疏的国家,有许多手续要办,又要准备讲课的材料,还有校内新的同事之间必要的酬酢,因此没有工夫访问同住一城的侨胞,直到八个星期的一学期快结束时,才有机会认识这三位作家:崔骥,曾出版过一本用英文写的《中国史》,不久因肺病去世。熊式一,以他的《王宝川》剧本颇享盛名,他也译过《西厢记》,写过一部小说《天桥》。另一位就是蒋彝了。蒋先生写的作品很多,大体可以分为两种,一种是介绍中国的书,另一种是"哑行者游记"。

蒋先生在抗战期间,主要写的是为中国宣传的作品,有介绍中国书法、中国绘画乃至中国风俗习尚的书,其中包括修筑滇缅公路的经过、中国农村生活、家庭生活和儿童文学等等。这一些书,很受西方读者的欢迎。因为这些书使西方人更好、更清楚地了解中国人和中国文化。这就可以说是在海外尽了宣扬祖国文化的义务。在国内的人,有时不大了解海外的中国知识分子,责怪他们贪图资本主义社会的物质享受,有知识不回来参加建设祖国的行列。这些责备自然也有些道理。但大多数在海外的知识分子并非只为物质享受而不热爱祖国,他们把在国内的工作效果与海外的工作效果二者作了比较之后才决定何去何从的。这种权衡利害轻重的经验,在国内或从未出过国的人是不大容易想象的。

蒋先生写的"哑行者游记",先后出版了12种。这一批游记的著作是别出心裁的,除正文用英文写成外,还插有诗和画。书中插画是老传统,中外都有,不算稀奇,但蒋先生书中的插画可独具一格,也是种类不一的:有彩色图版,也有单色素描,还有钢笔线条画。插诗虽然在中国明清时代的那些称为诗话、词话的话本中有过,而在英文书中却完全是簇新的。而且他的插诗与中国古书中的插诗又不同,因为这些诗是用毛笔写的中国旧体诗,而大多数是他自己写的诗,当然也都译成英文。他的书法也颇有功力,甲骨文、金文、小篆、隶、楷、行、草都有,很引人入胜。因此,他的游记真可以说是丰富多彩,毫不单调枯燥。但英美读者欣赏他的作品,还不是这些表面多样化,而是这个作者用中国人(或东方人)的眼光观察英国人(或西方人)的芸芸众相和生活细节。这些众相和细节,英国读者平常是"习焉不察"的。但在"哑行者"的书中突然发现了自己的可笑之处和荒唐之点、可贵之处,仿佛给他们一面东方人特制的镜子,照一下平日所不熟悉或不注意,而其实就是自己的脸。"蒋彝的书开了我们的眼,让我们再认识一下自己。"或"蒋彝的书告诉我们,中国人是怎样看我们的。"蒋先生的书虽非畅销书,而能在欧美持续销售三四十年,良有以也!

蒋先生是东南大学毕业的,而我在赴英之前是中央大学(这是东南大学的后身,也是今天南京大学的前身)的教授,因此,他把我认作校友,常到我的住处来谈天。他在牛津过的是清教徒式的生活。他住在平民区一个工人金氏家里,这一家夫妇二人,一个女儿。他的生活很节俭,租着两间房子,一间书房兼客厅,一间卧室。又在金家包宿食,金家除了供他膳宿以外,那位金太太还帮他把稿子打字,每星期收费甚廉。金先生的嗜好是钓鱼,每星期天一定去钓,每次钓得尺把长的三四条,他就满足了。可是英国人不爱吃淡水鱼,金先生钓来的鱼就送给蒋先生,可蒋先生也不会处理这些半死不活的鱼,就提到我家来,做好之后就在我家吃,这也算是他的休息日了。

他靠稿费过日子,但他在国内的家属——妻子儿女的生活费用也要经常汇一些钱供给,并不像有些华侨,一到外国就追求别的女子,另行成家,把糟糠之妻扔在老家不管了,蒋先生却数十年如一日,一直过着苦行僧式的独立生活。他还把两个儿子先后接到自己的身边,帮助他们,使他们在国外也能自立。有一次他和我谈起,他最伤心的是,抗战期间国民党政府剥削他的汇款。从40年代起,国统区通货膨胀,物价高涨。当时欧战也已爆发,他自己的版税、稿费也受了影响,筹款极为困难。当时一英镑的价值,约合国民党的"法币"80至100元,而银行汇兑官价只有20元,使他的每一英镑外汇被国民党吞没百分之八十!当时国民党的四大家族,就是用这种方法来侵吞侨眷的生活费用。孙中山先生的革命,得到了华侨大量资助,而他的继承者如此侵吞华侨资财,这样的政权如何不倒!

我和蒋先生相识的时候,正值蒋介石发动内战,民不聊生,海外华侨和留学生忧心忡忡,急欲知道祖国前途。我是长期订阅英文版新华社电讯的,知道当时国内解放战争的形势,所以比较乐观,常常说国民党王朝不久即可完蛋,不必担忧——因此也遭到背后许多骂声,但蒋先生和许多留学生都毫不怀疑中国即可解放。

我最初读蒋先生的著作,尚未注意他的诗。1957年他赠我一本《重哑绝句百首》,我一口气读完了之后大受感动。这里都是30年代和抗日战争时期的诗,颇多抒发怀念祖国的心情的。这里选录几首,以见一斑。

东望祖国怆然有感率成五绝句(录二)

其　四

一九自古封函谷,三户终能灭暴秦。

愤世忧时无可说,卧薪尝胆是何人?

其　五

大错真能铸九州,灯前歌舞尚风流。

中华史上无"降"字,只有将军号"断头"。

他的另一首诗说他在公园草丘上睡着了:"草上落花红一尺,春来无梦不江南"。另一联说:"合眼乡关推不去,西风到处有哀鸿。"

我在他的这本小册子眉端空隙之处随看随批,现在把这些评语摘录一些如下,也可作为引证之用。在书的扉页上,有对全书的评语:

> 仲雅诗有真情语,沉着雄壮。若但赏其写景诸联,则所见者小矣。呜呼,知音难遇,千古同慨。仲雅何幸,有此诗才。仲雅何不幸,生于斯世,流寓斯地!

评《印度洋观鱼跃》中"尽凭杯水知鱼乐,却笑当年濠濮翁":

> 非有此真境界不能作此豪语。

评《地中海看飞鱼》中"敢拟仙人骑赤鲤,乘风飞过大西洋":

> 此自拟诗而了无痕,真绝唱也。

评《柬拙如将军》中"将军一掬悲天泪,不为封侯始出山":

> 虽酬酢之作自见真情。

评《读笈兄寄诗》中"七言诗是孤儿泪,字字苍茫入肺肝":

> 忧患人语,非忧患人不能解也。

评《哭渍渔叶玉森丈》"扬雄已死无奇字,杜牧当年有《罪言》。门外海涛三万里,秋风何处哭诗魂?":

> 真性情,好文字。通体浑成,置之盛唐集中,可乱楮叶。又叶公为甲骨文专家,故首句甚切。

评《登楼》"胡朝王粲总登楼,楼外云生去国愁。却怪波涛解离别,大洋从不向东流。":

> 首句太熟则滑。后三句奇想妙语,卓绝。然为首句所累。否则通首杰作。

评《杂诗六首》其三中"月明八万三千户,只愿吹箫过一生":

> 虽绮语亦有气概。

评《哭罗长海》"如此奇才死亦奇,十年孤愤一灯知。倾河倒海都成泪,未抵清宵哭汝诗。":

唐韵天然,真情磅礴。

抄录好诗总是贪得无厌,但我必须"带住"。仲雅的诗中除《杂诗六首》外,可说绝少绮语,但这也并不说明他对人物绝无温存之感。试再录一首《晓起》为证:

昨夜东风带雨斜,不知湿透绿窗纱。

残红留得春痕在,莫向空阶扫落花。

像这样语浅而意深、语淡而味醇的句子,集中还有不少。

古人说,要文章写得好,须得行万里路,读万卷书。这两点蒋先生确实做到了。他曾到过八十多个国家,足迹遍五大洲,他并不像有些旅游专家,为旅游而旅游,或者为享受、为休息、为散心、为广见闻而旅游。旅行,对于他是学习,是工作,是收集资料,也是宣传祖国文化。这个"哑行者"把旅行中所见所闻写出来给英文的读者看,国内目下能读他的书的人恐怕不太多。但他每一本游记中所附的旧诗,却无须翻译。把这些诗收集在一起,也可供读者欣赏一些外国风光的侧影、片断。对作者来说,把这些诗收在一起,以免再遭散失,也不失为纪念他的一种方式。

注:原是作者为《蒋彝诗集》(友谊出版公司1983年版)写的序言;1984年3月17、24日《光明日报》刊出,改今题。现依后者排印。

他是个很不寻常的人

於梨华

70年代初,有一天,去哥伦比亚大学找一位教授,在他办公室,他为我介绍蒋彝教授,略点头、招呼。出来后我问那位朋友:也在这里教书吗?教什么?他说:书法。他写了不少游记,也画画,英文都是自学的,有点才气。我这位朋友一向自命不凡的,尤其认为自己英文造诣极深,一般人,尤其英文差的,他是瞧不起的,如果他认为某人还有才气的话,那么这个人一定是个才气不凡的人。这以后我倒是去找了一两本《哑行者》来看,诗情画意,别具风格,印象颇深,但自己对游记没太大兴趣,虽知道《哑行者》有很多本,但没多看。

隔几年,我在州立大学奥本尼分校教书的一位同事意外地结婚离职,她教的书法课没人接替,要我代。我慌了手脚。小时虽然学过书法,但只是暑假作业。父母为了管束子女,要他们定定性的一种手段。既不曾从师,又未曾临帖。这么些年在国外,天天写蟹形文,哪有资格教书法。但我的同事宽慰我,她自己也非本科出身,需要教,才学的。反正教的是入门,对象又是碧眼儿。她给了我一小时的速训课,给我看了她做的磁带录像,又交给我一本蒋彝教授的《中国书法》,道了声:祝你好运,就洒洒然,毫不眷恋地离开了。

我很用功的把书看了一遍,不但自己学到了不少,而且确信用它来做书法入门的教科书,再合适也没有的了。

选课的人比我预料的多,有的是学艺术的,想知道一些中国书画,有的研究远东史,想知道一些中国山水人情,有的纯是好奇,有的光是来混学分的。八九十个学生,不但把教室坐满,而且学得很起劲,这当然影响我的兴趣。我想,假如能把教科书的作者请来,现身说法,必更能提高学生的积极性。我先同哥大的朋友联络,他推诿说,虽是同事,但并不熟,不如我直接邀请。不过他警告我,此人生性怪僻,我碰钉子的可能性很大。但是我还是要来了蒋彝先生的电话号码。

我打电话给他,先自我介绍,再说明原委,他竟毫不迟疑地答应了。我自是喜出望外,立刻与他商讨日期、时间及交通问题。我教书的学校,纽约州立大学奥本尼分校,是在纽约市以北车行约三小时的纽约州首府奥本尼,蒋先生不开车,所以我建议我自己开车去接他,他诧异地讲:"我可以坐灰狗来,方便得很,为什么要你来接?"我不禁又愣了愣。换个别的大教授,接送是理所当然的事。而他却不要我来回开六小时的车,宁愿自己坐长途公共汽车。这显示他不但自己没有架子,而且十分体谅别人。

他来的那天我去车站接他,他拎了一只小型的公事包,公事包外面,用绳子扎在包的提手上,是一只黑色小瓶子,他走路时,小黑瓶晃呀晃的,正好反映它主人那股自在怡然的神情。我禁不住问他:"这是什么,蒋先生?"

"这是我磨好的墨水,我怕一个多小时我要讲的及画的太多,没时间磨墨,先准备好了来,可以省不少时间。"

那一个多小时的课真的是一瞬间即过去了。他实在是我所遇到过或听到过的最自在也最引发学生兴趣的一个演讲者。他自己是个能画善写的人,所以他先用简单的画来解释中国字的来源,如车、燕、妇、好等的形象。他的笔活极了,如妇字,一钩一转,他就轻巧地画出一个女子及一把扫帚的画。正如他自己《书法》书里所讲的那样,一个书法家犹如一个舞者,每一步舞是动的平衡,既要活泼,又要端庄。他一面解释,一面笔下如行云流水地表演来说明他的理论。在偌大一个教室里,静穆极了,只有不时的赞叹之声。

他讲完书法的基本原则,也快下课了,他刚把笔放下,一个学生立刻放了一杯汽水在他案头。他且不喝,而问大家,他带了大小毛笔二十几支,可以作画,他们想看什么。学生们雀跃起来,一股劲的要松柏、竹子、花卉、鸟禽、人物、山水,闹成一团。我怕他太劳累,忙站起来禁止学生过分的要求。他却说,没问题,他可以各样都画一张。对他讲来,作画是一种休息。没一会儿,他画了只鸟,一束玫瑰,一幅山水及一对母女,并且分送给学生。正好下课铃响,没拿到画的一起拥到他案前,要求他画,或是用行书写他们的名字,一直缠到下堂课的教授进门,大家才眷眷不舍地离开。等我帮着他把文房四宝收起,东西理清放入小公事包,已占用了别人课程的十分钟。

在他来前,我已为他订了旅舍,以俾他休息一夜,第二天送他上车。但他一到,即向我说明他必需当天回去,因为第二天还得去另外一个大学讲授书法。那时我不太清楚他的年岁,他下车后,步履轻捷,上课时,一个半小时滔滔不绝,完全是 50 岁前后的人的动作与精力。但我记得哥大朋友对我说过,蒋先生早已退休,在哥大教书法只是客座而已,所以我推算他必已过了 65,但他的举止,哪像是上了 60 岁的人?及至听到他当天要搭车回市,更是惊讶不已。

幸好离他上车还有一段时间,所以我有机会请他吃个便饭,休息,聊天,聆听他的人生观。虽然这是我们第一次单独相处,但他非常随和洒然,就排除了陌生感及拘束。他不喝酒,也吃得不多,但很善谈。我这才知道他孑然一身,住在哥大附近的公寓里,偶尔去他已结了婚的儿子家,做做周末的祖父。但多半是做他的作家、书法家、画家及教授,自由自在,乐在其中,加上忙碌,也就不沉浸在寂寞里,更顾不上老年的问题。我听他说话,看他行动,领会他的意境,一点都不觉得他是个"上了年纪"的人,只觉得他对一切事物,都带点淡泊,但又一点不是淡漠的看法,正像他形容一个上乘的书法家那样:生动的静止。

第二年我又开书法课时,想再次邀请他来讲演——他真的是道地的讲演,因为的确是又讲又演。但他出门旅行出去了。他回来后,给我写了信,如什么时候我去纽约市,告诉他一下,他要请我吃烧饼油条。

那也是我最后一次看见他,纽约百老汇道91街的全家福。他刚从中国回来,满脸风尘,但兴高采烈,因为他既看了不少,又打算再多次去看,去收集写书的资料,去游赏祖国的山山水水,去探亲访友,去学也去讲。虽然他没说,但我可以感到,他更要回去歇歇走累了的哑行者双腿。那天在座的还有旁人,但讲话最多的却是主人。

"在外漂流几十年,回去后,真有于归之感。"

我们一起走到门口,大家分散。蒋先生拎了把伞,往他的住所走。在熙攘的百老汇道上,他悠然前行,伞在他手里前后晃,像那天他公事包边的小墨瓶一样。没一下,他灰白的头发及穿着灰西装的后影就消失在人群中:一个风雅博学、自得其乐的哑行者。

去年我又开了书法课,用的还是蒋先生的书。有一天下了课,一个学生过来:"我姐姐前几年选了您这门课,您请了书法家蒋先生来讲演,她拿到了这张画。"他打开手里的鸟:"时间太匆忙,我姐姐来不及请他签名。她要我带给您,能否烦您请蒋先生签个名?"

我缓缓把画卷起:"蒋先生已经不在了。转告你姐姐,要她好好珍藏这张画。"我把画放在他手里,"蒋先生不仅仅是个书法家,他也是画家、文学家,更是个哲学家。他是个很不寻常的人。"

1984 年 4 月于美国纽约州立大学

行将热血写昆仑

蒋健兰

过了1975年元旦,我几乎每周都接到父亲的信,每封信都是谈回国的事。问我需要什么,问给孩子带点什么礼物,让我先向孩子讲讲就要见面的外公,一颗心早就飞回来了。

4月15日,是我永远难忘的日子。我们接到中国旅行社的通知,父亲上午10点钟乘飞机到达北京,让我们8点钟到华侨大厦门前乘车去机场。我们不到7点就准备好了,我姐姐和姐夫带着他们的小儿子也从南昌赶来了。然而电话又来了,因天气关系,飞机不能起飞。直到下午我们才得到准信,飞机晚上8点20分到达。好难挨的时辰啊!时间都好像凝固了。我虽然都已经44岁了,可我并没有见过父亲,父亲出国时我才一岁多,而且我出生五天以后就不在父亲身边。我能认出父亲来吗?见着他我该说些什么呢？好容易等到天黑,旅行社的小面包车把我们送到机场,同去的还有侯伯伯(侯桐,父亲近40年不见的老朋友,时任中华人民共和国驻联合国代表团经济顾问,他正回国休假)、侯伯母、李铁铮伯伯,广播里传出广州来的飞机到了,我们涌向机场的出口处。乘客们一个一个走出机舱。突然我的眼睛一亮,舷梯上走下来一位身材魁梧的老人。父亲！我一眼就认出来了,就是照片上的那个样子。"爹爹！"我冲口而出；我生平第一次向他,42年没见过面的生身父亲,喊出这个世间最亲切的称呼。

父亲走出机场,我们相视而立,半天我们都说不出话来。两颗晶亮的泪珠在父亲的眼睛里闪动。"真想不到……真想不到……"好久父亲才吐出了这么半句话。是啊！这还用说什么呢？脚底下是祖国的大地,身边是久别的亲人,昔日的梦幻已成为今日的现实,馨天下最美的语言,也难倾诉此时心中的激动与欣喜。

我们一起到华侨大厦,已经是晚上十点钟了。我们——父亲,姐姐、姐夫,我和爱人,我和姐姐的三个孩子,祖孙三代第一次围坐在一起共进晚餐。父亲的目光从女儿的身上转到女婿身上,又转到外孙们的身上、脸上,他时而摸摸这个孩子的脸,时而又摸摸那个孩子的头,真是看不够,也摸不够。看到这情景,我忽然想起1956年,父亲接到我武汉大学中文系毕业的喜讯时,他来信说:"你是我最有希望的女儿,我真想用我的手指去抚摸你的脸,但是我的手已长了毛子的毛。"他在给我的信上不止一次地提到"毛子"这个词儿,说他身沾上了"毛子"的腥膻,他不愿意而又不能不在"毛子"中间谋生。"毛子"本是过去中国人民对那些侵略欺侮我们的帝国主义者的蔑称,我们当然不能把外国人都称为"毛子"。父亲从来也并不是这样看,他有许多很要好的外国朋友,英美都有他尊重的外国学者。这样说只不过是他身在异乡,特别是旧中国时代海外游子毫无倚傍,在受到歧视,受到欺凌时的感情迸发。父亲啊!旧日的噩梦,不会再现了。新中国给我们创造了新天地,我们永远不再分离了。"公公,您不走了吧?"小儿子的问话,把我从遐想中惊醒,我看见一丝阴影从父亲脸上掠过,但只是一刹那,父亲把小外孙搂在怀里,对他说:"不,公公还要走的。公公还有好多事要做,我要把我在祖国所看到的一切,去告诉美国人民,让他们更多的了解我们新中国。"父亲又对我们说:"我在外国四十多年,写了许多书,可是没有一本是写中国的。我离开纽约时,中国驻联合国的一位朋友赠我一首小诗:'万里神州游子梦,天涯归雁恰是春。何患热血无处洒,挥毫异彩颂昆仑。'我步他的原韵也写了一首:'远离亲故年年梦,不见神州四二春。抹目飞回新宇宙,行将热血写昆仑。'过去,在旧中国,我空有一腔热血无处洒。这次回到了新中国时一定要好好看看,我要把我见到的写下来。我在旧中国生活了30年,我的体验将不同于一般人。"父亲的话使我们都很感动。时针跳到十一点,再不走就赶不上末班公共汽车了。我们告别了父亲,祝愿他在祖国的怀抱里睡一个好觉。

父亲的日程排得很紧,要参观,要访问,还要会见多年不见的老朋友、老同学。他在北京见到了他的老同学科学院副院长吴有训、严济慈,他们一起吃了饭、一起照了相;见到了科学院地球物理研究所研究员李善邦,李伯伯是研究地震的专家,曾经为成昆铁路作过地质鉴定,也是父亲的老同学;他去清华园拜会了九十一高龄的张子高教授,父亲在东南大学,选学无机化学,就是张教授的建议;他还拜见了全国人民代表大会常委会副委员长许德珩,许老是我伯父最要好的学友,他们曾被并称为九江的才子。我后来每次见到许老,他总是津津乐道他和伯父青年时交往的趣事:"你伯父那时很瘦,我们都叫他'蒋猴子',他的诗、文都好。你父亲小,总跟着我们后面玩。"又去中央美术学院院长吴作人和夫人著名画家萧淑芳,外交学院李铁铮教授,著名作家、翻译家叶君健,社会科学院文学研究所研究员、著名红学家、诗人吴世昌家里做客。我们只能是清晨早起去陪父亲吃早饭,然后他就开始了一天的紧张活动。偶然晚上没有什么事,我们就一直陪他谈到午夜。我们深深地感到父亲也和我们一样,一直沉浸在极度的兴奋之中。旅行社也为父亲安排了一些和我们在一起活动的日程。4月18日,我们全家、姐姐、姐夫和他们的孩子,还有侯伯伯、伯母带着他们的女儿、小外孙女,一同陪父亲去游长城。这天天气似乎也解人意,万里无云,日丽风清。四个孩子最活跃,嘻嘻哈哈总在前面跑,父亲就跟在后面追,完全不像年过古稀的老人。爬上一边的烽火台还不够,再去爬另一处。我姐姐当时身体不太好,父亲看着她那有点吃不消的狼狈相,哈哈大笑,充满孩子般的天真。爬完长城,又去游十三陵。一路上父亲不停地给孩子们讲石人、石马,讲明代封建王朝的兴衰。他拿着照相机不停地到处拍照。我们清晨出发,天快黑了才回到住所。父亲毫无倦意。吃完晚饭,他又兴致勃勃地给孩子们讲故事。他说:"我在英国教英国人学中文,我常常指着一些实物教他们读。有一次我拿着盘子、茶壶等实物教他们读中文名称,并且告诉他们,这些都是没有生命的、使用的东西。没想到他们发生了联想,他们一边指着实物一边念着:'这是盘子,这是茶壶,这些都是东西。'然后又指着自己:'这是我,我不是东西。'"孩子们听了前仰后合,特别是我那小儿子,笑得从沙发上滚了下来。笑过之后,父亲严肃地告诉他们:"你们不要光觉得好笑。各个国家、各个民族的语言都有自己的一般规律,同时又有许多特殊规律。比方说:'人',的确不是'东西',在中文的一般语法上,他们并没有错。但是他们不了解中国语言的特殊规律,'不是东西'组合在一起,对人来说产生了一种新的含义,变成了骂人的话,这才闹出了笑话。你们学习语言,特别是学习外国语言,一定要用心掌握一般规律,更要用心了解他们的特殊规律。否则你们也一样会闹出笑话来的。"孩子们不笑了,外公的话引起了他们的深思。父亲从来反对训斥或惩罚孩子,他说对孩子粗暴,将会伤害他们的自尊心,形成不好的性格;要开导、善诱,使他们健康地成长。在和孩子们相处的日子里,父亲总喜欢给他们讲故事,经常逗得他们哈哈大笑,但是笑过之后,又都给他们留下一些值得思考的问题。孩子们可喜欢外公了。

有一次父亲又给孩子们讲了这样一个故事:"美国科学文化很发达,他们的确有许多先进的东西,美国人很为此而骄傲。谈起话来,总是说:这是我们的,如何如何好;那是我们的,如何如何精彩。有一次我向他们提出一个问题,我说:你们什么都好,可是你们讲的是什么语言呢?他们沉默了,无言答对。因为美国没有自己的国语。他们讲的是英国语言。这是他们很感遗憾的事。"父亲讲完以后,又告诉孩子们:"语言代表一个国家、一个民族的尊严,我们每个人都要很好地爱护它。"他在国外几十年,仍然保持标准的中国话,从不在谈话中故意加几句"洋腔"以显示自己喝过"洋水"、吃过"洋饭"。他说他总是要让在国外生长的孙子学中国话,不要忘了根。是啊,一个人如果忘记了自己祖国的语言,甚至连姓名都要改成洋姓名,祖国在他心中也就淡漠了。这些都不是什么惊天动地的大事,但是我们从父亲所说所做的每一件小事上,都看到了父亲对祖国火一样的心。他用这颗心教育我们和子孙后代:要热爱我们的祖国!

"五一"前,侯桐伯伯陪同父亲去参观山西大同云冈石窟。这是他盼望已久的事。他在纽约、巴黎、英国的艺术馆、博物馆里都看到过被中国人中的败类所盗窃出卖,或是被西方考古学家和官员们运回去的石窟雕刻品。他为中国人民的艺术造诣而自豪,也为这些艺术品被破坏、被盗窃、被掠夺而气愤和惋惜。他们离开大同又到西安,参观了大雁塔、陕西省博物馆、碑林、仰韶文化遗址"半坡村"。看到新中国建立以来的许多考古新成就,父亲总是连连称赞、激动不已。他特把一枚印有"半坡村"陶器图案花纹的纪念章,别在衣服上,他认为这是中国人的骄傲。这枚纪念章一直伴随着他离开这生存了75个春秋的人间。

父亲非常热爱考古事业,他和前南京博物馆馆长曾昭燏是很要好的朋友。父亲曾对我说过,在英国他曾想过学考古,但是他没有钱读学位。曾女士读了考古博士学位,而且很有成就。父亲只能自学。

他常年订阅国内出版的有关考古和出土文物的刊物，还要求我们时常注意国内又出版了哪些有关考古新成就的书籍、图片，只要能买到的，就一定给他买了寄去。国内出版的许多新书，如《高玉宝》、《我的前半生》等等，他都从香港买到了，他不断用这些新成就来丰富他的教学内容。他读了末代皇帝溥仪写的《我的前半生》，很不平静，给我来信说："共产党能把这个傀儡皇帝改造成新人，能写出这么一本好书，真是了不起。"侯伯伯陪着父亲去华清池洗温泉浴，又去看"捉蒋亭"，上到蒋介石被捉的那个小洞去，那一段路很陡，要扶着铁链子走，接待的同志劝父亲不要上去。他一定要去观察并领略一下当年"西安事变"时蒋介石被抗日将士捉拿时的情景。他们在陕西还去户县参观了农民画。看到这许多充满生活气息的农民画，父亲简直震惊。回来他对我们说："我过去所看到的农民，衣不蔽体，食不果腹，他们终日为生存而奔走，哪里可能作画？一个县里产生这样多的画家，那更是不可思议的事。过去的 25 年，中国的变化太大了。"他们本来还要去延安，但因天气不好，飞机不能起飞，又要赶回北京过"五一"，只得作罢。

1975年4月30日蒋彝与蒋健兰在北京故宫

"五一"节,父亲在颐和园游园,五彩缤纷,热闹非凡。这使他想起了幼年时上街看花灯的情景。街上人山人海,你拥我挤,被挤倒、被踩伤、被扒窃、丢钱失物的事情经常发生。今天面对这样井然有序的游园大会,他无限感慨地说:"我简直不敢相信我的眼睛,只觉得中国人的性情也完全变了。我对组织这次庆典的人,表示最大的钦佩。"

5月19日,是父亲72岁生日,我们提前举行一个小小的家宴为他祝寿。这一天,他特别提出来不坐小汽车,要和我们一道乘公共汽车到家里来。在公共汽车上,因为他穿的是西装(这时国内没人穿西装),年岁又大,售票员同志请乘客给外宾让一个座位,两位青年同时站了起来。但是父亲坚决不肯坐,他激动得脸都红了。他说:"我是中国人,我不是外宾。我身体很好,在纽约我总是挤公共汽车。"父亲极不愿意称他为外宾,也从不服老。他要求安排了几个单元的时间,让我们陪他步行逛大街。我们走过西四、西单,我们也走过前门、大栅栏。有一次他和我们一起从华侨大厦走出来,经景山前门,从故宫后面沿着筒子河走到东华门,又顺着河沿转到午门前走到天安门,在靠近劳动人民文化宫的马路上,父亲便不走了,就地坐在马路牙子上。我们以为他走累了,需要休息一下,请他到公园里的茶座去歇息,然而父亲却笑笑说:"我不累。我要在这里看人流。"他专注地看着来往的行人,走路的、骑车的,他看得那么有兴味,一直看了两个多小时。这次没有经过安排的即兴活动,使他得到极大的满足。他亲眼看到了人们的日常生活。给他印象最深的是:这里没有了他出国前常看到的破衣褴衫、面黄肌瘦的人群。人们的穿着,虽然质地不很考究,然而却十分整齐;人们的脸色也都是那样健康红润,他们生活在幸福之中。5月间正是菠菜、小水萝卜的旺季,他看见大堆的蔬菜在街头过夜无人看管,十分惊奇。特别是看见我用一毛钱买回一大堆小水萝卜的时候,他说:"在纽约,这种小水萝卜是当水果卖的,四五个一小把,一元美金才能买两把。"

我们又陪父亲去游了一次颐和园。在知春亭我们停留了很久,父亲望着湖中划着小舟的对对青年,听着他们幸福的歌声笑语,陷入沉思。过了一会儿,父亲吟出一首小诗:

昆明湖畔知春亭,多少宫娥血泪痕。

万众而今同笑语,游船点点是红星。

这是父亲回国后唱出的第一首颂歌。5月中旬,父亲离京南下,访问了上海、南京。在上海见到八十高龄的老朋友著名画家刘海粟;在南京见到同班的老同学曾石虞、徐曼英、茆礼恭教授、南京大学副校长范存忠教授,他们回忆起过去的大学生活。父亲问到当年成贤街宿舍前的那棵六朝松,范校长告诉他这棵松树还在。第二天父亲就专程去那里寻访,古松依然苍劲挺拔,他徘徊树下,思绪万千。回到纽约,便以这棵六朝松画了一幅中堂,送给范校长,并题诗其上:

卅年重见范存忠,往日成贤认旧踪。

处处都呈新色相,依然古老六朝松。

后来他又画了一幅,是这棵六朝松的另一个侧面,寄给另一位老同学华中工学院戴良谟教授,画上也题诗一首:

成贤五十年前居,六朝松处共游余。

羡兄努力新天下,浪迹西洋我弗如。

并注云:"良谟兄与我于1922同学金陵四载,别后半世纪无法谋面。1975春末,我重访祖国,得见六朝松,但未能拜良谟兄于武汉。然忆古松长青,吾辈把晤应有期,因速写寄示意焉。"

在江苏,父亲又游览了扬州瘦西湖。他对著名的扬州八怪其人其画,从来都是非常爱慕的,于是又有诗曰:

瘦西湖、五亭桥,几经八怪弄风骚。添一怪,江州老,自立今朝,来看工农尽勤劳。

"江州一怪",是父亲的自号,因为总有些人说他怪,他索性起了这么个别号,还请人为他刻了大小几方同一印文的图章。

5月下旬,我们和父亲回到故乡江西。在南昌父亲见到四十多年未见的母亲和姐姐的另几个孩子。母亲的双腿已经完全瘫痪。二老相见,诉不尽昔日的辛酸,又说不尽今日的欢欣。孩子们围坐膝前,父亲抚摸着孩子们说:"你们都长大了,我可真是个老人了。"为了安慰母亲,在南昌团聚的这几日,父亲每天都坐在母亲的病床边。但是他并没有沉浸在这难得的天伦之乐中,他还要去看更多的地方,去多方面了解新中国。他回到自己的出生地九江,重游了青少年时期常常登临的庐山。变了,一切都大变样了。父亲在这里做县长时,九江只有一家三百多工人的"洋纱厂",现在却有了24家颇具规模的工厂;父亲当初就曾提出过这样的主张:九江城市应向山川岭、十里铺那边发展,那里应建成工业区,他的主张当时没有得到支持和批准。今天,许多有益的设想都实现了。看到故乡的发展,父亲激动得夜不成寐。他无论是坐在微风拂面的甘棠湖畔,无论是走上曲桥通幽的烟水亭心,也无论是漫步江堤,或停立街角,都会唤回当年的遐想,都会勾动今昔对比的情怀。在九江他还看了一场九江港务局子弟小学的儿童文艺表演。父亲特别喜爱一个四岁小姑娘表演的小提琴独奏。演奏结束,父亲上台去和她握手,亲她,夸奖她的演出成功。

接着,他又去参观景德镇、井冈山。离开了江西,他又去游历了桂林、阳朔。每到一处,他都写下了赞颂祖国新天地的诗篇。看不完的祖国风光,听不够的新人新事。两个月的时间过得真快,6月15日,父亲要回纽约了,我们送他到广州。这一天,父亲很少说话,一切工作都在沉默中进行。在火车站,我们像初次在北京机场见面时一样,相对无言。我们彼此都不愿意让离别的泪水抚痛对方的心。开往深圳的列车,开车铃响了,父亲只对我和姐姐说了一句话:"好好照顾妈妈,过两年我再回来。"我看见父亲偷偷抹眼泪。车开了,父亲走了,他却把心留在了祖国。

父亲回到香港,记者、朋友们请他谈谈归国访问、探亲的观感。父亲谈了两件小事:一是我和爱人,姐姐和姐夫因为接待父亲,单位都给两个月的假,并且照发工资。他说,这是世界上那些所谓"最先进的工业国家"所办不到的。另一件是他的假牙坏了,在纽约牙医生告诉他配一副全口牙需二至三千美元。他听说国内便宜,就决定回国来配。在南昌,是第一附属医院给他配的全口牙,当他拿到上写30元钱的付款通知单,简直惊呆了。30元人民币,当时合不到 20 美元,这与美国的价格真是天壤之别。然后他又描述了他所看到的祖国新面貌,人人有饭吃,人人有衣穿。下班以后,商店里都挤得满满的;在农村,他看到农民带着手表,穿着塑料雨衣下田。他说:他亲眼看到的这些情景,在他所熟悉的旧中国里是"梦想不到的事"。他说:"美国前国务卿艾奇逊曾经说:'中国人口太多了,中国历来政府不能使他们人人饱食暖衣,所以频年扰乱。'这是他二十多年前说的话。要是他能现在到中国去看看,看到现在新中国新政府能做到人人有饭吃,人人有衣穿的成绩,他一定能感佩无限的。"他还谈到:"这次我在祖国,每到一地都要参观工厂,每个工厂里都有不少女工。北京首都钢铁厂里有五分之一是女工,至于轻工业如纺织、化工、陶器、食品厂,则是女工占大多数。在乡村农业公社,女农民也差不多占半数。全国男女一律平等,各顶半边天,分工合作,同职同薪,这是世界上任何先进的工业国家还没有做得到的。"他把自己所看到的一切都和 42 年前他所生活过的旧中国作了对比。他说:"这几年来不少美国人、美籍华人学者去中国参观访问,他们赞扬新中国的成就,但也有些人说了许多不公正的话。他们说看不见过去所见到的古老牌坊,新政府摧毁古物。但是他们却不知道在旧中国多少女子,死在这封建礼教的所谓节孝牌坊之下。我阅读过不少写中国的西文书,欧美人士自鸦片战争后,到中国游历或做其他事业,他们看到这些中国特有的奇形建筑,并不问它们是为什么建造的,于是拍照写书,甚至夸大宣扬。今天新中国妇女解放了,这些牌坊和压在她们身上的枷锁一同消失了,这是应该祝贺的。而他们看不见这节孝牌坊,反倒不满意,这难道是公正的吗?一些美籍华人,他们过去住在祖国的大城市里,自幼过着富裕的生活,他们享受着一切荣华富贵,从来不了解人民的贫困生活,他们自然体会不到今天新中国人民生活的幸福。因此他们说新中国这不行、那不行。我个人认为,中国摆脱过去所完成的这个巨变,是了不起的。经过26年的努力,中国已经成为一个崭新的国家。我相信中国一定会愈变愈好,绝不会愈变愈糟。"父亲的这些观感以《哑行者访华归来话今昔》为题,发表在香港《七十年代》杂志上,后来又印成小册子,1976年2月7日在北京出版的《参考消息》上节录转载了。

回到纽约,他更详细地把归国访问60天的所见所闻,以及他的观感,用英文写成《重访祖国》一书,其中有84幅彩色和黑白插图,于1977年11月在纽约出版。这是他献给祖国的第一本书,也是最后一本书。他自己没能看到这本书的出版就与世长辞了。1980年,父亲的朋友殷志鹏博士、廖慈节博士夫妇俩,将此书译成中文,书名译作《重访中国》,由香港三联书店出版。

父亲这次回国,看到独立自主、自力更生的新中国,无比欢欣鼓舞。他自己虽然说"我既不是宣传家,又不是理论家",但是他自此以后,一有机会,就不可抑止地把自己对新中国的感想流露出来。

1976年9月,毛泽东主席逝世后,香港专上学生联会正举办第四届"中国周",邀请父亲为顾问。父亲为"中国周"题了词(见"蒋彝其书·一九七六年九月九日后十日")。同时他又给香港的青年学生们写信说:"中国现在是完全独立自主的国家,这都是毛主席和中国共产党领导中国人民艰苦奋斗、前进在社会主义道路上所取得的成果。但使中国继续成为一独立自主的、为世所尊的国家,全在我们这些群众身上。""海内外群众,要同心合力起来拥护这个强有力的独立自主的中国!"

1977年1月9日,美国东部地区爱国华侨和台湾同胞在纽约举行纪念周恩来总理逝世一周年大会。父亲参加了大会,并讲了话。他说:"每当想起中国这些天翻地覆的变化,怎能不使人无限怀念毛主席和周总理披荆斩棘领导革命、创业建国的巨大功绩。"在大会上他还即席赋诗,以纪念周总理:

周恩来总理逝世周年忌辰口占

巨星殒一载,大愿已擒藏。

对此忌辰日,不用多悲伤。

圣骨撒南北,点点放光芒。

眼看新中国,与世共绵长。

(注:据《人民日报》载,1977年1月9日美国东部地区爱国华侨和台湾同胞在纽约举行了纪念周恩来总理逝世一周年大会。"七十四岁高龄的蒋彝在

会上对比旧中国经历的种种苦难和新中国欣欣向荣的景象。他说,每当想起中国这些天翻地覆的变化,怎能不使人无限怀念毛主席和周总理披荆斩棘领导革命、创业建国的巨大功绩。……他在会上当场朗诵了为纪念周总理逝世周年而写的一首诗。")

1977年夏,父亲又为香港专上学生联会举办的第五届"中国周"题词:"幸赖中共领袖毛泽东主席、朱德委员长、周恩来总理及各先进同志坚定信心推行社会主义,步步扩展,联系农工,奋勇前进,把一个破碎不堪的金瓯,组成一个整体的完全独立自主的中华人民共和国,这是二三百年来未有的奇迹,怎不叫人欢忭万状。尤其是我现年75岁的人更加经过过去种种困苦,特别兴奋异常,虔诚拥戴。"

这时父亲正在筹备再次回国的事宜。先是父亲在第一次回国访问、探亲回到纽约后,生了一场病,医生告诉他结肠上长了一小瘤子,做了手术,虽然恢复得很快,但是他知道癌细胞已经在他的躯体里生长,他的时间不多了。他还有许多事情要做,最重要的是要抢在死神到来之前,完成他的诺言"行将热血写昆仑"。他要为祖国写一部《中国艺术史》,他要以中国的出土文物为依据探讨中国艺术的发展。他在

《重访祖国》中就曾写道:"在陕西临潼秦始皇陵前发现的一处巨大的秦代陶俑坑,坑内有真人真马一样大小兵马俑六千多具,他们是公元前第三世纪的陶制品。这项新发现,不但提供了早期中国兵器、制服、发饰和发型的证据,而且也改变了一向认为中国没有造过像埃及和希腊造的那种大型雕塑作品的错误观点。……重访祖国归来后,我受很大的启发,希望有一天用更多的新生出土文物的图片,来写一本关于中国艺术史的书。我的唯一目的,是要让世人对于中国文明瑰宝之一的中国艺术有更多的认识,以及帮助他们对于中国艺术有更全面和彻底的了解。"他为这本书作了周密的计划,准备分写十章,每章的题目及内容都已拟就。他要以这部书来驳斥西方一时甚嚣尘上的"中国文化西来论"。他收集了不少资料,对中国出土文物的花纹图案与古代埃及、希腊等地的花纹图案作过比较,提出自己的新观点。他要再次回国与国内的著名历史学家、考古学家探讨,再取得更多的新出土文物的资料,以充实他的论点。另外,在手术之前他已经答应了澳洲西部大学的邀请,他不肯毁约,同时还要完成已经着手了的《澳大利亚画记》,因此手术后四个月,又到澳洲西部大学讲学。在澳洲,他除了完成西部大学的课程,依然是到处讲演,各地访问,收集资料,日夜工作,以最快的速度就在澳洲讲学的这半年中,完成了《澳大利亚画记》的写作。

1977年8月上旬,父亲再一次回到祖国,在北京,他首先拜访了故宫博物院的唐兰教授,历史博物馆的文学家、考古学家沈从文先生,和他们研讨了中国的釉陶、秦始皇陵墓兵马俑、大汶口文物特点。他到周口店北京猿人遗址去参观,并又一次参观了历史博物馆。然后会见了著名美术家李可染、蔡若虹、王朝闻,和他们交谈了祖国绘画艺术的发展。在他下榻的华侨大厦,见到了著名漫画家华君武。华先生正在这里开会,他们进行了有趣的极有漫画色彩的交谈。在这期间,他又到荣宝斋,请著名金石篆刻家徐之谦先生为他刻了几方石章,其中一方刻的是他自己的两句诗,"游遍世界半世纪,年年魂梦绕神州。"

一个星期后,我陪同父亲到山西、陕西、河南、江西、上海、南京等地参观访问。这次父亲要去的地方,主要是文物出土地点或著名古迹。我们第一站去太原参观晋祠。按照父亲多年旅行的习惯,总是尽量争取坐夜车,他说这样既节省时间,在火车行进中就睡觉了,又节约旅费,可以不必再花这一夜的旅馆钱。我们到太原时,天还不大亮。汽车穿过轻纱似的薄雾,在晨曦中行进,接待的同志给我们介绍看太原这座古城的变化。太阳升起来了,公路两边的田地里,已经有许多社员在劳动。父亲要求停下车来,他要拍照下这动人的劳动交响曲,他说:"我在国外从来没有看见过这么多人下地劳动。中华民族是勤劳的民族,我们的祖先给我们留下了最宝贵的品德。"

我们到达西安,目的是参观秦陵兵马俑坑。不巧,正赶上在修建,不开放,只看到博物馆里正在修复的几个人俑和马俑。父亲完全被这两千多年前的伟大艺术品所陶醉,久久不忍离去。博物馆里原是不允许照相的,父亲说明了来意,得到特别的照顾,他从各个角度拍下了这些巨俑的形象。接着又乘夜车到河南,在洛阳参观了龙门石窟,到安阳参观了殷墟。父亲仔细地询问了殷墟出土的陶范,到殷墟故址作了考察,并拍了不少照片。听着殷墟管理部门负责同志的介绍,父亲兴奋地说:"我们的地下到处都有宝。"

本来郑州市父亲在前次回国时已经去过了,可是这次他又要求去,我们在那里停了一天,原来他的目的是重到花园口,为的是取一瓶黄河水,带回纽约,送给我二哥的孩子,让他们不要忘记自己的根在中国,也不要忘记日本帝国主义侵华时,蒋介石炸开花园口,几十万生灵涂炭的惨景。他说:"我们是中国人,世世代代要为中国人争气。"我到堤下取了水,父亲十分珍重地放在他的手提包里,亲自提着。然而这瓶水,父亲并没能亲自带到美国去,他去世后,我保存了两年,终于托朋友带往美国交给了我的二哥,要他给他的子女,了却父亲这桩心愿。

离开郑州我们到了巩县。由于黄河淤积,巩县石窟曾大部分被埋在地下,过去没被发现,石雕虽然不及龙门、云冈宏伟,但基本上没有遭到破坏。因为石窟大部在地底下,而且正在修缮,我们下去极为困难,然而父亲还是一处一处仔细观赏,一边看一边说:"这是极难得的宝贵资料。"由于时间太紧,我们的日程上本没有巩县,是郑州的接待小姐(她是巩县人)被父亲对祖国之情所感动,特意推荐去看的,只有一天时间。为了把巩县石窟的一些资料翻拍下来,父亲中午也不肯休息一下,要抢房间里的这一点阳光。进行翻拍没有应手的工具,就由我用手按住,父亲或站在桌子上,或站在凳子上整整忙了两个小时,累得满头大汗,他心满意足地笑了。第二天我们又去参观宋陵。然后我们就到湖北、湖南、江西、浙江、上海等地。我们在一个多月中一共走了11个省市。每到一地都首先去参观博物馆。最后到了山东大汶口古文化遗址考察。一路走来,我已感觉到父亲的体力越来越不支了。他吃得很少,容易疲乏,参观岱庙,他几次主动提出来休息一下,这是过去从来没有过的事,1975年回来,总是我们一再劝说,才肯休息一下,现在显然是大不如前了。我很为他的健康担心。上次动手术其实是癌瘤,父亲一直瞒着我。虽然我一直存在疑问,但是父亲始终说他没病,说他回来时曾做过全面检查,医生只建议他注意饮食,不要喝酒。我劝他不要登泰山了,他却说机会难得,执意要去。我们从西路上去,到了上寿桥,看了六朝松。父亲实在走不动了,便折回来。归来写了一首小诗,赠泰安中国旅行社分社:

雄心未死登临志,腿软年衰足不前。

泰山自古雄寰宇,愧无能上睹新天。

并注云:"1977年9月25日,承泰安两位李主任及张主任与六七同志互相扶持,得观岱岳一小部分,亦足快意也。草此敬谢,不胜感激之至。"

想不到这诗竟成绝唱。

回到北京,我们就要求他上医院去检查,但他仍然坚持完成日程安排。9月29日瞻仰毛主席遗容,可能是劳累过度,同时心情又十分激动,父亲晕倒在纪念堂里。30日晚上去参加国宴,受到邓小平同志的接见。10月1日下午父亲开始高烧,打针吃药,体温下降了。2日晚有招待演出,京剧《逼上梁山》,父亲一定要去看,他说:"京剧是我们中国的艺术瑰宝,我已有几十年没看,不能不去看。"3日许德珩副委员长宴请,他还是坚持去参加了。4日又会见来访的客人。其实这些天他已完全不能进食,只喝一点牛奶或糖水。但是他不肯放弃任何一个国庆节的活动,他要尽一切可能享受祖国人民给予他的尊敬和爱戴。他想的是要为自己的人民写更多的书,做更多的工作。5日,在大家的力劝下,他才同意去首都医院(即协和医院)看病。经检查,癌症已全身扩散,无法救治了。就在生命的最后这几天,他也一点不感到死的威胁,在病床上仍然整理阅读他收集来的资料,直到10月17日凌晨停止呼吸。

早在60年代初,父亲给我的来信中,就多次提到自己的愿望:"我生为汉人,死必为汉鬼。""我一定要死在中国,万一在外国发生不幸,也一定要把骨灰运回祖国,安葬在故土。"遵照父亲的嘱咐,我们把他的骨灰送回老家九江,安葬在庐山脚下。热爱祖国的父亲,叶落归根,长眠于故乡的土地上,也算是了却终生夙愿了。

父亲去世,国家给予很高的荣誉,在八宝山革命公墓礼堂举行了相当规模的追悼会。父亲的大半生都在国外度过,毕生的事业也都是在国外完成的。虽然他在世界许多国家享有盛名,然而祖国人民并不了解他。为了向祖国人民介绍这位怀着一片赤子之心的学者、作家、画家,1982年5月,正当父亲八十冥寿之时,中国美术家协会在北京中国美术馆举办了"蒋彝遗作展",会上展出了父亲的部分书画诗文。吴作人伯伯为展览会题额,叶君健伯伯写了"前言",华君武同志主持了开幕式,侯桐伯伯在开幕词中介绍了父亲的生平经历,许德珩伯伯在开幕式上讲了话,并题诗一首:

浔阳江上多奇士,愤世嫉俗有蒋君。

遨游世界哑行者,能诗善画书法勤。

不忘故里雄心在,年七十五归国欣。

欣然归国南北游,山山水水记情殷。

欲写中国山和水,时不与今竟离群。

今逢冥寿八十载,忆君风度似飞云。深情厚谊,跃然纸上;称许赞扬,展现行间。

7月、8月间,我们又把这个展览移到故乡江西,在南昌、庐山先后展出。展览会之后,我把能够搜集到的父亲的诗作近三百首,编成了《蒋彝诗集》,1983年由友谊出版公司出版了,受到不少读者的欢迎。

父亲说他从来不信什么"在天之灵",我当然也不相信。但此时我却十分希望真能死而有灵。如果父亲能够知道祖国内地有这么多同胞喜爱他的作品,该是如何欣慰啊!父亲!我们将永远以您对祖国的一片赤诚,鞭策自己,奋进不已。

注:节选自1992年《九江文史资料选辑》(第八辑)"海外赤子蒋彝"专辑,原题为《年年魂梦绕神州》。

自甘辛苦自成魔

——介绍旅英名作家蒋彝

谭旦冏

"这真不知道从那里说起,您2月16日的手教,由熊式一兄今天交给我,读后异常恍惚,是耶,非耶,22个年头儿,只差两个月就要过去。"

"我是1933年2月3日来到伦敦,那时见到罗长海,同他住在一块儿一个多月,现在他作古整整20年了,到伦敦接着的第一封信是您的,那时您刚回国,您我在印度洋错过。我记得曾写信给孙墨千等问您在那里,为什么不再给我来信?这当然您也许同样向别人问过我。二十多年事太多,半百而今说什么!过去的随他过去好了,自甘辛苦自成魔!您说这世界变幻得太大,我却以为不是,要是真有些能者,岂至如斯!"

"您那封寄到伦敦的信里,劝我抛去中国画笔,撕毁佛像画题。现在您是个典藏吏,想已认识佛教画在中国画史的地位。我从今年起,每月去伦敦十天半月,专门研究大英博物馆所藏史太茵带回的敦煌玉佛洞画件共四百余幅,我一一登记,并拟抽出时间来临摹几幅,也许将来有参考的价值。"

"我最初到英国是学政治,因经济不充[裕],改教中文,即开始研究中国画史及各种中国艺术品,如铜器、玉器、瓷器、藤器、木竹等雕刻,无一不推敲,二十余年如一日,可学者尚多,但比不学者则胜之。前后写成英文书已发行者有 20 种,三种论中国艺术,十种为游记,一种为自传,六种为童话。我现在正写《中国艺术之现在性》,讨论吾国过去铜、玉、石各种雕刻与现代之未来派、立体派等相合而有过之之处……"

这是我的朋友蒋彝先生 3 月 20 日自牛津寄来的信。关于蒋彝先生,本副刊 1 月 8 日曾刊有禾辛君一篇《都柏林漫游记》里,概略地介绍过,现在,我将我所知识(道)的补充一点,兼及于我们的关系:我同他虽同是九江人,共生长在一个小城市里,但和他认识,则是在中学时代,因为我从小就嗜好画,不仅喜欢自己乱涂,而且对于别人的画特别爱好。最初是我三哥从学校里拿回两张他在学校里习作的水彩画,其中一张画的是城角风景,以直线组成古老城墙为主体,佐以丝丝杨柳,下面河水映出倒影,全部是紫蓝色的调子。虽则是一幅很简单的风景画,然而在当时却深刻在我幼稚的心灵里,永恒得难于磨灭的印象,直到现在,我还新鲜地记得。后来当我进到省立三中,他已是四年级快毕业的一班;不仅图画,其他学科的成绩,他无一不佳,所以那时我对于这位老大哥是十分的敬佩。他毕业后考入东南大学读理化系,东南即中央大学的前身,当年在南方是办得很认真,而且不易考、不易读的大学,他忙于功课,绘事便松弛了。在每年暑假,我们还有聚首的机会,或在朋友的家里,或在甘棠湖畔,差不多是每天傍晚所必到的畅谈场所,三三两两,这一群抱着无穷理想的青年们,畅怀高论,振荡在庐山浔水间。尤其是他,以洪亮的声音,高超的见解,惊闻于我们这一群里。至若我呢,那时还是一个小弟弟,仅仅跟着跑,洗耳恭听而已。

有一年暑假他没有回九江,而到海南岛去旅行,归来后写了一篇关于海南岛的文章,发表在《东方杂志》上,用意在提醒国人的注意,使大家知道它的重要性。然而那时国内是军阀横行的时代,争权夺利,纷扰不已,哪还有人去管那遗弃在南海外的孤岛?果然后来日人竟利用作南侵的基地,而今日的俄人呢,也在利用它作潜艇的巢穴!

"寄来的全家福照片,我看了又看,放下来遥想过去,您我分别时的情形,实在太模糊,记不清楚了,想了之后,再拿起照片来看,唯,且冏,您老了不少,这当然是反映出我的老意;我今年五十一岁,头发白了一半……我从前很瘦,现在不能说是瘦,面孔浮肿而已,当年我们的'瘦麻疯社',现在都不是了……"这是他在5月10日的来信所述及的。在我们过从的时候,他确是一个很瘦高的个子,所以我们都把他叫做"蒋瘦子";后来我们三个绘画的朋友,组织了一个画会,就是"瘦麻疯社",这是民国十七年前后的事。现在,麻子孙墨千早作古了,瘦子的他也不瘦了,而我的疯,也根本没疯过,只是生性耿直,常说人家不敢说的,常做人家不敢做的;如今在人海里多番淘汰,这些天真的本性,虽不敢说是完全泯灭,至少是冲淡了不少。当时我们的画会,是不拘形式的,一直没有聚会过,仅仅是书信的往还,精神的契合,彼此鼓励作画和商讨有关问题。原约定在故乡举行一次画展，但是瘦子的他，那时正是当涂县长任内，平时政务就忙，闲时又要到采石矶去风雅一番，终于来信说"徒呼负负耳"，没有作品寄到，仅由麻子和我凑合开了一次展览会。

谈到他的画，在国内因为没有充分的时间给他利用，所以并未能从画上展开他的才能；而抵英后如何？因为一直没有读过他的原画，也就无法去赞扬。不过，他在英国的成就，并不是完全靠画，他是靠着做，聪明的天赋，优良的品格，诚恳地对人，认真地做事和坚强的毅力等等所配合完成的。从他4月16日所给我的信里所说："……您说'天真有时还存在，干起事来还是那股傻劲儿，无论环境如何困窘，仍不悲观。'这真是值得是我的朋友，真是'瘦麻疯'的同志，可惜墨千去世了。我的干劲儿，您从前在国内不曾看见过的。只要说我丢掉那歪县官而不为，在海外赤手空拳打了二十二年的天下……赖写作生活，不仅维持了我自己生存，还养活了家小。"这实在不是一个平庸的人所能办，何况要在那般完全注重现实的大英帝国里生存，更不是容易的。

蒋彝兄，是我相交最长久、最亲切的学友。彼此间，晤面时虽不多，可是通信却甚繁。不过，我们前半生的信封都遗失了,后半生的信封,我都保留着,上载两函,只不过是最初的一部分,现在我将存在的,选出1954年4月16日来函刊出,并将1955年9月8日他寄给我的照相和1955年3月1日的[他]寄给我的《熊猫插图》,一并刊出,藉资介绍。

我们晤面畅谈的机缘,当属1961年夏至秋季,我被派到美国随展的时候,虽则是畅谈,却是我们间,当起争执,甚至达到不愉快的地步。这些情形,我将在有机会发表时录出,并拟将他的来函,择其尤者制版刊出。

注:原载《浔阳江头》1995年5月。

谭旦冏,台湾大学教授。

中国文化的国际使者

——记美籍华裔游记作家、画家、诗人蒋彝

郑 达

原编者按:谈到20世纪70年代前以英文写作并在西方世界传播中国文化的华裔作家,人们常常会想到林语堂。其实,就贡献而言,与他齐名的还有旅美华裔游记作家蒋彝。蒋彝以"哑行者"为笔名,出版了12本游记。这些作品在欧洲、美洲、亚洲等地深受欢迎。此外,蒋彝在书法、美术、诗歌,以及儿童文学等方面也多有建树。本文通过分析"家"的各种层面,强调"家"对于像蒋彝这样散居海外的华人在生活、精神上的重要意义,着重探讨了"家"对于蒋彝在文学创作上的影响。在蒋彝诞辰百年之际,我们刊发此文,以为纪念。

三次离家

家,平凡而又神圣。它是哺婴的摇篮,是灵魂的支柱,是避风的港湾,是沙漠中的绿洲。

"家"的涵义,大概而言,可大略分为三个层面:(1)家庭(home),即自己的父母、兄弟姐妹,或者配偶加上子女;(2)家乡(hometown),这可以指自小生长的乡村地区,或者县镇,通常由几十、几百,甚至成千上万的家庭组成。中国古代游子身在异乡、望月思亲的例子,属于这第二层;(3)祖国或祖籍国(homeland),motherland 甚至 fatherland 的意义都与此略同。中国古代像蔡琰、苏武、王昭君等人被发配边疆或远嫁他乡的事例,略近于此。这一层面的意义是现代的。19 世纪后,移居异国、散居海外的人口大量增加,这一层面的意义日渐明显。如果说第一层面的家给人以生命和生理特征,第二层面和第三层面的"家"则赋予地理和文化上的特征。在实际应用上,对于海外散居的人们来说,"家"的三层意义常常会混合交叉。家乡和祖国往往成为同义;家庭这一层面上的意义时常会借托家乡或祖国一起表达。

蒋彝一生三次离家。这三次离开的家,恰好与上述"家"的三层涵义吻合。每一次离家的经验,成为他人生道路上的一个重要阶段,标志他的渐趋成熟。

蒋彝于1903年5月19日出生于江西九江,名仲雅。他在家中排行第三,上有一个哥哥,一个姐姐。他的父亲蒋和庵擅长丹青,尤工花鸟人物,以画瓷盘为业。蒋彝五岁时,母亲去世。其曾祖父共有四个儿子,四世同堂,合住在传统样式的深院里,共有42间房屋,四周高墙围绕,院里有池塘垂柳、蒋家学堂。在1912年前,蒋彝足不出户,在家庭大院深墙内生活,有几十个堂侄兄弟相伴。大院与世隔绝,政治的变革和社会的动荡,似乎全被深墙屏障在外。1911年辛亥革命爆发,武昌起义后,九江的革命军奋起响应,10月23日控制了九江市,11月初宣布江西独立。其后政局动荡,蒋家长辈决定暂时迁居附近乡下避难。于是,全家分成两组,蒋彝跟随祖父、三叔公以及姑婶等,在20余里外庐山脚下、莲花洞附近的一幢大农屋里住了一年。幼年的蒋彝,对辛亥革命的意义几无所知,但对于这场革命的重大冲击力,他深有感受,因为家里十岁前不出大院的旧规矩被打破了,他因此得到了自由,不用每天被关在私塾内恭恭敬敬地听老师授课了。每天清晨,他和堂兄弟一起,跟随姐姐和嫂嫂,沿着林间小道,去深山清涧旁。姐姐和嫂嫂在那儿洗衣,其他的孩子们嬉戏相逐。高耸入云的庐山,原来只能从大院的围墙内远眺,现在,蒋彝来到了它的山脚下。蒋彝自称这一年的经历使他"初次尝到了农村的生活"。自此以后,他成了"自然的朋友"。

将近十年之后,蒋彝第二次离家。当时,他父亲已经去世,兄长蒋大川在当地的教育界任职,对蒋彝的前程极为关心。在兄长的帮助支持下,蒋彝从当地江西九江二中毕业,1921年去上海读预科,后来考取南京国立东南大学,学习化学专业。"五四运动"后不久,许多有志青年相信"科学救国"。蒋彝在校勤奋刻苦,学习现代科学知识,以期报效祖国。1926年,他以年级内排名第四的优异成绩毕业。他先后在江苏海州和九江的中学教了一年左右的化学。当时,国内军阀割据,时局不稳。那年末,北伐开始,革命军经过江西时,蒋彝决定投笔从戎,加入北伐,铲除军阀,统一中国。北伐大军从江西到浙江、上海、江苏,一路上民众箪食壶浆,热烈拥戴。但是,不久"四·一二"事变,蒋介石血腥屠杀共产党人,一时白色恐怖的阴影笼罩。与蒋彝在革命军内一起共事的政治处主任王尔琢遭到暗杀(见前文《追念毛泽东主席》注)。蒋彝考虑到生命安全,决定离开革命军。其后,他到上海,得到校友严济慈的推荐,在真如暨南大学教了半年化学。接下来,在安徽省芜湖、当涂两县担任县长。30 年代初,离开了家乡近十年之久的蒋彝重返九江,担任九江县长。多年的颠沛流离,蒋彝的政治思想成熟了,他从一个不谙世事的中学毕业生成长为干练而踌躇满志的青年。

1933 年,适逢而立之年的蒋彝再次离家,这一次他远离的是自己的祖国。美国德士古石油公司企图通过贿赂在九江非法购置地产。担任九江县长的蒋彝,为了维护国家的权益,坚决予以阻止。由此,与国民党当政者发生冲突,最后被迫辞职。蒋彝决定去英国伦敦大学经济学院学习。翌年,他开始在东方学院兼教中文。1935 年,他被聘为讲师,一直教到 1938 年,到威尔克姆医学博物馆负责处理中国医学方面的收藏。第二次世界大战中,德国空袭伦敦,蒋彝的寓所被炸,他迁到牛津居住。1955 年,他接受[美国]哥伦比亚大学聘任,在东亚系教授中国文化课程,于是,迁居纽约,一直到他 1977 年去世。

1933 年出国后不久,蒋彝为自己起了个笔名

"哑行者",一来暗喻对官场政治的痛恨失望,同时也表示身处异国、言语不通的苦境。旅居海外40多年中,他到过世界上许多国家,对异国的乡土人情细心观察,撰写并出版了20多部英文作品,其中有介绍中国绘画和书法艺术的《中国画》(*The Chinese Eye*)和《中国书法》(也称《八法南针》,*Chinese Calligraphy*),还有小说和儿童文学作品,但最为出名的是哑行者游记系列共12本,在英美及其他欧洲国家影响甚广。1975年,蒋彝首次回国访问,两年后,他再度返华,为撰写中国艺术史搜集资料。在北京期间,不幸旧病复发,不久就在医院里去世。

蒋彝第三次离家,不论时间长度还是空间距离,都远远超过前两次。但更重要的是,这第三次离家,带有自我放逐的意向,尤其是1949年中华人民共和国成立之前。他在祖国疆土范围之外,生活了44年,尝尽了思乡之恋的酸楚。

思乡和文学艺术的成就

蒋彝在文学艺术上的成就,使他在西方获得很高的声誉。70年代之前,以英语写作并且在西方出版大量作品的著名中国作家,恐怕仅林语堂和蒋彝两人。但两人之间有不少差别：林语堂先在国内文坛出名，而蒋彝成名完全是出国之后；林语堂的成就主要在文艺作品上，而蒋彝多才多艺，除了游记、小说、诗歌、散文等文学作品，还创作了大量的书法绘画作品；林语堂在半个世纪以来一直拥有大量读者群，批评家对他褒贬有加，而蒋彝在国内除了中国书法的专著和两本儿童读物被译成了中文，加上一些零碎的介绍文章，几乎默默无闻，即使在国外，对他作品的研究也屈指可数。最重要的一点，蒋彝的成就与他远离故土不无关系。与故国家园的距离，为蒋彝提供了一个超越自己，利于思索、观察、判断的条件，使他的文学艺术创作，获得了面目清新、独具一格的风格和内容。

大略而言，蒋彝的成就可分为游记文学、书法绘画和中文诗词三个方面。

蒋彝的12本哑行者游记作品中，第一本《湖区画记》出版于1937年。前一年夏天，他去英伦北部的湖区游览，那里山水绮丽，更因浪漫诗人华滋渥斯（华兹华斯）的不朽诗篇，闻名于世。蒋彝根据笔记和画稿写成了游记，曾先后投寄给几家出版社，均被退回。不料，原先曾表示拒绝的乡村生活出版社改变想法,同意一试,但说定不付任何版税给作者,蒋彝所能得到的唯一报酬是六册作品。蒋彝接受了这苛刻无比、几近侮辱的条件。没想到,《湖区画记》销路极佳,出版之后,一个月内即售罄。出版商赶快再版。当然,蒋彝因此而得到了版税。此书几个月内数次再版。此后十年内,蒋彝又以英国的伦敦、北英约克郡、牛津、爱丁堡等城市为题材写了游记。第二次世界大战结束后,蒋彝写作并出版纽约、都柏林、巴黎、波士顿、旧金山和日本等6本游记。还写过澳大利亚游记,已经基本定稿,可惜因为他突然去世,未能出版。加上他去世后才问世的《重访祖国》,蒋彝一生共写了14本英语游记。

蒋彝的游记作品与众不同,其外观形式可谓独一无二。他作品的封面全是他自己设计制作的:中间总是一幅他手绘的精美的彩画,顶端是横式题写的英语书名,右侧是竖式的中文书名,加上作者本人的签署。中英文书名都是用毛笔写成,流畅秀丽,生动有趣。书脊上的英文书名,也是作者用毛笔写成。像蒋彝这样由作者本人设计制作封面装饰的,恐怕在世界上也为数不多。他的书非常别致,在旧书摊成百上千的书中,一眼就能辨认出来。此外,书中的插图,既有彩色图页,又有单色水墨或白描,在英文的诗文旁,插入作者用毛笔抄录的中国古体诗原文,字体正行隶篆不定。随便打开一翻,任何人都会被吸引住,即使不看文字内容,光细细地领略一番那丰富多彩的插图和书法作品中的韵味,就已经是一种享受了。

蒋彝游记作品的内容也饶有特点,既幽默轻松,又流畅隽永。细致的观察,充满诗情的描述,配上作者自绘的线描或者彩绘插图,令人爱不释手。但是,我在此想要强调的是另一个重要的特点,那就是他善于把周围那熟悉的世界转变成一个陌生的景观,或者通过剖析一个人们习以为常的观念来暴露出其中荒谬的成分,令读者在惊诧之余拍案叫绝。譬如,在《纽约画记》中,有一段文字描写宠物商店的一对

《纽约画记》插图

小狗,它们的毛被修剪完了,只是在尾尖留了一绺,加上身子、腿部某些部位留了一些,精心地梳理过,颈部和腿上还扎着彩色的缎带,看上去真是"既荒谬又滑稽"。橱窗内的灯光,映照出小狗剃尽了卷毛的粉色肉体,看了教人禁不住潸然泪下。想到室外寒风凛冽,这些幸运小狗当然受到了再好不过的照顾了。但是,蒋彝写道:"我在想,是谁首先想到给小狗剪毛的?""大自然将厚厚的毛衣赐予了小狗,防御寒冷和突然袭击,但是,人类却把它剥夺去了。人类在想方设法生产类如有生命的机械对象,与此同时,却又把有生命的小狗变成人造的对象。真是不可思议。"这种变寻常为陌生的手法,需要有敏锐的观察、独到的见地,以及适宜的策略。重要的是,这样的手法出奇制胜,打破原有的固定的思维模式,使既存的秩序观念受到一个大冲击,使读者对现存的井然有序的文化模式重新做一次检讨。对于作者来说,这种震动效应不是最终的目的。他希望通过这样的效果,激起读者的思考,重新认识自己和周围世界,让他们看到,东西方的文化,除了表面上的巨大差别之外,存在许多基本的共通之处。

　　蒋彝多次提到,他到英国之后,发现在西方存在不少对东方民族和文化的误解和歧视。一部分西方作者,对中国所知甚浅,在描写、介绍中国时,歪曲、诬蔑,与事实不符,或者神秘化。为此,蒋彝决定执笔向西方读者介绍中国文化,以正讹误。但是,他不想去针锋相对地抨击反驳,而是以游记的形式,通过描写西方的风土人情,进行与中国文化的比较。他的重点,不在于强调相异之处,而是着力于相异的表面下的共同点。英国著名的艺术评论家赫伯特·里德曾经高度赞扬蒋彝,称他的作品帮助西方人了解了东方,并认识了自己。我认为,蒋彝的作品使西方的读者认识到中西文化之间的许多共同之处,这一点,尤其重要,至为可贵。西方对爱情的观念与中国古代的观念相通。在《爱丁堡画记》中,蒋彝写道,西方曾有学者考据引证,提出中国古代的圣贤孔子是个波斯人,哲学家墨子原是个德国人,也有提出莎士比亚是苏格兰人的说法的。至此,蒋彝笔锋一转,"为什么我不能提出罗伯特·彭斯是个中国人?我可以从中国2500年前的爱情诗集中选一首诗佐证。"蒋彝引用了《诗经》中的一首诗,指出彭斯的民谣体与中国的古诗仅仅存在语言上的不同,其他毫无区别。"也许是因为彭斯幼年时离开中国移居苏格兰,所以他熟练掌握了苏格兰的方言,用以表述他有生以来的内心感情。也许是某个姓彭斯的苏格兰传教士把他从中国带来,而他的身世不幸被遗忘了,因为中国过于异教,似乎与苏格兰不可能有什么联系。"蒋彝画了一幅白描插图,其中彭斯身穿中国古装,左手执扇,儒生风度,温文尔雅。与此相对

穿汉服的罗伯特·彭斯
(《爱丁堡画记》插图)

应,书首另有一幅大小略等的作者自画像,一身方格粗呢的苏格兰民族服饰,披着兜风,手里拿着一顶无边帽。如果不是他那张中国脸,别人准以为是一幅苏格兰人的肖像。在《旧金山画记》中的《永远微笑》一章中,蒋彝用相当的篇幅介绍美国大众对花卉的钟情。由于西岸气候宜人,人们精心培育各种各类的花卉,五彩缤纷,《永远微笑》为人们的生活和世界带来了色彩、希望和愉悦。蒋彝引用哈佛大学植物学家厄内斯特·威尔逊的著作《中国:园林之母》一

书中的评述,来说明在美国或欧洲的任何一个国家中的园林里,都有源于中国的花草树木。玫瑰、牡丹、杜鹃、桃子、桔子、柠檬、柚子等等,都来自中国,它们往往都是属于最佳品类的行列。类似的例子在蒋彝的游记作品中比比皆是。这些具体形象的生动例子从各个角度介绍中西文化之间的交流和异同,有助于改变社会上现存的狭隘偏见,有助于使西方逐渐对东方文化形成一个较为客观的认识。

另外值得一提的是,蒋彝游记中这个中西文化比较的特点,与他挥之不去的思乡之情紧紧相关。每一本游记中,读者都能体会到作者拳拳游子怀念故乡的一片痴情。春天的垂柳,夜空的明月,山林深处的奔涧,树梢枝头的飞鸟,即便是悠游于蓝天的白云,都能撩拨作者的心弦。正是这种无尽的思绪,加上艺术家的敏感,蒋彝能够从西方的草木鸟虫中看出家乡的影子。《巴黎画记》一书中有一章写他和朋友游览公园。在一个山洞中,奇石嶙峋,蒋彝觉得自己犹如置身中国苏州名园狮子林。他对朋友说,"这是中国,不是巴黎。"后来,他们弃大道,走小路,从树林中取道去西比尔神庙。蒋彝对朋友说,"我们走这条小路,游览了中国的一个部分,多棒!"在蒋彝的眼

里,四周的松树林,神庙的檐角,公园的怪石水禽,都似曾相识。他作了这么一首诗:

> 怪石似东土,倒影情更幽。
>
> 他乡亦佳丽,何必忆江州。

《巴黎画记》插图

他似乎在安慰自己,从相似于家乡的异国景物中寻求平静,但正是这"何必忆江州"句,反映出作者难以平息的无限乡愁。几十年来,写作成了他聊以自慰的解脱方法。心头这撩不去、理更乱的思乡之情,成为他写作中的内容,成为他作品所以动情的原因。

书法绘画艺术

蒋彝在书法绘画艺术上的成就,尚不足以使他成为一位艺术名家。可是,在中西文化交流史上,他的艺术创新、贡献,以及影响应该会使他占有一席地位,受到尊敬、肯定和推崇。

幼年,在父亲的影响下,蒋彝对书画很有兴趣。家中的厅堂里都挂着书画,父亲定期更换,总是选蒋彝做帮手。为此,蒋彝心里深感自豪。当然,他的兴趣也日见浓厚。蒋彝12岁那年,父亲开始教他习画。父亲去世之后,其叔叔延请当地名画家孙墨千来教自己的孩子学画。蒋彝在旁边心慕手追,画艺大进。上中学时,蒋彝的画已经相当出色,很有诗意了。他画的达摩等佛像颇具根底,附近的能仁寺等寺庙都请他画佛像作为收藏。20年代,他还与孙墨千和谭旦冏一起合组画社。

到了英国之后,蒋彝与中国作家熊式一住一起。1935年,熊式一的英文剧本《王宝川》在英国出版,轰动一时。不久被搬上舞台,连演三年,计900余场,因此家喻户晓。徐悲鸿为剧本的封面和扉页作了两幅插图,蒋彝也画了12幅线描插图。蒋彝的画,运用中国传统技法,线条简练,结构严谨,人物的表情神态都十分生动。

1935年底,英国伦敦皇家艺术学院举办大型的国外中国艺术展览会,中国政府将故宫的珍藏800件运往英国,加上欧、美、亚其他诸国的藏品,共展出3000余件,蔚为大观,盛况空前,使西方人对东方的艺术文化一饱眼福。为了配合这画展,麦勋书局想请专家写一本介绍中国文化的书。经过熊式一的推荐,艾伦·怀特经理找到蒋彝。蒋彝慨然应允,但因为英文水平有限,决定先用中文写稿,再译成英文,然后由怀特修改润色。经过几个月的奋斗,蒋彝的第一本英语著作《中国画》于1935年11月20日赶在展览会开幕式前出版了。此书销路很好,不到一年即再版,蒋彝因此小有名气。中国画从前被看得神秘兮兮的,高深莫测。但是经过蒋彝的介绍,中国绘画变得生动活泼,富有生活情趣。作者笔调轻松幽默,间以逸事趣闻,婉婉叙述,引人入胜。他在书中探讨中国画与哲学和文学的关系,讨论题画、主题、工具等等。他不爱装腔作势、故弄玄虚,他善于将复杂深奥的道理讲得明晰易懂,雅俗共赏。蒋彝的文艺风格在此可以初见端倪。

蒋彝的绘画,与他的游记一样,独辟蹊径,自成一家。最难能可贵的是,他是一个完全致力于用中国画的形式来描绘西方景物的艺术家。在蒋彝之前,借鉴西方的绘画技巧、丰富发展中国画手法形式的先例也有,像岭南画派的高剑父兄弟或者徐悲鸿等,但是,像蒋彝这样长期并广泛地致力于此的,恐怕寥寥无几。

蒋彝爱画自然景物。在他的笔下,西方的山水、花鸟,常常带有东方的色彩,往往很难辨清画中的对象究竟是东方还是西方。世界上,人类因为地域的差异、文化习惯的区别,产生了肤色、宗教信仰、语言等方面的不同,在大自然中,这些区别几乎都消失殆尽。描写大自然的景物,允许蒋彝跨越国界、地域、时间的限制,表现出一种东西方共有、共享的内容。他的早期作品,特别是《湖区画记》中,除了一张雨景的插图中有模模糊糊的行人背影外,其他画的全是自然景物。与其说蒋彝在描写湖区,倒不如说他在用画笔抹去东西方之间人为的、非自然的界域。

蒋彝的艺术作品的题材很广。因为他的游记描写的是西方题材,其中的画页内容就必须得超越中国传统绘画的常见题材。换言之,他不仅要画中国的楼台亭榭,还得表现西方的教堂神舍,城市中的摩天大楼,甚至街头的顽童老妪、摊贩游客。对于那些认为中国画只能限于表现某类题材的人来说,这无异是越轨之举,大逆不道了。但是,正因为蒋彝不囿传统、敢于创新的精神,加上不懈的探索和实践,他终于成功地开辟出一条崭新的路径。他在画法上吸收了西方透视、投影、深浅等手法,融合水彩的画法,现代与传统兼而有之,用东方的艺术手段表现西方的艺术题材,其风格方式中西结合,其效果中西融合。

蒋彝平生有几件引以为豪的事,画熊猫就是其中之一。1938年圣诞节前夕,史密斯少校在中国捕获的五头大熊猫抵达伦敦的港湾,伦敦动物园购获其中三头。在这三头熊猫里,一头名叫"明"的熊猫才出生几个月,却相当有表演天分,吸引了大批游客,一时络绎不绝,"明"成了大明星。蒋彝去动物园参观,看到大熊猫,兴奋不已,他觉得这黑眼、黑耳、黑腿、白胸的大熊猫稚拙可爱,非常适合于中国的笔墨表现。他得到动物园的特别许可,连续一周,晚上

在动物园观察熊猫的生活习性,画了一百多张速写。此后几十年中,他画了不下几百张熊猫图。有一张图上,他这样题道:

> 大熊猫见于记载而不识其形。去冬,伦敦动物园自四川西部运来三头,黑耳,黑腿,白头,白身,两眼外并环以大黑圈,厥状至为滑稽。自其最幼者公开示众后,三岛人士争往观览。其性情至为和善,食竹为生,而动作较迟缓,惟时时足以引人发噱。余因想象其山中生活而为是图,或可为吾国画史添一页材料也。

蒋彝颇为得意,自称是"中国画家中用中国画描绘熊猫的第一人"。同时,他写了三本儿童故事,均以熊猫为主角。因为他对熊猫如此钟爱,有人给他起了个外号:"熊猫汉"(PANDA MAN)。

另一件值得不胜自豪的事,就是1956年6月21日,蒋彝应邀在哈佛大学桑德斯剧院为PBK(Phi Beta Kappa)联谊会发表讲演。这每年一度的讲演都是由世界著名的文学艺术大师担任。蒋彝是第一个享此盛誉的中国人,在他之前,还有另一位亚洲人,那就是印度诗人泰戈尔。1838年,美国哲学家爱默生也曾在哈佛作过题为"美国学者"的PBK讲演,轰动一时,被誉为美国"文化上的独立宣言"。蒋彝的讲演,题为"中国画家"。他介绍了中国画的哲学思想和美学原理,并指出,艺术上虽然有流派和技巧之分,其最终目的一致,都是为了表现人与自然这一诗的真理。蒋彝认为,在 20 世纪,由于现代人是文化交叉的产物,我们不应当过于强调各文化之间的差异,而应当重视世界文明,重视我们之间的共同之处。

蒋彝爱创新的精神在画面设计和表现方法上可见一斑。《纽约画记》中水墨插页"黄昏云雾上的摩天大楼",天空灰蒙蒙的,茫茫一片云海,唯见六七栋曼哈顿最高的摩天大楼的顶端。粗粗看来,很像漂泊海上的船帆,再仔细看,天际隐隐约约还有十来栋大楼的尖端绽露。这幅作品的独特之处在于它打破了传统的视角,出奇制胜,把表现的角度升到高空云际上,以全新的、近乎超现实的方法来表现司空见惯的城市建筑。蒋彝后期作品中的插图,笔墨酣畅,晕染有致,相当精彩。像《三藩市画记》内的白描插图"圣诞老人送礼图"中,头戴红帽子的圣诞老人背负一只鼓囊囊的大口袋,在鳞次栉比的房屋上空匆匆而行。在插图"喔,哈啰"中,作者站在屋内,打开门发现门口那位不速之客是一只大棕熊,它的右腿跨

"喔,哈罗"
(《三藩市画记》插图)

在台阶上,似乎在微笑,而作者的脸上也显得平和友善,丝毫没有惊恐之态。

中国艺术形式中,书法与绘画堪称姐妹艺术,其间关系密切。一般来说,优秀的中国画家一定有相当的书法造诣,因为一幅中国画本身就是线条的组合。没有书法的根底,没有熟谙的运笔技巧,作出的画不可能有神采。

蒋彝从小练习书法。他的哥哥蒋大川写得一手好字。逢年过节,邻居都来请蒋大川写春联,张挂在家门上。蒋彝耳濡目染,应受其影响。蒋彝推崇清代书法名家邓石如。邓氏以篆书闻名,拙朴浑厚,端庄丰腴。蒋彝的书法流畅清秀,真、行、隶、篆、金文、甲骨等诸体,他均有涉猎,但平时使用最多的是行书字体。《三藩市画记》中的书法最佳。

蒋彝1938年出版的《中国书法》,与《中国画》可谓珠联璧合。《中国书法》分章节讨论风格、书法抽象美、技巧、笔画、结构、训练,以及书法与其他艺术的关系等具体问题。中国书法是一门独特的艺术,其中蕴含中国千年文化的精华,精深无比。古代有关书法的理论典籍不少,但大都流于抽象、枯燥、玄不可测,对不懂中国文化、不识中国文字的西方读者来说,更似一团迷雾,不知所云。可是,蒋彝再次证明他是一个讲故事的能手,他运用形象、譬喻、趣闻等手法,把本来一个个深奥、陌生、抽象的题目变得生动具体,原先很深奥的理论变得浅显易懂。西方文化中也有所谓的书法,但因为文字形式的不同,与中国书法大相径庭。在蒋彝之前,几乎无人向西方系统地介绍过中国书法,因为普及中国书法应当是在中国文字得到了普及的基础上才可能进行。蒋彝的《中国书法》出版后,开始销路不是很理想。1942年底,转机意外发生。圣诞前夕,美国在欧洲的军人想要买圣诞礼物寄给国内的家人,《中国书法》成为他们的青睐,畅销一时,很快售罄。从此之后,此书一印再印,直到60年后的今天,哈佛大学出版社仍在出版发行,许多大学仍旧将它作为书法课程的教科书。这部作品持久的魅力远非那些哗众取宠、盲从时尚但昙花一现的作品所能相比。在西方普及、介绍中国书法,此书的功劳不可抹煞。

中国诗

在西方,蒋彝的声名大都与游记、绘画有关,他在诗歌方面的成就较少得到称道。有个别评论家赞美他的游记、画作时,提到其中有诗意,但很少真正称他为诗人的,他的诗几乎没有得到过仔细的研究,大概是因为他的画和游记的成功,掩盖了他诗歌艺术上的才华和成就。其实,他用英语写的游记中有不少诗,都是中英相并列的,在英文诗的旁边,附有用毛笔抄录的中文原作。这些英译的诗,与游记一样,趣味盎然,轻松幽默。虽不拘韵律、音节规范的约束,读起来却也十分上口。

蒋彝一辈子写了几百首诗。事实上,他的诗毫无例外都用中文创作,都是旧体诗。那些英文诗,都是从中文的原作翻译过去的。由于家庭的影响,蒋彝很小就开始读诗和作诗了。1931年12月30日,任九江县县长的蒋彝,在当地《浔阳日报》上发表五言诗《江州牧——自责》。他在诗中描述某贫困农户家庭,祖孙三代,由于天灾战乱,家破人亡,妻离子散。政府腐败,民不聊生。蒋彝身为"江州牧",感慨无限,只能藉诗句来宣泄心中的愤怒。"忍哉州牧心,出此弦外音!怨牧牧何恨,所恨上下侵。"1933年,他到英国之后,与兄长蒋大川保持书信往来,互相赠送诗词。蒋大川比蒋彝年长十岁,家里排行老大,自小受到家庭较多的重视,加上天资聪颖,从小就能写诗,常与诗友往来,一直受到家人乡邻的夸奖,是一个才子,据称是江西派重要诗人。蒋大川当时军政要务缠身,但总不忘拨冗为兄弟的诗作指点,给予鼓励。蒋彝因此深受鼓舞,获益匪浅。

1935年初,《蒋仲雅诗》出版。这本线装的小册子,是蒋彝一生中第一本出版物,收录了他出国之后一年来写的七绝88首。书首有短序:"此余旅英两年来所为绝句,不敢言诗,聊以志海外爪痕耳。康昆仑琵琶世或有闻而政之者乎?"1955年,蒋彝在此基础上,又添加了旧作12首,合计百首,集为《重哑绝句百首》。

蒋彝这些出国后初期的作品,不离传统法度,典雅端庄,规矩谨严。诗中大多描写英国的风土人情,但也不乏思乡、思友之作,感情真挚感人。

却忆九江

每惭父老说微功,偶抚创痕涕泪中。

合眼乡关推不去,西风到处有哀鸿!

神 州

尘沙吹做九边秋,隐隐笳声入画楼。

落日西风最萧瑟,有人收泪看神州。

登北威尔斯山归来东匡社诸子

别后匡庐梦里探,往时雅集在城南。

年来一事堪夸慰,国外看山不讳贪。

在上面第三首诗中,蒋彝回忆当年任九江县长时,与文友彭晓山、查三胆、孙墨千、黄雪桥等人合组匡社,每月一聚,论诗作画,唱和相吟的快乐往事。其中末句"国外看山不讳贪"写得绝妙。表面上似不经意,好像在写他身处异国他乡后形成的新习惯而已,实际上却委婉地道出思念故友的伤感无限。在国外,"春来无梦不江南"的游子,对大自然的山山水水寄寓了一种独特的痴情,其中包蕴了他思乡的真情。换言之,欧洲的自然景物处处引起蒋彝的兴趣,不仅是因为它们陌生或新鲜、相似或迥异于祖国,而是因为见到它们,可以舒缓一点心中无尽的郁愁,或者可以借以寄托一些哀思。

蒋彝一生写诗起码几百首。他后期多写打油诗,与好友杨联陞、吴世昌、陈世骧等人互相唱和。打油诗受到青睐,可能是因为比较轻松,不受拘束,能随意插科打诨,嬉笑怒骂,直抒胸臆。为此,杨联陞教授甚至在《重哑绝句百首》序文中写道:"论形式,绝句虽然已经有了一千几百年的历史,好像要'穷则变'了。依我看,一时还不至于寿终正寝。至少作打油诗的人,还可能层出不穷。"

蒋彝 1972 年 1 月至 6 月应香港中文大学的邀请,在新亚学院艺术系任访问教授。在此之前,蒋彝曾多次去过香港,熟悉香港,在那里也有不少朋友。当罗忼烈教授问他是否想写一本香港画记时,他回答说,香港地方太小,材料不够作游记,但可写打油诗。结果,他出了一本小册子《哑行者香港竹枝词五十首》,以竹枝词的形式,纪录了他对香港文化的评论,有庄有谐,看似漫不经心,但从他点评香港中西文化交融的现象中可以看出他对祖国文化的关注。其中开篇第一首便是他思乡之作:

年年海外说还乡,未到乡前港已香。

遥望白云依旧是,白云下有蒋家庄。

香港,当时尚属英国统辖之下,虽然是中国的一部分,蒋彝却不能踏上大陆祖国的领土。虽然离家仅咫尺之遥,却只能隔岸相望。他随着朋友到了罗湖,在文锦渡直呼:"不见神州四十载,神州记得哑夫无?"

在香港,他品茗、访友、看画论诗,每一处、每一景,都牵动他的无限感慨。

见景触情、以诗叙怀的例子并不鲜见。蒋彝的特殊之处在于,他在国外多年,已经融入了西方社会,习惯于以英语创作,并已经以英语创作闻名,但他的诗歌作品毫无例外地都是中文旧体。中国"五四"之后出生的作家,很少用旧体诗写作了。在大陆,六七十年代,虽有现代诗与旧体诗的讨论,总体而言,在实际创作中,现代诗占了绝对多数,旧体诗趋于式微。当时香港的情况也相似。但蒋彝始终钟情于旧体诗。他在辛亥革命前出生,虽然曾经历了"五四"运动,旧式封建教育毕竟铸就了他思想意识的根基。尽管他在国外度过了大半辈子,交了许多中西方的朋友,似乎已经完全西方化、现代化了,可是从心灵深处看,他仍旧是一个传统的中国文人。旧诗的形式固然拘谨束缚,但这传统的文化形式,却为蒋彝提供了一个联系祖国的思想方式。他运用旧诗的形式,表现20世纪中散居在异国的华人的个人情感,旧诗的格律、音韵、意境、暗喻,赋予了他一种表现的手段。旧诗,作为祖国文化的一个精髓部分,象征着蒋彝熟谙的文化、时代,象征着蒋彝追怀的家乡和旧情。旧体诗的创作,帮助蒋彝紧紧地联系其家乡故土,成了一种思乡、梦乡、归乡的手段。

归 家

蒋彝非常重视人生的意义和价值。

他曾经对好友徐悲鸿说:"我蒋彝拼命工作的动力是'人死留名,虎死留皮'。"

1938年元旦,他立下誓言:"我对任何事都不愿意平凡:我不愿平凡而生,更不愿平凡而死,总之,'平凡'二字是我的仇敌。我好胜,我爱名,我要出奇,我要立异,使世界人对我惊奇,使世界人对我诧异。至少要对世界上有点贡献,而使世界永远的留恋着。"

他希望有建树,希望为同代和后代留下一些有分量、有价值的文学艺术作品。他向着自己的目标奋斗努力,四十余年如一日,始终不懈。

蒋彝的创作实践和成果,跨越时空地域、意识形态、语言文化的限制,在世界上许多国家受到欢迎和肯定,并促进了东西方民族之间的交流和了解。

1977年,在海外漂泊了大半生的哑行者,长途跋涉,风尘仆仆,第二次返华。国庆后不久,他在首都医院里去世了。

他很安然,很舒坦。

他回到了日思夜想的家乡。

在庐山脚下,在鄱阳湖侧,在家乡青山绿水的环抱之中,他面带微笑,安详地长眠。

值蒋彝先生百年冥诞之际,敬写此文,以志纪念。

注:原载《美国研究》2003年第1期。

郑达,美国萨福克大学(Suffolk University)英语系副教授,主要研究美国文学和亚裔文学。目前在进行蒋彝的研究,并撰写蒋彝传记。

呼 唤

孙秀芳

我没有见过蒋彝,却和他有着剪不断的亲缘关系。我对他知之甚少,只是最近在整理我婆婆的遗物时,有机会看到了他写给我婆婆——他的亲生女儿蒋健兰的书信,对他有了一些了解和认识。

记得几年前,我看到一份报纸,上面有一段文章和照片引起了我的注意。正好办公桌上放着一张我儿子的照片,我连忙拿到一块对比,还真有点像。我又问同事小靳:"你看这两张照片上的人像不像?"他说:"像,尤其是那双眼睛,太像了"。我拿着报纸去问丈夫:"这个人是不是你从前提到过的'公公'(我婆婆是江西人,她们那里管姥爷叫公公)?"他说:"这就是公公!"

我和丈夫恋爱的时候,听他说起过,他上学的时候,公公曾有意让他去美国深造,但因种种原因未能去成。我当时还为他惋惜,他却说若是去了,就不会认识我了。我对公公的认识,只知道他在国外是一位教授,会画画,中文"可口可乐"是他翻译的,他第一个用中国画画"大熊猫",其他方面一无所知。我婆婆是个有心的人,几十年来,她不仅珍藏着她父亲写给她的几乎全部的信件,还保存了一些和她父亲有关的报纸、资料。这次整理时,我又见到了那张报纸。过去书信来往很不方便,因为常年战事连连,又要漂洋过海,不能保证每封信都能收到,所以我婆婆每收到一封都如获至宝,难怪她当宝贝似的珍藏到如今,以至于我从来都没有听说过,更没有看到过。

公公出国时,我婆婆才一岁多,这一别竟是42年。可以说,我婆婆和公公真正的认识是从书信开始的。公公为什么要出国?在国外是怎样生活的?都干了些什么?为什么那么多年不回国?这42年里都发生了什么事?……我怀着一种好奇的心情,一口气读完了这几十年前的书信,了解了这几十年中发生的故事。公公的文笔很好,文章写得精彩,字写得也很漂亮,看他的信真是一种享受。

我婆婆从小就过继给了她的亲大伯,所以称大伯为父亲,称亲生父亲为叔叔。直到懂事以后,常常听别人说自己长得像叔叔,中学时,才知道叔叔是亲生父亲。所以公公前期的信中多自称叔,后来才改称父。由于看不到我婆婆给公公的信,改称的前后情况、为什么公公自己署名"铨",已不得而知。但从信里可见,公公一天也没忘记他的这个女儿,一天也没忘记他做父亲的责任。

几十年来,公公从来没有忘记自己的祖国,没有忘记自己的家乡,没有抛弃自己的妻儿老小,也没忘记曾经帮助过他的亲友。公公在家时被人叫做"闷气生",在国外自称"哑行者",好像他是一个沉默寡言的人。可是在信中,我看到了一位真情流露、话语绵绵的亲切的老人。他的爱是在骨子里的,是任何艰难困苦、任何委屈失意都改变不了的。

公公是爱国的。他痛恨官僚腐败、崇洋媚外、民不聊生的旧中国,他向往祖国的富强。他没有力量改变当时的现状,只能选择离开。但他"年年魂梦绕神州",在国外致力于把中国介绍给世界。他注视中国的变化,为祖国的强盛而欣喜,为新中国的领导人去世而悲伤,为祖国体育健儿的胜利而欢呼。他最后两次回国更是感慨万千。公公在信中曾多次说道:"我生为汉人,死必为汉鬼。"他是这样说,也是这样做的。

公公是爱家乡的。他的诗、他的画、他的文章、他的书、他的信,念念不忘江州,念念不忘庐山。他在信中对福儿(我丈夫的小名)说:"我爱念我的家人,也爱恋我的家乡,更爱好的是我的甘棠湖和庐山"。又说"总希望这骨灰能洒在庐山牯岭上才好"。他的愿望最终实现了。

公公是爱妻儿的。虽然他的出国的原因之一是他对家庭的不满意,但他身在异国他乡,孑然一身、无依无靠44年,二战期间几乎被炸死,心里却从没忘记家乡的亲人,一直担负着养家育儿的责任。他的多封信中都提到:"只要能够给家里寄钱,我会尽量多寄一些回去……"

公公是个知恩图报的人,他小时候和出国前后曾得到过他的长兄、长嫂、姐姐、我婆婆的表姐的帮助。他在信中多次提到他们,说是曾经给过他很大的帮助,一定要好好报答人家。所以信中常常问候他们,关心他们的生活情况、身体状况,并多次寄钱给他们。

几十年的信,好几大包。从信里可以看出,公公对我婆婆的感情很深。一句"儿啊,我的儿啊!"撕心裂肺，催人泪下。这声声呼唤，是来自远方的呼唤，是一个海外赤子思念亲人的呼唤，是远在天边的父亲对几十年不能谋面的女儿的呼唤！公公虽然不能在自己的女儿身边，但是一直关心着女儿的成长，没有忘记教育女儿的责任。他用写信的方式，鼓励女儿要努力学习，要求上进，教女儿怎样为人处世，怎样选择终身伴侣，以及后来对孙儿们的教育引导、兴趣爱好的培养、将来交友的准则……大事、小事无一不牵挂他的心。

我婆婆考上武汉大学的时候，公公正卧病在床，信中写道："儿啊，我的儿啊！你真为我争气！知道你考上了武汉大学，我这病都好了一大半。""是中国人，世世代代永远要为中国人争气。"

公公是个立场坚定、爱憎分明的人，他常常告诉女儿什么该爱，什么该恨，什么事该做，什么事不该做，该怎样做……几十年的信，涉及方方面面的话题，有家长里短，有儿女情长，有民族文化，还有很多关于祖国发展和建设的看法和感想。每当看到感人之处，我都禁不住泪流满面。多少年过去了，公公的信现在看来依然感人至深，给人以启迪，让人受用不尽。我会让我的儿子好好读一读这些信，以公公为榜样,学习他的这种精神,要子子孙孙都学做公公那样的人。

我虽然没有见过公公,但是从这字里行间,我仿佛看见了他,一个有骨气的七尺男儿,有喜、有怒、有乐、有悲,既坚韧不拔,又柔情似水;也仿佛听见了他呼唤亲人的心声,公公的音容笑貌就浮现在我眼前。

随着对公公的了解不断加深,我的感情由当初的好奇一下子升华到敬佩。我敬佩公公的学识、才干,更敬佩公公的人品、为人。同时我也感到,作为公公的后人,我们也要像他那样,做一个对国家有用的人。这些宝贵的书信真的让我受益匪浅。公公的一生是不平凡的。他不仅留下了许多诗歌、书画、文章,更留下了他的精神。我们世世代代将永远记住这位先人。

2006 年 4 月 3 日

注:孙秀芳,蒋彝外孙刘宗武妻。

附录：蒋彝年表

1903年5月19日，生于江西九江县。五岁失母，自幼随父习画。

1919年，就读于江西省立第三中学（今九江第一中学）。

1922年，考入南京国立东南大学（中央大学前身）专习化学。时校长郭秉文提倡办学"人文与科学平衡"，育才文理融通，除师从化学系任鸿隽、孙洪芬、张子高、王季梁等人外，亦曾学于文科王伯沆、柳诒微诸教授。

1924年，赴广东海南岛两个月（曾写《海南岛》一文载于《东方杂志》）。

1925年，从东南大学毕业，在江苏海州省立十一中学教数理化。7月，国立东南大学化学系毕业。先后在江苏海州十一中学、九江光华中学任教。

1926年，任江西教育讨论会委员（那时吴有训博士也是委员之一）。那年中央陆军政治部副主任郭沫若同志在民众大会宣判军阀张凤岐死刑时，他被派参加。任江西省教育委员会委员，并主持江西玉山县县政三月。

1927年春，任国民革命军前敌总指挥部先遣司令部政治书记（司令为李明扬）。投笔从戎，参加北伐，任国民革命军第七军政治部书记长。

1928年，在上海国立暨南大学任化学讲师。应严济慈之邀，任暨南大学理学院化学讲师半年。

1928年，任安徽省芜湖县县长。

1929年，任安徽省当涂县县长。

1930年，任江西省九江县县长。期间拟定整顿社会秩序，实行禁烟、禁赌、禁娼；改革赋税、重新丈量土地等改革草案，被江西省政府主席熊式辉认为是"异想天开"，被称为"疯狂的青年"、"超时代的年青人"。三任县长，皆因要求改革县政不容于时政而辞官。

1931年，由安徽省芜湖、当涂县任调江西省九江县县长。因与江西省主席熊式辉不合，乃于1933年离开祖国赴英求学。

1933年,以"观摩西方政治为将来之用"的政治抱负,自费赴英国寻求出路。

1934年,因所筹留学资金不足维持一年,经济困难,经前香港辅政司推荐任伦敦大学东方学院(SOAS)中文教授。其间立志将中国艺术传播到西方世界。

1935年,在伦敦大学东方学院教授中文和诗词。从1935年起,开始用英文写作。已出版者有:《中国画》、《中国书法》、《湖区画记》、《儿时琐忆》、《伦敦画记》、《伦敦战时画记》、《牛津画记》、《都百灵画记》、《爱丁堡画记》、《巴黎画记》等等。

1937年,《湖区画记》出版,为哑行者画记的第一本。

1937年,开始环球旅行,足迹遍及五大洲、八十多个国家。

1938年至1941年,任伦敦魏尔康医史博物馆中国部主任。

1939年9月,英国对德宣战,曾供职英国情报局,担任翻译。

1940年,以中国笔会代表身份出席国际笔会。

1940年,伦敦寓楼遭德国飞机轰炸,全部书画付之一炬。

1942年,为英国皇家芭蕾舞剧院《飞禽》一剧设计服装及布景。负责沙特威尔芭蕾舞团布景及服饰设计,并曾在博物馆主理中国藏品。

1942年,被选入《英国名人传》(Who's Who In Great Britaia)内。

1946年,由美国书局邀请写《纽约画记》与《波斯顿画记》,均英文版,同为畅销书。

1949年,由伦敦移居牛津。

1954年,接受美国哥伦比亚大学聘约,教授中国艺术与文学。

1955年,任纽约哥伦比亚大学中国文学教授,加入美国国籍。

1956年,被任哈佛大学爱默生诗座研究员。

1956年,被聘为麻省隋伦孟博物馆中国人文部主任。

1956年,始任波士顿附近之Peabody博物馆中国人种学馆馆长。

1958年,受聘为哈佛大学联谊会讲座教授。

1958年,任哈佛大学爱默生特约讲座教授。

1964年,任佛景尼亚(弗吉尼亚)大学艺术中心建筑委员会委员。

1965年,被选入《美国名人传》(Who's Who In America)内。

1967年,被任为夏威夷东西中心东西研究专员。

1969年,被选入《国际名人传》(International Who's Who)内。

1971年6月,在哥伦比亚大学教了18年后退休。被聘为哥伦比亚大学终身教授。

1972年,任香港中文大学客座教授,并在香港举办个人画展。

1972年9月,澳洲国立大学赠予名誉文学博士学位,并教授中国文学艺术一年。被澳大利亚堪培拉大学授予荣誉博士学位,并受聘为客座教授,聘期一年。

1973年7月,返美继续写画《澳洲画记》。

1974年10月,往印第安纳大学公开演讲《中国诗画同源及原理》。

1975年4月,阔别中国42年后回国访问,与妻子、女儿团聚。

1975年9月,往澳洲西部大学教授中国艺术及中国文学。

1977年,第二次回到中国访问,并决定定居中国。计划撰写《中国画记》、完成《中国艺术史》;并在两月间游历中国十一个省市。

1977年10月17日,在北京逝世。

注:宋体正文为蒋彝于1975年为申请回国探亲自撰的简历。楷体为互联网上最受欢迎的参考资料查询网站"维基百科(Wikipedia)"所载《蒋彝年表》中可以补充正文的部分,编者对其中个别不准确的地方做了补正。

编 后 记

刘宗武

我以为我没有资格编这本书。因为书中所有的资料都是我的公公蒋彝的女儿、我的母亲蒋健兰收藏的。

在我公公去世后的28年里,她一直致力于收集与公公有关的任何资料。公公在国外44年,出国时我母亲只有一岁多。远隔重洋,有语言文字的隔阂,又不像现在网络发达、信息沟通方便,资料搜集的难度可想而知。这28年,母亲为公公办了数次画展,出版了《蒋彝诗集》、《海外赤子蒋彝》、《中国书法》(中译本,即《八法南针》)、《金宝游动物园》(中译本)、《儿时琐忆》(中译本),在报纸、杂志上组织发表了许多介绍和纪念公公的文章。因为公公虽是世界名人,却一直在国外,国内没有多少人知道他。母亲不遗余力、想尽办法,希望更多的国人了解蒋彝,了解这个在国外大声疾呼地推介中国文化的"哑行者"。

2005年底,母亲对我说,商务印书馆要出一本公公的文集,谈了一点她的设想。谁知天不遂人愿,书还没开始编,在12月31日母亲突然去世。我的父亲刘乃崇年迈体弱,还有许多原来同母亲一起未写完的书稿需要他继续完成。母亲的遗愿就只能由我来实现了。

我以为我没有资本编这本书。因为我只在公公两次回国时见过他几面,公公去世时我17岁。那时17岁的少年十分懵懂,远不如当今信息时代的孩子。后来,由于学业、工作繁忙,并没有帮助母亲做什么事,对公公的了解较少、理解全无。我通读了母亲手里的全部资料,了解了公公的一生、公公的业绩、公公的情感、公公的心路历程,完成了资本的初步积累。通过各种可以想到的渠道,还收集了一些新的资料,真使我大喜过望。资本虽不丰厚,只能说我努力了,我尽力了。

我以为我没有资历编这本书。因为发起编辑这本书的是公公的好友杨联陞先生的外孙蒋力。蒋力兄家学渊源深厚,从事文字、出版工作多年,著述甚丰。而我是工科大学毕业,一直从事技术工作,一脑门子机械设计。在蒋力兄的支持、帮助下,才完成了初稿,"鸭子"总算是上架了。

在阅读资料和编辑的过程中,我在努力地将一个完整的、立体的、由外而内的海外赤子蒋彝介绍给读者。对于他的评价,通过书中他的作品和他人的介绍,读者自有结论,本不用我说三道四。只有一点感受,愿求正于读者。

蒋彝不愿从政,却从过政;不愿出国,却出了国;不愿从文,却以鬻文为生。有人说他的画、他的书法、他的诗乃至他的英文都没有师承,不入流,在艺术上成就不高。又有人说他"崇毛",盲目地、不实事求是地向世界宣传新中国。

我的看法,从艺术上讲,讲究画从心生、字从心生、文从心生,创作应以心意为先、技法次之。从蒋彝本身讲,画是工具,字是工具,文亦是工具,是他向世界宣传中国的工具,是他抒发思乡之情、思亲之情的工具。他做到了,就是他的成就。这远比所谓"纯粹的艺术"、无病呻吟的作品高尚得多。这完全可以是后人"励志"成才的楷模。

关于后者,在他的文章里有过明确的阐述。我想,评论一个人,要站在他本人的立场上去客观地看问题,不应该想当然。蒋彝是一个被旧中国的政治、文化、家庭深深地伤害过的人,又是一个极其爱国的人。当他亲眼看到、亲身感受到新旧中国的变化,中国在世界上地位的提高,他不能不兴奋,不能不欢呼。这种情感的挥洒,已经不再是一个文人、一个学者置身于事外来评论事物,这才是一个有血有肉、有思想、有感情的人。正因为此,我们应该纪念他、怀念他。

公公的第一篇文章《海南岛》于1925年发表在商务印书馆的《东方杂志》上,82年后,他去世30周年,又得商务印书馆出版本书,他们真是缘分不浅。

在此书的编辑过程中,得到了做了一辈子戏曲评论和编辑工作的父亲的指导,公公的老友殷志鹏先生、学者郑达先生和我的舅舅蒋健飞等前辈的鼓励和帮助;我的妻子孙秀芳承担了全部文字的电脑录入工作;更受益于蒋力兄搭建的平台和帮助,使我有了这样一个纪念公公蒋彝和告慰母亲蒋健兰的机会,一并致谢。

2006年10月1日

跋

蒋力

《五洲留痕》这本书的第一编者,更准确地说是主编者,乃蒋彝先生的外孙刘宗武也。他以为自己没有"资历"编这本书时,提到了我,于是坚持在编者的行列中和我一并署名。其实我为这本书所做的事微乎甚微:先是在编《哈佛遗墨》时向出版社提了这个选题,然后把这个意向告诉了蒋彝先生的女儿蒋健兰女士,最后通读了一遍书稿,看了一遍校样。

《哈佛遗墨》、《里昂译事》、《五洲留痕》这三本书体例一样,开本一样,书名的语法结构一样,作者的状况也大体一样,杨联陞、李治华、蒋彝,三位先生都是长年生活在海外、执教在海外高等学府的华人,并在海外长年传播中国文化。他们的影响,从汉学界、文学界到艺术界,波及一方甚至四方,波及西方甚于东方。从出版角度看,把他们的著作相对集中在一起出版更有意味。我们还想继续编下去,扩大其作者队伍,使之成为一套别出心裁的丛书。

出自刘宗武之手编辑的《五洲留痕》,力图用蒋彝先生的作品立体地勾勒出他的全貌,故有"其文"、"其诗"、"其书"、"其画"、"其信"、"其人"之分。

"其文"11篇,起自1925年,结于1976年。内容涉及自然地理、书画典籍整理、书画发展走向、往事和故人的追忆、撰写画记的初衷和对一位伟人的怀念。文章只是本书作者的作品中数量很少的一部分小文,现在可以见到的他用英文写作的12本画记及10本其它著作中的英文内容均在此外,所以这部分文字只能窥其一斑。

"其诗"收入诗作80余首,起自1933年,结于1975年,另有两首年代不详。1977年的绝笔之作,录于蒋健兰文中。该文称,已收集到的蒋彝先生诗作近300首,于1983年由中国友谊出版公司出版《蒋彝诗集》(共收285首)。"其诗"收录的还不到三分之一,其中有些是从诗集出版后收集到的127首中选出,譬如与杨联陞的唱和之作。杨对蒋诗有评曰:"以诗为最能代表他忙里偷闲的闲情逸致。"现在看来,这话也属相对,即如"中华史上无'降'字,只有将军号'断头'"之句,就可见作者的一腔赤诚。

"其书"选录作者书法作品(包括他为自己的著作题写的书名)15幅,真草隶篆不拘一体。另有关于书法的文章三篇,选自其英文著作《中国书法》。该书的中译本于1986年由上海书画出版社出版。

"其画"约30余幅,有的选自多种画记和著作,有的是单幅作品,还有为舞台剧画的效果图。画题驳杂,画风多变,自古而今无所不包。从文字到书画,从黑白到彩色,书到此处为亮点。

"其信"40余封,致家人、致友人,谈家事、艺事、亲情、友情、国情……最无拘束,最见真情。读来如见其人,也就自然地引出下面的"其人"了。

"其人"辑他人写蒋彝的文章10余篇,篇篇文字生动鲜活。读后我有感慨:《五洲留痕》,怎一个"痕"字了得!

最后,还要感谢商务印书馆,能在蒋彝先生去世30周年之际出版此书。

2007年7月19日记于京城望京花园